換個良人嫁

2

風文創
643

水暖 著

風 文創
643

目錄

第十四章

宴席上，到處都是有關這件事的議論；宴席過後，還有人就下午的比試，開設賭局。

宋嘉禾也插一腳，拿五百兩銀子押魏闕連勝兩局。

「妳這樣會不會太冒險了？」宋嘉淇嚇一跳，她覺得下午的比賽很有可能是兩勝一負，當然是三表哥兩勝，就是她還在猶豫勝的是哪兩場。

瞧著大多數人都是她這個想法，所以賠率有點低，不像宋嘉禾押的直接一賠四。不過王培吉連勝兩場的賠率更高，都一賠七了，也不知那些人是怎麼算出來的？

穩賺不賠的生意，哪裡冒險了？宋嘉禾還想攛掇宋嘉淇跟著她下注，奈何宋嘉淇冥頑不靈，押了三百兩賭魏闕能贏第一場和第三場。

宋嘉禾同情地看著她，辛辛苦苦存了半年的私房錢就這麼沒了。

宋嘉禾豪氣地揮手。「沒事，回頭我給妳補上，反正我贏得多。」

說得好像她已經拿到錢似的。宋嘉淇心有不滿。她贏了，自己不就輸了？輸銀子事小，可這囂張的氣焰絕對不能忍。

「我雖然贏得不多，但是請妳去望江樓吃兩頓還是可以的。」宋嘉淇反唇相稽。

宋嘉禾潑冷水。「妳沒這機會了。」

「妳就這麼肯定？」

「我掐指算過，絕對錯不了。」宋嘉禾一本正經地胡說八道。

「竟是不知道禾表妹還是神算子！實在失敬、失敬！」

清潤溫朗的笑聲引得姊妹兩人回頭，就見季恪簡與宋子諫並肩而立。季恪簡面含微笑，目帶揶揄；宋子諫古銅色的臉上也帶著隱隱笑意。

話一出口，季恪簡自己都有一瞬間的驚詫，似乎太熟稔了。在宋家住了小半月，他和宋嘉禾見面的次數屈指可數，私下更是沒有交集，唯一那次算得上親密的擁抱，更像是小姑娘傷心之下的失態。

其實那天失態的不僅只有她，自己也失常了。那種情況下，他原該避開，可他鬼使神差地把人給接住。對於自己的反常，思來想去，季恪簡只能歸咎於她生得美，愛美之心，人皆有之。美麗的事物難免讓人更憐惜一些，自己亦不能免俗。

事後面對宋子諫拐彎抹角試探，季恪簡也委婉表了態。他承認宋嘉禾是難得一見的殊色，性子也可愛，可在他看來，和宋嘉卉一樣，都只是表妹罷了，區別就是前者更討人喜歡些。

隨後季恪簡就發現，他再沒有見過宋嘉禾。以前還偶爾能在請安時撞見一、兩回，而現在這個偶爾也沒了，這樣的巧合顯然是有意為之，宋家長輩不想他和宋嘉禾碰面。

季恪簡能理解宋家長輩的一番苦心。其實他也看出來了，宋嘉禾對他頗有好感，雖然小姑娘極力想掩藏，然而她那點道行在他眼裡形同於無。

對此季恪簡也願意配合。這個年紀的姑娘心性未定，這種愛慕過一陣子也就淡了，再過幾年，遇上情投意合的小子，興許都記不得還有他這麼一號人。可眼下，他做的事與他說的話背道而馳，季恪簡都能察覺到身旁宋子諫的冷眼。

「二哥、季表哥。」宋嘉禾與宋嘉淇朝走來的兩人福了福身。

宋子諫和季恪簡還禮。

「兩位表妹下了多少賭注？」季恪簡含笑問道。

宋嘉禾面帶微笑，矜持地站在那兒。她還沒有走出那一撲的陰影，尤其是在宋子諫面前，這兩人走在一塊兒，她很難控制自己不回想起那丟人的一幕，簡直是一生洗不去的污點。

見她不說話，宋嘉淇也沒有多想，一五一十道：「我下了三百兩，六姊比我有錢，押了整整五百兩。」她還伸出手掌比劃了下。

季恪簡看一眼笑得十分端莊的宋嘉禾。「那妳們押了什麼？」

宋嘉淇便如此一說，越說越來勁，還讓兩人評評理。「我覺得六姊太冒險了，二哥、季表哥，你們說是不是？」

季恪簡笑而不語，宋子諫也不出聲。

宋嘉淇癟嘴。她也是傻了，怎能問得這麼直白呢？於是她追問：「二哥、季表哥，你們下注了嗎？」看他們押的是什麼，就知道他們怎麼想的啦，宋嘉淇覺得自己實在太聰明了！

季恪簡含笑搖頭。他這身分還是莫要摻和的好，一不小心就會被人曲解。而宋子諫對這種事從來都不感興趣。

「那二哥、季表哥覺得最後勝負會是什麼樣？」宋嘉淇不死心。她迫切地想要拉一個人來贊同她，然後讓宋嘉禾深刻認識到自己的盲目自大。

宋子諫道：「我對王世子並不瞭解，不敢妄下斷言。」

宋嘉淇眼巴巴地去看季恪簡。「季表哥呢？」

季恪簡微微一笑。「魏將軍大獲全勝，神算子不是金口玉言了嗎？」

「她胡謅的哪能當真啊，季表哥，你還真信？」長得那麼聰明，怎地這麼好騙，她都不信六姊的鬼話。

宋嘉禾輕輕一咳。「我這是對三表哥的本事滿懷信心。」說著，還對宋嘉淇眨眨眼。

「有信心也不能像妳這樣盲目呀。我覺得兩局連勝的可能不大！」宋嘉淇認真道。雖然她也想三表哥把那討人厭的王培吉打得落花流水，可做人得腳踏實地呀。

宋嘉禾糟心地看她一眼。一點默契都沒有。

宋嘉淇心頭忽然湧出不祥的預感，還不及細想就聽宋嘉禾脆生生道：「三表哥。」說完，她屈了屈膝。

宋嘉淇不敢置信，眼睛都瞪圓了，可宋子諫與季恪簡的反應讓她這點僥倖之心都沒了，她小心翼翼地扭過頭，心中還不停祈禱宋嘉禾詐她。

幾丈外，魏闕不疾不徐地朝他們走來。

此時此刻宋嘉淇腦子裡只剩下一個念頭——這個距離他應該聽不到自己說的話吧？

宋嘉禾同情地看著傻眼的妹妹。都提醒她了，這丫頭還說得那麼大聲。又忍不住幸災樂禍。瞧瞧這小臉尷尬的，手腳都不知往哪兒放才好了。

跟著魏闕一道來的婁金，饒有興致地看向臉都僵住的宋嘉淇。

宋嘉淇被他看得心慌氣短，內心尖叫。她真不是在說三表哥壞話啊！

互相見過禮，宋嘉禾瞧著宋嘉淇都快僵硬成石頭，到底不忍，笑盈盈開口。「三表哥，我和八妹把所有私房錢都拿出來押你贏了，你可一定要贏啊，要不我倆可要成窮光蛋了。」

宋嘉淇連忙強調。「三表哥，我知道你一定會贏的。」不管怎麼樣，我都是盼著你贏的啊，那些細節什麼的，就不用管了。

魏闕唇畔勾出一個淡淡的笑容，一如既往地言簡意賅。「定不負所望！」

季恪簡目光微動。不管是神態還是語氣，宋嘉禾都頗為自在，然而魏闕可不是什麼平易近人之輩。

若有所思間，季恪簡抬眸就見魏闕看著他，季恪簡抬手一拱。「祝魏將軍待會兒得勝而歸。」

「借季世子吉言。」魏闕目光落在他臉上，抬手還禮。

略說幾句，魏闕、季恪簡和宋子諫都離開了。

外人一走，宋嘉淇就撲到宋嘉禾身上，埋在她肩頭一通低叫，可憐兮兮。「六姊，三表哥聽到沒有？」

「妳覺得呢？」宋嘉禾反問。

見宋嘉淇一臉生無可戀，宋嘉禾忍俊不禁，摸摸她的腦袋。「多大點事，三表哥哪有這麼小心眼。」

理是這個理，可問題是尷尬啊！宋嘉淇將腦袋擱在她肩窩，哼哼唧唧。

宋嘉禾費了一番心力，總算哄得她放下這事，時辰也差不多，姊妹倆便攜手去校場。下午的比賽安排在場地更開闊的校場，那兒一應器械俱全，更適合武鬥。

校場上人頭攢動，觀眾比上午還多。魏閎輸給王培吉，委實出人意料。參加這次壽宴的，大半是武都人士，覺得魏閎得勝是十拿九穩的事，萬不想王培吉是匹黑馬。這下子不少原本對比賽沒興趣的人，也跑來湊熱鬧了。

便是梁太妃也坐不住，親自過來了。老人家的目光在魏閎臉上繞了繞，末了轉頭看向魏闕，溫聲叮囑。「阿闕，保持尋常心，別太在乎得失了。」

魏閎已經輸了，要是魏闕再輸，魏家不只要賠上一個孫女，還得賠上臉面。

梁太妃輕輕轉著手腕上的佛珠，不由得看了一眼難掩緊張之色的魏歆瑤，又心疼起孫女。事情發展到這個地步，也非她所願。

察覺到來自祖母的視線，魏歆瑤心頭微微一緊，眼皮輕輕一顫後，抬眸望過去，對上梁太妃溫和安慰的目光，她才心神一鬆，肩膀放鬆。

魏歆瑤又忍不住去看上首的梁王妃。她捧著茶杯，神情看起來頗為風平浪靜，不過也只是看起來。魏歆瑤目光下移幾分，定格在梁王妃緊繃的手指上。

梁王妃不自覺地握緊青花瓷茶杯，看著魏闕向梁太妃恭聲應是，他神色平靜，目光從容，雖看起來十分可靠，梁王妃的心卻沒有因此放鬆下來。

這場比賽，輸不得，可贏了似乎也不全是好事……

在魏家人各異的心思中，第一場箭術比試正式開始。規則是，將穿了鎧甲的稻草人固定在飛奔的馬背上，以中箭之處的要害程度以及多寡評定勝負。

抽籤之後，由王培吉率先上場。

只見那馱著假人的戰馬挨了一鞭後，繞著靶場飛奔起來。

王培吉彎弓搭箭瞄準的動作一氣呵成，在很多人都沒有反應過來的時候，他的箭已經離弦而去，直刺假人眼窩，與頭盔發出碰撞聲的同時，假人也在衝擊下從馬上栽下去。

兩位裁判拿著臉上插著箭的假人繞一圈，好讓大夥兒親眼確認。

驚呼讚嘆聲漸次響起，尤以王培吉的隨從最激動，其次是他方勢力的客人；相比這兩者，梁州這邊的反應就略微平淡了些。

之後第二箭，王培吉也射入假人臉中，最後一箭卻射在脖頸處，卻因為護頸而沒能射中。望著掉在地上的第三枝箭，王培吉皺起眉頭，他摩了摩微微發疼的指腹。原想沒頸而入，可到底差了一點火候。

「獻醜了。」舒展眉眼之後，王培吉對魏闕抱拳一笑。「還請魏將軍不吝賜教。」

魏闕扯了扯嘴角。

「怎麼辦、怎麼辦？那個姓王的箭術怎麼這麼好！」宋嘉淇不可思議地瞪大眼睛。王培吉看起來沒這麼厲害啊！

「別急啊，三表哥還沒出手呢。」宋嘉禾拍了拍宋嘉淇的手。不怪她這麼緊張，周圍比她還緊張的人比比皆是。

環視一圈之後，宋嘉禾覺得這應該不是押注的緣故，因為面帶憂色的多是姑娘家。

也不知場上的魏闕能不能感受到這些愛慕者的心意，這般想著，宋嘉禾抬頭看過去。正見魏闕側過臉來，目光交會之時，宋嘉禾愣了下，隨即立刻奉上一枚燦爛的笑容。

魏闕嘴角弧度略略上揚，襯得臉部到下頷的線條格外俊挺。

一眾小姑娘看得心肝亂顫。因為距離有些遠，也不知他看的到底是誰，可人人都覺得他看的是自己，頓時兩頰緋紅，眼底含春。

另一頭，羅清涵捏緊帕子，咬緊牙關，直勾勾地盯著宋嘉禾。

宋嘉禾沒來由心頭一悸，張望一圈，卻沒有發現什麼異樣。

「要開始了！要開始了！」宋嘉淇興奮的聲音將她拉回來。

宋嘉禾嘴角一抽，晃了晃手臂。「我要被妳捏死了！」這丫頭一激動就抓她的手，還沒輕沒重，怪疼的。

宋嘉淇訕訕一笑，連忙鬆開手，又心虛地抓起來揉了揉，賠笑道：「沒注意，沒注意，哈哈！」

宋嘉禾沒好氣地翻白眼，搶回自己的胳膊。「三表哥上場了。」

宋嘉淇頓時將宋嘉禾的抱怨拋到腦後，扭頭看向靶場，全神貫注。

宋嘉禾看得啼笑皆非，差點都要懷疑宋嘉淇對魏闕有什麼想法。不過她清楚，宋嘉淇那是純粹人來瘋，受氣氛感染所致。她這妹妹根本就沒長那方面的那根筋，再過兩年就得讓宜安縣主發愁怎麼就是不開竅？

宋嘉禾搖搖頭，懶得理她，轉頭看向賽場。

魏闕提著弓走入比賽場地，「啪」一聲鞭響後，馱著稻草人的馬兒快速跑起來。

這情景宋嘉禾以前是經歷過的，可重來一次，她還是控制不住地緊張，實在是這樣的氣氛下，想保持淡定太不容易了。

說到這兒，就不得不佩服場中央的魏闕，他的神情從始至終都沒有變化過，也不知道他是不緊張，還是掩飾得太好？

恰在此時，魏闕神情一變，就見那弓箭裹挾著勁風飛出去，伴隨尖銳的呼嘯聲，在空中留下一道殘影，隨後是「嘟」的一聲，馬背上的稻草人應聲落地。

兩個裁判連忙跑上前查看，出自王培吉那邊的裁判卻呆愣當場。

反觀另一位裁判則是喜形於色，興高采烈地扶起稻草人，大聲宣佈。「正中咽喉。」

伴隨著他的聲音，眾人看過去，就見那假人的咽喉處，直直插著一枝箭，貫穿護頸。

一瞬間的寂靜之後是滿堂喝采，以及此起彼伏的如雷掌聲。

貫穿護頸，那是怎樣的力道！

之前王培吉也不知是有意還是無意地射中護頸，可僅留下一個印子。

這下子，魏家一系的群眾可算是揚眉吐氣，一雪前恥了。累積大半天的鬱悶一洩而出，現場氣氛頓時高漲，一改之前的頹喪低迷。

望著身旁幾個情不自禁歡呼雀躍的姑娘，宋嘉禾忍俊不禁。能讓矜持的女兒家如此喜形於色，可見內心不是一般激動。

王培吉揑著護指，目光沈沈地看著不遠處的魏闕，忽地一笑。「早有耳聞魏將軍百步穿楊，箭法如神，果然百聞不如一見，佩服佩服！」

魏闕平聲道：「王世子過獎了。」

「這都是在下肺腑之言，」王培吉意味深長地看一眼邊上的魏閎。「魏將軍讓在下明白，何為天外有天，人外有人。」

魏閎眼底閃過一道光，轉眼即逝，他神情自若地看著王培吉，甚至還翩翩一笑。

王培吉也笑了笑，笑容耐人尋味。兄弟倆，一個顏面掃地，一個大出風頭，他就不信魏閎能毫無芥蒂。親兄弟？呵，他那幾個同胞兄弟，恨不得置對方於死地。

眼下還能和睦共處，那是時候未到，他倒是不介意推波助瀾一把，畢竟渾水才好摸魚。

轉眼間，新的稻草人已經準備就緒，接下來兩箭就如同第一箭的翻版。動作樸實無華，可一旦離弦，就讓人為之驚豔萬分。

三箭都貫穿咽喉。一次還能說巧合之作，是運氣，但是兩、三次都如此，那只能承認這就是實力。

靶場一次又一次的歡聲如潮，梁州一系的喜笑顏開。上午有多憋屈，這會兒就有多痛快！

饒是高臺上的梁王，臉上也露出笑容，可見心情大好。

不只要贏，還要以壓倒性的姿態勝利，如此才能挽回之前丟掉的顏面，這是賽前梁王對魏闕的叮囑，顯然魏闕做得很好！

魏歆瑤亦是面露微笑，神態放鬆，整個人都舒展開來。這場勝利讓她消失的信心又回來了。

一旁的梁王妃應景地露出笑容，一如既往的端莊雍容。

短暫休息之後，第二場比賽開始。這一場比槍術，還要騎在馬上比。長槍是時下步兵和騎兵運用最廣泛的武器，也是公認最難駕馭的武器之一。

在大多數貴族學刀習劍的情況下，王培吉五歲起練槍，小有成就。

手執銀槍的王培吉笑吟吟地看著魏闕。「還請魏將軍手下留情。」

拿著長槍的王培吉和他之前的模樣迥然不同，凌厲又充滿危險，更符合他荊州王家繼承人的身分。

「請王世子不吝賜教。」魏闕直視他的雙眼，神情端凝。

王培吉臉上的笑容一點一點地收起來，而魏闕的氣勢也變了。若說之前是套著劍鞘的寶劍，眼下就是出了鞘的劍，還是沾過的血的那種，寒光凜凜，氣勢逼人，這樣的壓迫感，他只在幾個人身上體會過，其中並不包括魏闕。

王培吉意味深長地一笑。魏家的兄弟倆有趣了。

一時之間，耳邊只聞兵戈碰撞聲，身影來回交疊，寒光四射。一眾看客目不轉睛，大氣都不敢出，唯恐一眨眼工夫就錯過精采的瞬間。

宋嘉禾的手不知什麼時候又被宋嘉淇抓住，可宋嘉禾此時此刻早被場上險象環生的對決吸引了注意，哪裡還顧得上這個？

也不知過了多久，「噹」一聲之後，王培吉的銀槍飛了出去。長纓在空中掠出一個驚險的弧度，停在王培吉頸間，再進一寸，王培吉必將血濺當場。

王培吉的臉色微微泛青，垂眸望著近在咫尺的槍尖，他看見自己倒映在槍尖上的臉，臉色更青。

場外的宋嘉禾長長呼出一口氣，聽到沈沈的呼氣聲，宋嘉禾嚇一跳，她聲音有這麼大嗎？左右一看，發現大家都是差不多反應，原來屏氣凝神的不止她一個。

宋嘉淇蹦跳起來，抱著宋嘉禾胳膊哇哇直叫。「三表哥好厲害，尤其最後那招！」

宋嘉禾看著馬背上的魏闕，銀盔鐵甲，蜂腰猿背，面容凜然，目光堅定，怪不得那麼多姑娘思慕他，她覺得自己都要被他驚豔到了！

「早前家父就常常在我面前誇讚魏將軍驍勇善戰，是百年難得一見的將帥之才。說實話，當時小姪還心有不忿，今日才算是心悅誠服，恭喜王爺得此佳兒。」接著又是一通情真意切的誇讚。對於魏闕，王培吉毫不吝嗇溢美之詞，卻是隻字不提魏閎。

聽著聽著，周圍逐漸安靜下來，一些人的眼睛忍不住在魏闕、魏閎還有梁王之間來回打轉。

魏閎眼角微微緊繃，嘴角笑容不改；魏闕則是面無表情。

王培吉嘴角一挑。他就是故意的，這不是陰謀，而是陽謀，他就不信魏閎能無動於衷。戰功赫赫的弟弟，還在天下人面前踩著他揚名，就算魏閎有此定力，他的擁護者也能不多想嗎？

還有魏闕，他又會是什麼想法，以及他的支持者呢？王培吉是不信魏家這邊沒人想過支持魏闕爭權，有人的地方就有利益之爭。

反正於他而言就是上下嘴皮子一碰的事，成功了皆大歡喜，失敗了也沒損失。魏家和王家本就是競爭對手，如今不過是因為他們共同的敵人朝廷還在，所以和睦共處，可早晚有一天要撕破臉的。

「你父親有你這樣文武雙全的兒子也是福氣。」梁王笑容滿面，彷彿沒聽出王培吉話裡的機鋒。他輕輕拍了拍王培吉的肩膀，盯著他的眼睛。「後生可畏！」

敗不餒，轉眼工夫就收拾起情緒挑撥離間，倒也算是個人才。可堂堂王家繼承人，盡想著要小聰明，也不過爾爾了。

對上梁王壓迫的視線，王培吉呼吸一滯，他垂下眼避過，才覺得空氣不再那麼逼仄，心下一哂。不愧是名鎮西北的梁王。

王培吉識相地閉嘴。反正要說的也說得差不多了，他也是嫡長子，那種眼見著弟弟們一個個長大成人，逐漸建立起自己勢力的逼迫感，他比誰都瞭解。昔年可愛的小毛頭，一旦長大就會撕掉溫情的偽裝，露出尖銳的獠牙。

臉色微微發僵的魏閎，留意到投注在自己身上那些若有若無的視線，他扯了扯嘴角，讓自己看起來若無其事。不過一些眼尖的人還是能發現他佯裝無事下的緊繃，頓時浮想聯翩。

王培吉轉身看向魏歆瑤，作了個揖，滿臉遺憾地開口。「在下不才，無福迎娶郡主。不過在下對郡主之心，可昭日月，只恨自己無能。」

魏歆瑤的好心情當即不翼而飛，就像是吞了一隻蒼蠅。她端著臉，擠出一抹微笑。「王世子的心意，阿瑤心領了。」

王培吉沈沈一嘆，無盡的遺憾。

見他裝模作樣，魏歆瑤磨了磨後槽牙。要不是他挑事，事情怎麼會發展到這地步？一想起大哥輸了，在人前丟了這麼大一個臉面，要如何挽回？

一想起這事，剛剛升起的歡喜之情就如潮水般退卻，魏歆瑤捏著帕子，心亂如麻。

比賽落下帷幕，在魏家人離開後，觀眾也三三兩兩離開，宋嘉禾興高采烈地拉著宋嘉淇去領銀子。

宋嘉淇也挺高興的，因為她靠著不要臉、不要皮，成功要到五百兩銀子，算算還賺了二百兩呢！

對比姊妹倆的歡天喜地，魏歆瑤和羅清涵就不是那麼高興了，各有各的煩心事。

羅清涵滿心滿眼都是湖心小亭裡那一幕，以及校場上魏闕和宋嘉禾的「眉來眼去」，攪得她心潮澎湃，恨意四流。

她是無能為力，但是魏歆瑤可以啊！魏歆瑤不喜宋嘉禾，別人不清楚，她卻知道，魏歆瑤是絕對不會樂見宋嘉禾嫁進王府的。

「妳說三哥和宋嘉禾？」魏歆瑤不敢相信自己的耳朵，只覺得荒謬。

羅清涵比她還不願意相信，可事實擺在眼前。「我親眼看見的，兩個人在涼亭裡有說有笑，魏三哥還送了一個錦盒給宋嘉禾。宋嘉禾打開後，別提多高興了。」魏闕笑得也挺高興，一想到那畫面，羅清涵內心就開始酸得冒泡。

魏歆瑤皺起眉頭，還是覺得不可思議，可羅清涵沒必要也沒這膽子拿這種事騙她。她心底湧出一股說不清、道不明的不舒服。

宋嘉禾她何德何能讓三哥喜歡她？還有九哥，打小就喜歡圍著宋嘉禾轉，就是訂親了也念念不忘。

「郡主，妳說這可怎麼辦？」見她沈吟不語，六神無主的羅清涵不由催促。兩人門當戶對的，又有梁太妃這層關係在。

「急什麼！」魏歆瑤冷斥一聲。「八字都還沒一撇呢！」

宋銘戰功彪炳還手握重兵，宋家枝繁葉茂，親朋故舊遍布，還是祖母娘家，母妃絕不會希望三哥娶宋嘉禾，母妃一直都想讓三哥娶個家世中等、聽話又乖巧的媳婦，這樣對大哥、對他們都好。

戌時半，宋老夫人帶著一眾女眷向梁太妃告辭，男人們則繼續留在王府裡喝酒。

馬車裡，宋嘉禾笑咪咪地掏出兩張銀票，甩得嘩嘩響。

宋老夫人樂了。「贏的？」

她知道有人就比賽設了賭局，小賭怡情，只要不沈迷，宋老夫人並不反對兒孫們偶爾下場玩一玩。

「贏了二千兩。」宋嘉禾得意洋洋。

宋老夫人配合地露出驚訝的表情。「這麼多，運氣不錯！」

「是啊，三表哥真是太厲害了，感謝他讓我發了一筆橫財。」

宋老夫人樂不可支。「瞧妳這沒出息的樣兒。」

宋嘉禾俏皮地吐吐舌頭，特別大方地遞了一張銀票過去。「見者有分，這是給祖母買花戴的。」

宋老夫人心裡比喝了蜜還甜，笑得滿臉皺紋。「祖母老了，不戴花，妳自己收著，日後作嫁妝吧！」

宋嘉禾臉一紅，輕叫。「祖母說什麼嘛！」

宋老夫人望著不好意思地扭過頭的孫女，心頭微微發澀。宋銘已經和她說了季恪簡的意思，她一直都沒捨得告訴孫女，就怕她傷心難過，這孩子長這麼大，頭一次對人有好感。

這幾天宋老夫人都不知該怎麼開口，把她愁得不行，可這麼拖著也不是個事。就算季恪簡回冀州，暖暖惦記著他，哪有心思去看別的兒郎？看來還是得找個適合的機會和她說明白，橫豎認識也沒多久，感情深不到哪兒去。

宋嘉禾拍了拍臉，覺得臉不那麼燙了，二話不說就塞了一張銀票過去。「這是我孝敬祖母的，我頭一次掙到銀子，這麼有意義的銀票，祖母可得收好了。」

「好好好。」宋老夫人拿她沒辦法，順著她的意思收下銀票。

說笑著，馬車便停下來，宋老夫人讓大夥兒回去歇著，臨走前，淡淡地瞥一眼林氏。她還記得宋嘉卉今日鬧的事，自己是懶得跟林氏扯嘴皮子了，說不了兩句就要哭著認錯，然後求饒，想想就覺膩得不行，還是等宋銘回來再說。他慣出來的媳婦，自己去受著。

林氏面色微微發白，腳步有些不穩；宋嘉禾溜她一眼，心情十分平靜無波。

各自別過後，林氏沒有回沉香院，而是去了錦繡院。

錦繡院裡靜悄悄的，一聽謝嬤嬤已經歇下，林氏不禁鬆了一口氣。說來慚愧，她也有些怕嚴肅的謝嬤嬤。又聽宋嘉卉挨打，林氏登時心急如焚，快步進了寢房。

寢房裡還亮著燈，宋嘉卉知道林氏回府後，肯定會來瞧她，她正有一肚子委屈要和母親訴苦。

一見林氏，宋嘉卉就覺委屈得不行，伸著紅腫的左手，哇的一聲哭出來。「娘，您看，謝嬤嬤又打我！」

捧著女兒腫起來的手，林氏疼得心肝顫，眼眶也紅了。

宋嘉卉涕泗橫流。「娘，您把謝嬤嬤趕走，把她趕走好不好？我討厭她，我不想見到她。」

林氏嘴裡發苦，卻沒應她。她心疼女兒，卻也知道女兒性子被她慣得驕縱霸道了些，再不管教，日後更麻煩，她自己狠不下心，只能寄望於謝嬤嬤。正如丈夫說的，現在吃點虧，總比將來吃一輩子苦頭好。再退一步，謝嬤嬤是宋老夫人請來的，她就是想辭退人家也有心無力。

「卉兒，謝嬤嬤都是為妳好，妳以後聽她的話，她就不會打妳了。」林氏好聲好氣地哄她。

聞言，宋嘉卉無比失望，甚至是絕望，她發狂地吼起來。「什麼為我好，她就是看我不順眼，故意虐待我，她肯定是奉了祖母的命故意虐待我！」

林氏駭然失色，嚇得趕緊伸手去捂宋嘉卉的嘴。

宋嘉卉只覺得心裡有一把火在燒。一想自己還要繼續生活在謝嬤嬤這個老虔婆的魔爪下，動不動就挨打挨罵，這樣的日子還有什麼意思？現在連說句話都得小心翼翼，憑什麼，憑什麼！

越想越不忿，見林氏伸手要捂她的嘴，宋嘉卉氣急敗壞地抓住林氏的手，用力一推。

坐在床沿的林氏猝不及防下，整個人都被宋嘉卉推出去，一個踉蹌，好巧不巧正摔在床邊繡墩上，頓時一聲慘叫。

守在屋外的丫鬟聽動靜不對，連忙衝進來，只見滿頭冷汗、臉色蒼白的林氏蜷縮在地上，而宋嘉卉傻愣愣地坐在床上，還伸著雙手，像是嚇傻了。

豆大的汗珠順著額頭滾滾而下，林氏抓著斂秋的手臂，哆嗦道：「記住，是我自己摔倒的……」

斂秋喉間一堵。看這架勢，分明是二姑娘把夫人給推倒，二姑娘如此忤逆不孝，都對夫人動手了，夫人竟然還要維護她？

這一刻，斂秋心裡堵得厲害，就像被一塊巨石壓著，可夫人發的話她又能怎麼樣？

斂秋只得忍著糟心，要將林氏扶起來，錯眼間瞄到一抹暗紅，瞳孔瞬間劇烈收縮，失聲尖叫。「夫人！您……」

她的聲音太淒厲，以至於所有人都被她吸引過去。循著她的視線，屋內眾人的目光不約而同凝固在林氏裙襬上的那抹紅色。

林氏低頭一看，如遭雷擊，腦子裡嗡嗡作響，不敢置信地瞪著裙襬，雙手劇烈顫抖起來，漸漸蔓延到全身，整個人抖如篩糠。方才的腹痛如絞，她以為是因為撞到繡墩的緣故，卻不想，她竟是小產了……

林氏雙眼一翻，就這麼昏過去。

「府醫，快傳府醫！」嚇得魂飛魄散的斂秋高聲疾呼，錦繡院裡頓時亂成一團。

這時，降舒院內，宋嘉禾剛剛躺上床，正準備睡覺，就聽見敲門聲。聽這急促勁，她連忙坐起來。

留下來守夜的青畫小跑過去開門，問門外的青書：「出什麼事了？」

「夫人見紅了！」青書回道。

宋嘉禾悚然一驚。見紅？

林氏懷孕了？可她印象裡沒這件事啊！不過，已經有很多事和以前不一樣了……

宋嘉禾搖搖頭，不再多想，立刻下床，隨便套了一身衣服，又用玉簪將頭髮綰起，就出了門。

錦繡院裡燈火通明，亮如白晝，還沒進院子就能聽見裡面雜亂的聲音。

「七嬸。」

「暖暖也來了。」聞訊趕來的宜安縣主見宋嘉禾眉頭微蹙，出聲安慰。「妳也別太擔心，吉人自有天相。」
宋嘉禾扯了扯嘴角，心頭不是很樂觀。林氏年紀委實不算輕，三十有五，這年紀懷上的孩子本就比尋常孩子羸弱一些，還摔了一跤，難免讓人擔憂。縱然對林氏有心結，可總歸是她生母，那未出世的孩子也是她一脈相承的弟妹，她由衷盼著母子平安。
客廳裡，宋老夫人和小顧氏俱在，宋嘉禾對兩人見過禮，先問情況。
宋老夫人眉頭緊鎖。「府醫和醫女都在裡頭，還沒傳出話來。」
宋嘉禾抬頭看了一眼緊閉的房門，自然什麼都看不到。她定了定神，轉到左邊，宋嘉卉坐在那裡，一臉倉皇無助、六神無主。
宋嘉禾留意到她膝上的裙襬縐得不成樣，便仔細打量她，眉心微微一擰。「二姊？」
宋嘉卉嚇一跳，像是才發現宋嘉禾似的，敷衍地站起來。「六妹。」又對宜安縣主心不在焉地福了福。「七嬸。」
宜安縣主目光緩緩在她臉上繞一圈，冷不防地問：「妳娘在哪兒摔的，怎麼會這麼不小心？那些丫鬟婆子都幹麼去了？」
聞言，宋嘉禾耳朵動了動，這也是她的疑惑。
宋嘉卉心頭一慌，彷彿胸腔裡藏了一隻兔子，怦怦怦跳個不停。她低頭扯著衣袖，藉此掩蓋自己雙手的顫抖。她真不是故意的，她當時氣壞了，根本不知道自己在做什麼，她不知道母親懷孕，要是知道，肯定不會發脾氣的……
宜安縣主抬頭看向宋老夫人。宋嘉卉那點心虛，她一進門就注意到了，她不信宋老夫人會沒察覺到。

宋老夫人雙唇緊抿，凌厲的視線直射宋嘉卉。「妳娘到底是怎麼摔的？」

「娘……」宋嘉卉嚥了口唾沫，捏著袖口，指尖因為用力而泛白。「她起身的時候，不小心、不小心崴了下，就……就這麼摔了，摔在繡墩上。」

娘說了，她是自己不小心摔的。

「不小心？」宋老夫人語氣沈沈，讓人聽不出其中情緒。

宋嘉卉覺得祖母落在她臉上的目光泛著涼意，她不適地動了動身子，低頭看著腳尖。

宋老夫人定定看著她，目光說不出的複雜。

這時候謝嬤嬤進來了，宋嘉卉不自覺地繃緊神經。

謝嬤嬤躬身道：「老夫人，我剛剛去問了那幾個丫頭。」

宋嘉卉眉心一抖，不由自主地心慌意亂，抓緊袖口。

「綠衣說，她們在外頭聽到一些爭執聲，隨後就聽見二夫人摔倒的聲音。她們進去時，就見二夫人臉色蒼白地摔倒在地，而二姑娘呆坐在床上，還伸著手。」謝嬤嬤在錦繡院待了也有一段日子，對宋嘉卉那幾個大丫頭頗瞭解，三言兩語就發現綠衣不對勁，再一逼問，這丫頭就什麼都招了。

宋嘉卉臉色變了變，忽然間福至心靈。「我想拉住娘，想拉住她的……」

若只是摔一跤倒還好，可現在娘可能會小產，父親和祖母要知道是她推的，絕對饒不了她。

謝嬤嬤目不斜視，繼續道：「綠衣還說，二夫人暈過去前說了一句話：『記住，是我自己摔倒的。』」

這話無異於一個巴掌重重甩在宋嘉卉臉上，她臉色脹紅，又在頃刻間變得慘白。她不自覺就要辯解，剛張開嘴，就見宋老夫人直勾勾地看著她，臉色陰沈如水。

狡辯之詞便成了秤砣，重重沈下去，宋嘉卉心亂如麻，慌亂不能自已。

宋老夫人氣血上湧，抬手指著她，手都在發抖。家門不幸，有此逆女！

宋嘉卉兩股顫慄，只覺得膝蓋發軟，如同麵條，她終於支撐不住全身的重量，癱軟在地，摀著臉崩潰大哭。「我不是故意推娘的，我真的不是故意的！」

宋老夫人相信這點，可她更生氣的是，宋嘉卉脾氣上來就不管不顧，對旁人如此，之前在王府一言不合就想對暖暖動手，而對著那麼疼她的林氏，她也能如此，哪天她是不是也要對自己動手了？誰給她的膽子，簡直無法無天，再不給她教訓，早晚要捅出大婁子，不對，是已經捅出大婁子了！

宋老夫人撚了撚佛珠，冷聲道：「妳給我去外面跪著，沒我的話，不許起來。」

宋嘉卉嘴唇顫了下，望著宋老夫人冷若冰霜的臉，不敢求饒，抽泣地站起來，轉身時，她看見了站在一旁的宋嘉禾。

霎時恨意叢生。要不是宋嘉禾，她就不會被謝嬤嬤從王府帶回來，也就不會受罰，那就不會氣得失去理智，失手推了母親，都是宋嘉禾害的！

宋嘉卉背過身後，低頭，掩飾了臉上憤恨不平的情緒。

捕捉到那一抹怨恨之色的宋嘉禾，心下一哂。以她對宋嘉卉的瞭解，肯定又怪上她了。進來時，她就留意到宋嘉卉左手腫著，想來是因為白天的事被謝嬤嬤罰了，而林氏和宋嘉卉爭執，大概也是因為白天的事。

宋嘉卉哪能不怪她啊，如果不怪她，她這好二姊的良心如何能安？把責任推她頭上，她宋嘉卉也就能心安理得了。

她早就看透宋嘉卉這人，自私自利，又自我到極致，出了事永遠在別人身上找問題，她自己是絕對不會有錯的。

第十五章

宋銘被人從隔壁王府匆匆找回來，同他一起回來的人，除了宋子諫，還有季恪簡。

因事情發生在錦繡院，是宋嘉卉的閨房，遂季恪簡並沒有同去，只囑咐宋子諫有消息立刻通知他，他便在外院等消息。

「母親，林氏情況如何？」宋銘一踏進門就出聲詢問，神情凝重。他這年紀能有個孩子是一件大喜事，可轉眼喜事極有可能變成喪事，心情可想而知。

宋老夫人撚著佛珠沈默不語，父子二人的心便往下沈。

念及剛剛傳出來的消息，宋老夫人輕嘆一聲。「孩子沒保住，林氏還好。」也算是不幸中的萬幸。

林氏年紀不小，又懷了一個月身孕，腰腹還正好摔在繡墩上，這孩子能保住才是奇跡。

想起那一盆盆血水，宋老夫人就心如刀割。

宋銘抹了一把臉，轉而問起來。「嘉卉是怎麼回事？」進來時，他看見宋嘉卉跪在院子裡的青石板上。

提起宋嘉卉，宋老夫人的臉色就沈下來。

宋銘就知道自己猜對了。「是嘉卉闖的禍？」

「是嘉卉推的，我問她怎麼回事，她一開始還不承認，狡辯說是妳媳婦自己摔倒的。」

說起來，宋老夫人就一肚子氣，她已經很久沒這麼生氣了。

宋銘眉頭狠狠一跳，重重一拍桌子。「混帳東西！」

宋老夫人撚著佛珠不語。現在說什麼都晚了，她後悔之前手段太溫和，總想著到底還小，又是姑娘家，請了嬤嬤也就差不多，可現在看來她想得太簡單了。請嬤嬤也不過是治標不治本，這孫女已經被養歪，想改回來非易事，等閒手段根本起不了作用。

「嘉卉的事稍後再說，先去看看妳媳婦吧！」宋老夫人站起來，宋嘉禾上前扶住她的胳膊。

林氏醒著，此時面色慘白，眼角發紅，也不知是疼得哭過，還是傷心地哭過？她的目光繞了一圈，沒有發現宋嘉卉，心裡就咯噔一下。「卉兒呢？」

都這樣了，還惦記著宋嘉卉，瞧著一點芥蒂都沒有，宋老夫人竟然也不知道說什麼才好了？有這麼個娘是宋嘉卉的幸運，也是她的不幸。

突然之間，宋老夫人覺得意興闌珊，淡淡道：「她都承認了，我讓她在院子裡跪著。」

聞言，林氏大驚失色，疾聲道：「卉兒不是故意的。」

宋老夫人毫不客氣地打斷她的話。「如果想求情就免了，沒用的，待會兒我就讓她去祠堂跪著，明日就讓老爺子家法處置。」

「母親！」林氏一個哆嗦，嚇得失聲大叫。

「住口！」宋老夫人不耐煩地厲喝一聲。「妳以為維護她是在疼愛她，殊不知妳是在害她，她變成這樣都是妳一手造成的！妳落到這地步，也是自作自受，只可憐那個未出世的孩子，攤上了妳這樣的母親！」
林氏如同被雷打到般，只覺得渾身血都凝固了。
宋老夫人冷冷看她一眼，甩袖離開。「暖暖，我們走！」
宋嘉禾看一眼泥塑木雕似的林氏，莫名同情那無緣降臨的孩子。
小顧氏和宜安縣主面面相覷，也尋了個藉口趕緊離開。
「子諫，你先回去。」宋銘道。
宋子諫擔憂地看一眼木愣愣的林氏，無奈地朝父母行禮告退。長輩的事，他做兒子的也不好開口。
「老爺，都是我的錯，連懷孕都不知道，卉兒真不是故意的，她什麼都不知道，要是知道，她絕不會那麼冒失。」林氏回過神來，忍不住為宋嘉卉求情。宋老夫人顯然不會輕饒宋嘉卉，加上宋老太爺，林氏都不敢想懲罰會是什麼。
見宋銘靜靜地看著自己，林氏心頭發慌，顫聲道：「老爺？」
「氣急之下就對長輩動手，這一點不該懲罰？造成如此嚴重後果，母親罰她難道不是天經地義？在長輩面前信口雌黃，妄想逃避責任，也不該教訓？」
林氏想說，卉兒是順著她的話在說，她只是想請他們看在卉兒不是故意的分上，從輕發落，並不是不罰。可一個字都沒來得及說，她就愣住了，她從來沒見過這樣的宋銘，筋疲力竭，從骨子裡透出疲憊和倦怠。
「闖下如此大禍，妳還是只想著維護她、替她求情，妳到底要把她慣成什麼樣才甘休！」

林氏嘴唇顫抖，似乎想解釋。

宋銘站起來，淡淡地看著面無人色的林氏。「妳好好休養，至於嘉卉，這次必須嚴懲，妳不必再白費口舌為她求饒。我不想讓她覺得，就算她對母親動手導致小產，還撒謊逃避責任，也只是小錯，可以被輕易原諒。那麼從此以後，還有什麼事是她不敢做的？」

正是因為闖禍，有林氏替她隱瞞，宋嘉卉才會養成這性子。反正不會受罰，自然是任性妄為了。

「照顧好夫人。」說罷，宋銘轉身離開。

「老爺！」林氏淒聲喊道，見宋銘頭也不回，登時傷心欲絕，眼睜睜看著他的衣袍消失在門口。

林氏只覺五內俱焚，淚如雨下。怎麼會變成這樣的？婆母怪她，丈夫也怪她……

聽著隱隱約約的痛哭聲，宋銘搖頭一嘆。落到今日這般地步，他也有責任，一直以來，他太過遷就林氏。

目下說這些於事無補，最要緊的是怎麼把宋嘉卉掰正回來？這半年罵也罵了，打也打了，可一點長進都沒有，反而變本加厲。

饒是宋銘都頭疼，就是軍中刺頭都沒讓他這麼煩惱過。刺頭管教不好，大不了趕出軍營；女兒管教不好，還能扔了不成？

月影重重，樹影婆娑，宋銘沈沈一嘆，忽然停下腳步。

就見季恪簡垂眼看著宋嘉禾，披著灰綠色薄披風，滿頭青絲只有一支玉簪固定著，髮尾披在肩頭，襯得一張臉不過巴掌大，在月色下瑩瑩生輝。

不知怎的，季恪簡就想起，早些年看過的話本裡所描述的月精花妖。

宋子諺板著臉大跨一步，站在宋嘉禾面前，仰著腦袋，十分嚴肅地盯著季恪簡。

宋嘉禾愣了下，不知道這小傢伙又鬧哪齣？

她和宋老夫人剛出錦繡院就遇見跑來的宋子諺。

小傢伙白天太興奮，晚上睡不著，偷偷從屋裡溜出去，正好聽見值夜的婆子說起林氏出事，他頓時大急，於是跑過來。不過屋裡那情況，宋嘉禾哪好讓他進去，連哄帶騙才算把小傢伙哄住，親自送他回來。

季恪簡嘴角一翹，抬手摸摸他毛茸茸的腦袋，應該是剛從被窩裡爬起來，頭髮都沒梳，看起來像個小姑娘。「這麼大了，還要姊姊哄你睡？」他正好聽見宋子諺在撒嬌。

「我還小呢！」宋子諺鼓了鼓腮幫子，扭開腦袋。他的腦袋不是誰都可以摸的。

望著理直氣壯的小傢伙，季恪簡不以為意地笑了笑，問宋嘉禾。「姨母情況如何？」

「母親那邊情況已經穩住，季表哥也早些去休息吧。」宋嘉禾道。

季恪簡頷首一笑。「時辰不早了，你們也快點回去。」

宋嘉禾拉著宋子諺對他福了福，旋即離開。

宋子諺腳步十分雀躍。

目送姊弟倆的背影消失在拐角處，季恪簡才慢慢轉過身，看向遠處的宋銘。

且說梁王府內，魏歆瑤揮手讓丫鬟告退，扭頭看著忐忑不安的羅清涵，含笑問她。「三哥醉了，我去給他送醒酒湯，妳要和我一塊兒去嗎？」

羅清涵聽見自己劇烈的心跳聲，似乎要破膛而出。她咬咬舌尖，慢慢點了下頭。

魏歆瑤了然一笑。她知道羅清涵一定會同意的，在自己留她住下時，她也許就猜到了。羅清涵想嫁三哥，都快想瘋了。

羅清涵望著那扇房門，心跳加快，手心裡都是熱汗。

魏歆瑤笑看她一眼，示意丫鬟上前推門。

雕著勾捲雲紋的紅木房門徐徐打開，羅清涵心跳如擂鼓，她掐了掐手心，跟在魏歆瑤身後入內。

屋內一片漆黑，空氣中泛著淡淡酒氣。這麼重的味道，該是喝了不少吧。

魏歆瑤試探著喚了一聲。「三哥？」

毫無反應，魏歆瑤又試探著喊道：「三哥，你醒著嗎？我給你帶醒酒湯來，你喝一點再睡吧！」

依然寂靜無聲。

魏歆瑤略略放心，提著燈籠走到床前，只見魏闕仰躺在床上，便是睡覺，姿勢也一如既往筆挺。燭火下，他面部輪廓格外英挺，修眉高鼻，俊美無儔，怪不得羅清涵如此癡迷，為了他，連女兒家的矜持都不要了。

倒是便宜了羅清涵！

「三哥，三哥你醒醒啊！」魏歆瑤微微揚聲。

見沒有回應，魏歆瑤徹底放心，走到渾身緊繃如同石頭的羅清涵面前。「三哥醉成這樣，叫都叫不醒，我們還是先走吧。」

羅清涵心神劇烈一顫，聽懂她話中的深意。

魏歆瑤輕輕一笑，出了門往左拐。

魏聞也喝醉了，就歇在邊上第四間屋子裡。這次魏闕和魏聞都喝多了，遂就近歇在暢茜院，要不她也找不到機會。

站在門口就能聽見魏聞吵吵鬧鬧的聲音。她這九哥徹底喝醉了還好，不過是呼呼大睡，可這樣半醉最煩人，瘋瘋癲癲的。

「再來一杯，來啊，喝酒啊！乾杯啊！」滿臉潮紅的魏聞一見魏歆瑤進來，就興奮地衝過來。「來，喝酒！」

魏歆瑤用力翻了個白眼，往後退一步，魏聞就被兩個丫鬟接住了。

「好好，我們來喝酒！」魏歆瑤敷衍地應著，示意丫鬟把醒酒湯倒出來。

魏歆瑤端著醒酒湯遞給他，皮笑肉不笑。「這麼小的杯子有什麼意思？大丈夫就得大口喝酒，大口吃肉。」

魏聞果然上當，接過瓷碗就往嘴裡灌。

魏歆瑤嘴角剛剛翹起來，就被魏聞噗一聲，噴了滿臉。「呸呸呸！」

魏歆瑤的臉都綠了。在她的計劃裡，就是羅清涵趁著她照顧魏聞的時候，偷偷跑到魏闕那兒，從始至終，她都是被利用而不是幫凶，她可不想在長輩那裡，留下一個幫外人算計自己兄長的污點。但是計劃中絕對不包括自己被魏聞這個混蛋吐一臉。

瞪著呼三喝四的魏聞，魏歆瑤都要懷疑他是故意的了。魏聞這個混蛋，從小就愛欺負人。

「你要死啊！」魏歆瑤嫌惡地擦著臉。

就算醉了，魏聞脾氣也沒變小，想也不想地反擊。「妳才找死，妳給小爺喝的什麼鬼東西！」說著還想上前揍魏歆瑤。

幾個下人趕緊上來阻攔，登時亂作一團。

羅清涵定了定神，躡手躡腳地退出房間，來到魏闕房前。門前依舊一個守門的人都沒有，靜悄悄的。

望著那扇門，羅清涵心跳得厲害。她握了握拳頭，心一橫，推門而入，又飛快合上門。

羅清涵背抵在門上，覺得雙腿有些發軟。屋裡安靜得可怕，耳邊只有自己的呼吸聲和心跳聲，她吞了一口唾沫，咕嚕一聲，嚇了她一大跳。

她穩了穩心神，就著外頭微弱的月光和燭光，一步又一步走向牆角的架子床。她在一丈外停下腳步，抖了好幾下才抓住腰帶，輕輕一咬舌尖，疼痛讓她迅速冷靜下來，內心劇烈交戰。

這麼做固然有風險，魏家若是不願意負責，她這輩子也就毀了。可她別無選擇，她已經十五了，家裡不會允許她繼續這麼等待下去。

梁王妃滿意她，梁太妃也喜歡她，可魏闕對她並無意，所以他們之間遲遲沒有結果。

不期然地眼前浮現涼亭裡那一幕。她從來沒見過魏闕對哪個女子這般和顏悅色，哪怕是魏歆瑤。論家世、論容貌她都不是宋嘉禾的對手，她若是再不做點什麼，就真的沒機會了。這麼多年的感情，她不甘心就此放手，哪怕可能身敗名裂，她也要試一試。

羅清涵面露決絕，眼底迸射出孤注一擲的瘋狂。

好不容易安撫好魏聞，魏歆瑤累出了一身汗。都說醉鬼難弄，今兒她算是見識到了。她盯著酣然大睡的魏聞。他倒是舒服了！

魏歆瑤恨恨地打了他一下，啪的一聲脆響，讓魏聞的丫鬟心疼得不行，卻是敢怒不敢言。

如此，魏歆瑤心氣才順了些，她理了理裙襬站起來。「好好照顧九爺。」丫鬟諾諾應是。

「清涵呢？」魏歆瑤像是才發現羅清涵不見，出聲詢問。

「羅姑娘好像出去了。」

魏歆瑤皺了皺眉頭。「出去了？去哪兒？妳們去找找，這麼晚了。」

幾個丫鬟便應聲離開。

魏歆瑤低頭微微一笑，慢慢往外走，盤算著再過一會兒就找到魏闕那兒去。羅家雖非大族，可也不是小門小戶，羅清涵失身於三哥，他們家總要給個交代的。思及此，她偏頭看著魏闕的房間，突然愣住，屋裡的燈居然亮著！

愣怔之間，梁王妃的身影突然出現在眼簾中，當下魏歆瑤心裡咯噔一響，迎上去。「母妃，您怎麼來了？」

三哥屋裡亮著，母妃也來了，事發了嗎？誰發現的？一連串問題攪得魏歆瑤頭疼欲裂，心慌意亂。

梁王妃看著眼底透著慌亂和茫然的女兒，放緩聲音問她。「妳怎麼在這兒？」

魏歆瑤愣了下，反應過來，臉上的慌亂瞬間消失。「我來給三哥和九哥送醒酒湯。」

「清涵和妳一塊兒來的？」

魏歆瑤鎮定道：「是啊，不過她不知跑哪兒去了，我正派人找她。」

梁王妃眉頭一皺。「妳先在這兒等一下。」

事情發展已經超出她的意料，眼下梁王妃擔心的是，會不會牽連到女兒，又會不會牽連到自己？

魏歆瑤乖巧地點點頭，捏緊手帕。

梁王妃安撫地看她一眼，便帶人進了魏闕那屋。

「母妃。」魏闕起身相迎，聲音不如平日裡精神，整個人透著醉酒後的不適。

梁王妃發現他鬢髮額角有些濕潤，該是為了醒酒洗過臉。「你的人說得不明不白的，到底怎麼回事？」

魏闕捏了捏眉心，勉強打起精神回話。「我正睡著，感覺到不對勁，不自覺出手……」他頓了下。「後察覺到不對勁時，已把人打暈了，點燈一看，竟是羅家姑娘。兒子無法，只好派人請您過來。」

梁王妃眉頭緊皺，若有所思。「剛剛我在外頭遇見阿瑤，她來給你和老九送醒酒湯，清涵就是跟著她一塊兒來的。阿瑤還在說找不到她人，敢情是跑到你這兒來了，這丫頭怎能幹出這種事來！

「這事阿瑤也有錯，識人不明，險些釀下大錯。」梁王妃眉頭擰得更緊，吩咐人讓魏歆瑤進來。

魏闕道：「知人知面不知心，這事也怪不得七妹。」

梁王妃看看他，似乎想確定他是否真心？「可到底是她帶來的人。」

說話間，魏歆瑤已經到了，她臉上帶著恰到好處的驚疑。「母妃、三哥？」

梁王妃板著臉把事情一說。「看看妳惹的禍。」

「她怎麼可以這樣！」魏歆瑤又氣又羞愧，跺著腳，氣得眼淚都流下來，慚愧不已地看著魏闕。「三哥，對不起，我真不知道她會做出這種事來，我沒想到她竟然會這樣大膽。」

魏闕捏了捏眉心，包容一笑。「不怪妳。」

魏歆瑤破涕為笑，拿手背擦擦眼淚，忽然間有些不敢看魏闕的眼。三哥如此相信她，可她卻……

「我看你難受得緊，要不你先歇著，這事明兒再說。」梁王妃又問：「清涵我先帶走問問情況，她人呢？」

魏闕抬眼看了看梁王妃，梁王妃心頭一悸。

魏闕垂下眼。「關峒。」

候在一旁的關峒便示意一個婆子跟他去耳房，不一會兒，那個婆子就抱著被裹得嚴嚴實實的羅清涵出來。

梁王妃心情複雜。要是羅清涵失身魏闕，或者被人撞破這事，那麼少不得要給羅家交代。可眼下什麼事都沒發生，完全可以一床被子掩過去，她再說什麼讓魏闕娶了羅清涵的話，可就有違她一直以來的慈母形象了。

成事不足，敗事有餘的東西！

梁王妃壓下怒火，溫聲道：「你好好休息，這事你別擔心，母妃會處理好的。」

魏闕看著她，笑了笑。「有勞母親了。」

梁王妃慈和一笑。「你這孩子說什麼見外話。你好生歇著，我先走了。」

魏闕便送二人出去。

「你別送了，趕緊回去歇著，瞧你這臉色。」梁王妃心疼地催促。

魏闕笑了下。「母親和七妹慢走。」

「你回去吧！」梁王妃又催促一聲。

目送梁王妃和魏歆瑤消失在視線中，魏闕才回到屋裡，輕輕一笑，哪裡還有之前醉酒的神態。

闞峒遞了一盞茶，心有不甘。「三爺，您不會真這麼算了吧？羅家那姑娘若是沒郡主授意，哪來這膽子，更不可能支走門口的人。」

下午三爺還幫她擊退王培吉，雖然不全是為了她，也是為了魏家的顏面，可幫了她是事實，這才多久啊，就算計起三爺來，有這麼恩將仇報的嗎？

還有梁王妃，這麼著急把人帶走，怕是想回去串供。

魏闕接過茶，慢慢啜一口，嘴角的弧度泛著冷意。「你覺得這事能瞞過父王？」

闞峒一愣，頓時笑起來。雁過留痕，郡主想瞞天過海，哪有那麼容易？既如此，他家三爺做個大孝子也是可的。

梁王妃連夜再三和羅清涵對好口供，務必要把魏歆瑤摘出來；羅清涵縱然心有不甘，可形勢比人強，為了羅家，只有點頭答應的分兒。

然而第二天，梁王妃發現自己都是白費功夫，梁王根本不想審問羅清涵，他竟然已經找到那個騙走守衛的丫鬟。明明她已經連夜將人送出去了！

「幫著外人算計兄長，妳養的好女兒！」梁王坐在黑漆描金靠背椅，目光沈沈地看著梁王妃。

梁王妃臉上就像是撲了一層麵粉，白得嚇人，半晌才擠出一句。「阿瑤年幼無知，才會被人蠱惑了去。」

梁王輕嗤一聲。「這話妳覺得我會信？到底誰蠱惑了誰，妳我都心裡有數。」

梁王妃心頭一跳，眨也不眨地看著梁王。

「阿瑤這麼做，無非就是知道打壓老三可以討好妳，可以為昨日的事將功補過。」梁王往後靠了靠，見梁王妃動了動嘴角似乎要解釋，梁王直視梁王妃。「別想否認，妳不喜歡老三，在我面前還要裝模作樣不成？」

梁王妃瞳孔一縮，突然間四肢冰涼。

梁王向她傾了傾身子。「昨日到底怎麼一回事，老三不說破，那是給妳留面子，妳還真以為他傻，好糊弄了？」

見梁王妃面上一片慘白，梁王敲了敲桌面。「妳不喜老三，卻也要在他面前扮演慈母，不外乎因為他行軍作戰的本事，他能幫老大。既然妳也明白這點，真聰明，就更該好好對老三，讓他心甘情願地輔佐老大，而不是自作聰明地打壓老三，最後弄巧成拙，寒了老三的心，讓他跟妳和老大離心離德。妳明白嗎？」

梁王毫不留情的話語，讓梁王妃的臉由慘白變成通紅，就像被人剝去衣裳，扔在光天化日下遊街示眾。

看著渾身不自在的梁王妃，梁王掀了掀眼皮。「老三的婚事，妳別摻和，我心裡有數。」

梁王妃抬頭看向他。「敢問王爺挑中哪家賢媛了？」

「目前尚未確定，屆時自會通知妳。」梁王淡淡道。「他為家裡征南戰北，立下赫赫戰功，給他找個好姑娘難道不是應該的？老大的位置得靠他自己坐穩，而不是靠我們替他扶穩。」

一直以來，梁王最重視的都是魏閎，哪怕次子魏廷長得最像他，三子魏闕能力肖他，梁王都不曾偏愛兩人，就是不想讓兩人產生不該有的念頭。

甚至因為魏廷立有戰功，在軍中頗有威望，娶妻時，梁王也擇了向來本分的清貴人家。在魏闕這兒，梁王也想如法炮製。

可昨日之事讓梁王猛然意識到，自己對嫡長子保護太過，魏閎這二十三年太過順風順水，以至於一次小小失敗就能打擊他。自古以來，寶劍鋒從磨礪出，梅花香自苦寒來，魏閎也該承受一下壓力了。

梁王抬眸掃一眼神色惶然的梁王妃。「昨日那事，就當妳毫不知情，都是阿瑤自作主張。」

梁王妃的臉火辣辣地燒起來，嘴角抖了抖。

「讓阿瑤去庵堂住半年，磨磨性子，馬上就去。」梁王輕描淡寫地做出懲罰。這女兒擅自作主弄出什麼文鬥、武鬥，又鬧出羅清涵這一齣，該讓她長長教訓了。

梁王妃雖然心疼女兒，卻不敢多求情，唯有應是。

離開書房的梁王妃心緒翻湧。聽話頭，王爺還是一如既往重視魏閎，可王爺似乎也想提拔其他兒子。若只是當作魏閎的磨刀石還好，就怕磨著磨著，助長了那些人的野心。

比起魏闕，梁王妃更擔心的是魏廷。這小子狼子野心，也就王爺看不出來；還有華側妃那個賤人，她肯定不會放過這個機會的。

梁王妃越想，眉頭皺得越緊，眉間隆起深深的褶子。

書房內的梁王端起茶杯喝一口，疲憊地揉了揉額頭。一群不讓人省心的，好好的日子放著不過，在那裡自作聰明。

「讓老三過來一趟。」

片刻後，魏闕來了。

梁王看著高大英武的兒子，面露微笑。這個兒子完美繼承了他的軍事才華，一直以來都是他的驕傲，兵馬交給別人，自然沒有交給兒子來得放心。就是他性子太冷肅，不過在某種意義上也是件好事，手握重兵還左右逢源的次子，可不是什麼好兆頭。

「暢茜院的事我都知道了。」梁王道：「也不知羅家那丫頭給你妹妹灌了什麼迷魂湯，竟然說動你妹妹幫她。」

魏闕不刨根究底，那是他孝順識大體，可他不能不給個交代，免得他寒了心，但是有些話又不能說得太明白，說穿了就傷感情。

見魏闕垂下眼，梁王心想，他果然是知道的，要是這點都看不透，自己才要失望。

「我罰你妹妹去庵堂待半年。」

「七妹年幼，才會輕信於人。」

「十三，不小了，讓她長長教訓也好，你不用替她求情。」梁王轉了轉手裡的雞缸杯。這兒子受了委屈，總要補償下，遂問道：「你也不小了，早該成家，可有中意的姑娘？」

一張巧笑倩兮的臉龐，猝不及防地浮現在魏闕腦海中。他望著笑容溫和的梁王，似乎只要他說，梁王就一定成全。

「沒有。」魏闕言簡意賅。

梁王無奈地搖搖頭。「也是，你整日住在軍營裡，哪有機會認識姑娘家。」

「那你喜歡什麼樣的姑娘？」梁王換了個問法，莫名地對兒子的喜好產生一絲興趣。

魏闕微微擰眉，似乎在思考，片刻後，才開口：「兒子也不知道，興許哪天就遇見合眼緣的人了，屆時還請父王成全。」

梁王頓了頓，不知怎的想起魏闕因為他師父的緣故，三教九流都有所認識，沈吟了下，道：「只要家世清白，為人正派，自然可以。」

梁王妃擔憂魏闕妻子出身太好，梁王卻是怕他娶個江湖女子回來，那就熱鬧了。

「多謝父王。」魏闕躬身道謝。

梁王笑了笑，摩著杯緣另起話題。「昨日那種事，若是你沒醉得人事不省，完全可以避免。」

魏闕道：「兒子無能。」

可太過精明的兒子，梁王恐怕未必樂見。

梁王笑。「喝酒誤事，下次注意了，無論何時何地都得留個心眼。」

魏闕垂首受教。

梁王又道：「外人問起來，就說是丫頭爬床。」

總是要遮遮醜的，難道昭告天下，他們魏家的女兒幫著外人坑自家兄弟？他丟不起這人。

魏闕恭聲應是，見梁王再無吩咐，才告辭離開。

「丫頭？」華側妃輕輕撥弄花架上的泥金九連環，要笑不笑地重複道。「好一個丫頭爬床。」

魏廷皺眉。「姨娘也覺得不對勁？」

華側妃和梁王妃鬥了二十多年，哪能不瞭解她，旁人看不穿，她還不明白？梁王妃可是拿魏闕當仇人看待，也就是魏闕爭氣，她才噓寒問暖當慈母。

昨日最心愛的嫡長子出醜，最厭惡的嫡次子卻大出風頭，梁王妃哪能不受刺激？聯繫魏歆瑤帶羅清涵一塊兒去了暢茜院，羅清涵對魏闕那點心思昭然若揭，又出了丫鬟爬床的事，稍微用腦子想一想，華側妃就把來龍去脈猜了個八九不離十。

「怕是王妃擔心魏闕坐大，所以讓羅清涵去爬床，絕了魏闕娶高門貴女的路。」華側妃緩緩道。

魏廷難以置信，壓低聲音道：「她瘋了不成！」這個她自然是指梁王妃。

華側妃輕輕一笑。「不瘋也是傻。」

她要有這麼個能征善戰的兒子，作夢都得笑醒。可梁王妃那個蠢貨，就為了那麼點陳年舊事，居然把人往外推，可真蠢得無可救藥，還自以為聰明。偏偏就這麼個蠢貨，還壓在她頭上作威作福二十餘年。

「老三知道嗎？」魏廷計上心頭。母子離心，進而兄弟反目，他是求之不得。

華側妃沈吟片刻。「就算不確定，也該有所懷疑，他既然能打贏那麼多戰役，就絕不會是個泛泛之輩。」打仗可不是只要有勇，更要有謀。

「老三就不覺得委屈？」魏廷想，華側妃要是為了胞弟魏廻這麼算計他，他肯定厭惡，輕則離心離德，重則反目。就算魏廻毫不知情，他也會忍不住疏遠，總歸意難平。

華側妃微微一笑。「就算覺得委屈又能如何？百善孝為先，老三要是生出怨懟之心，你父王也是容不下他的，你父王哪能讓人威脅你大哥啊！」

與其說梁王保的是梁王妃，不如說他保的是魏閎，那可是他悉心培養、寄予厚望的嫡長子。

魏廷臉色霎時陰沈似水。父王眼裡只有魏閎，若魏閎文治武功都能讓他心悅誠服，那他無話可說，可魏閎他有什麼本事？什麼治國之才、滿腹經綸，都是別人吹出來的；上了馬也就會打獵，花架子糊弄人，對行軍布陣一竅不通。

自己出生入死打江山，他在後頭逍遙快活坐江山，沒這樣的道理！

華側妃淡淡瞥他一眼。「在我這兒擺擺臉色就算了，出了這門，把你那點心思收起來，被你父王看出來，有你受的。」

魏廷一凜，神色稍斂。

「記住了，對你大哥尊敬點，尤其是在你父王面前。」華側妃叮囑，也隱隱發愁。她這兒子十四歲就被梁王帶入軍營，耳濡目染下，性子有些衝動。「說話、行事三思而後行，切不可胡來。」

魏廷心裡嘔得慌，這樣的忍耐何時才是盡頭？「姨娘，我到底要忍到什麼時候？」

華側妃眼角一沈。「等到你父王厭棄你大哥的時候。」

魏廷懷疑，能等到這一天嗎？父王對大哥的器重是有目共睹。

「是人都會犯錯的，」華側妃摘下一片花瓣慢慢揉爛，慢條斯理道：「你們兄弟一個接著一個成家立業，獨當一面，他怎麼可能不著急？」

沒有軍功是魏閎最大的軟肋，偏偏下面的老二、老三都軍功赫赫，老大可沒表現出來的那麼豁達謙遜。

「所以你要做的是建功立業，而不是跟他嘔氣。你的功勞越大，威望越高，魏閎就越不安，越有可能犯錯。」華側妃直視魏廷，目光灼灼。

魏廷面容一肅。「姨娘所言甚是，兒子謹記於心。」

華側妃輕輕地笑了，顯得嫵媚動人。她年近四十，可看起來不過二十七、八，豔若桃李，笑起來更顯年輕，瞧著更像是魏廷的姊姊。

「老三那兒，還是照我以前說的，儘量拉攏他，就算他避著你，你也要刻意接近他。」

華側妃目光一閃。「你倆走得近了，那頭心裡就會發慌，王妃性子多疑。」

這時候的宋府也不太平。

宋嘉卉在祠堂跪了一整夜，熬得眼底布滿血絲，嘴唇起疱。不是她不想偷懶睡覺，而是負責看守她的婆子一看她閉上眼，就用戒尺抽她。

哪怕宋嘉卉擺主子派頭都沒用，越說打得越重，打得她都不敢還嘴，抽抽噎噎地跪了一宿。

正渾渾噩噩間，宋嘉卉就聽見吱呀一聲，厚重的大門應聲而開，刺眼的陽光爭先恐後鑽進來，令她不適地閉了閉眼。再睜開時，就見面容冷凝的宋老太爺站在門口，右手邊站著宋老夫人，左邊則是宋銘。

宋嘉卉目光跳過三人，落在宋銘身後的宋子諫身上，哀求地看著他，她覺得只有二哥可能會幫她了。

宋子諫無動於衷，想起躺在病床上的林氏，他都想親手打她一頓。

見此，唯一的希望也灰飛煙滅，宋嘉卉害怕地哭起來。

宋老太爺踱步入內，目光沈沈地望著供桌上的牌位，久久不語。先是宋嘉音，再是宋嘉卉，一個接著一個出問題，虧得沒傳出去，要不下面幾個孫女都別想說給好人家了。

落針可聞的寂靜，讓宋嘉卉連哭都不敢哭，她死死摀著嘴默默抽泣。

半晌，宋老太爺轉過身，靜靜地看著涕泗橫流的宋嘉卉。

在這樣的目光下，宋嘉卉忍不住瑟縮了下，恨不能將自己藏起來。

「嘉卉，妳可知錯？」宋老太爺背著手走到宋嘉卉面前。

宋嘉卉點頭如搗蒜。她也不傻，這會兒哪敢嘴硬，母親又不在。

宋老太爺又問：「那妳說說錯在哪兒？」

「我……」宋嘉卉抽噎了下，囁嚅道：「我不該推娘的，可我真不是故意，我是無心的。」

「還有呢?」

「我,我……」宋嘉卉支吾了下,滿臉通紅。「我不該撒謊,逃避責任。」

宋老太爺略一點頭。「如果妳是玩鬧時,不小心導致妳母親小產,可以被原諒;可妳是在憤怒的情況下朝妳母親撒氣,才致使妳母親小產,這兩者性質是不同的。」

宋嘉卉看著宋老太爺,神情似懂非懂,不過眼下她只有點頭的分,就盼著宋老太爺輕饒她。在祠堂待的這一夜,她想了種種可能的懲罰,越想越可怕。

宋老太爺暗暗搖頭。朽木不可雕也,也沒了和她講道理的耐心,老妻、老二和她說的道理難道還少了?當道理講不通的時候,那就只能打了。就算打不明白,也要打到她怕,怕了,下次再想犯渾,也得掂量下後果。

「妳這情況前所未有,也無例可循,」宋老太爺輕敲手背,思索了下,道:「就打二十板子吧。」

女兒家身體到底不如男孩結實,要是男孫,宋老太爺想怎麼著也得三十。

宋嘉卉以為的板子是用戒尺打的,謝嬤嬤就三不五時打她,每次五下、十下的,二十下從來沒有過。她正心驚膽顫,就見兩個婆子搬了一條長凳進來,臉色頓時變得慘白。她當然知道這是什麼,她用來懲罰過不聽話的丫鬟,卻想不到有朝一日會落到她自己身上,這不是懲處下人的刑罰嗎?

「爹!二哥!」宋嘉卉嚇得臉上一點血色都不剩,驚慌失措地看向宋銘和宋子諫,失聲大叫。「爹、二哥，我不要，我不要！」

想起之前看過那血肉模糊的畫面，宋嘉卉冷汗如注，她手腳並用地從地上爬起來，拔腿就要跑，可還沒跨出去，就被一個婆子按下去。

咚一聲跪倒在地，疼得宋嘉卉眼前一黑，彷彿整個膝蓋被人卸下去。

宋老太爺抬了抬眼皮。「動手吧，希望妳經此教訓後懂事些，莫要再胡作非為了。若是再犯，嚴懲不貸。」

被按在刑凳上的宋嘉卉劇烈掙扎，嚇得一張臉都變形了，激動地尖叫起來。「爹、二哥，救我！」

在第一板落下後，宋嘉卉叫得更淒厲，彷彿用盡渾身力氣在求救，嗓子都嘶啞了。宋銘神色平靜。若是這頓打能讓她變乖，那倒是好的，再退一步說，起碼讓她知道怕。宋子諫別過眼，不去看宋嘉卉乞求的眼神。

徹骨的絕望和恐懼籠罩著宋嘉卉，她甚至是憤恨的，憤恨宋銘和宋子諫見死不救。她將臉埋在刑凳上，不再喊宋銘和宋子諫，而是喊起了林氏，一聲又一聲的娘，淒慘至極，漸漸地她再也喊不出聲來，只能痛苦呻吟。

二十下板子結束，宋嘉卉恍若一灘爛泥，趴在那兒一動不動，臀部血淋淋一片，其實也就是看起來嚴重。到底是孫女，宋老太爺只是想讓她長教訓，可不是要把她打出個好歹，用刑意在震懾。

宋老太爺淡聲道：「送回去療傷，傷好後，就送到別莊裡去，讓謝嬤嬤跟過去管教，哪天規矩學好了，哪天再回來。」學不好，那就別回來了。

宋家的女兒嫡嫡庶庶加起來十幾個，不差這一個半個的。

宋嘉卉的事，他也聽過些許，簡直不成體統。宋家姑娘的名聲向來好，百家求娶，宋老太爺可容不得宋嘉卉連累其他孫女的名聲。

宋嘉卉渾渾噩噩間聽到這句話，覺得整個天地都在旋轉。挨板子不算，還要把她關到別莊裡，甚至連個期限都沒有。要是謝嬤嬤說她規矩沒學好，那她豈不是要一輩子被關在別莊？

又驚又怒的宋嘉卉一口氣沒喘上來，暈了過去，兩個婆子將她抬起來，帶出祠堂。

宋老太爺收回目光，看向宋銘，搖頭一嘆。「從始至終，她都沒問過林氏情況如何？」

林氏如此疼愛她，疼得近乎不可理喻，還因為她小產，可宋嘉卉竟然一句關心的話都沒有，何其涼薄！

宋老太爺都覺齒冷。這孫女算是廢了。

宋銘面部線條緊繃、神情複雜，宋老夫人都不忍細看。

稍晚一些，宋嘉禾去溫安院時，就見宋老夫人臉上有著掩不住的疲憊之色。

行過禮後，宋嘉禾爬上羅漢床，跪坐在宋老夫人身後，揉捏著她的肩膀。「祖母，您不舒服的話，傳府醫來看看吧。」

宋老夫人拍怕她的手背。她是心裡不舒服，再如何，宋嘉卉都是她嫡親孫女，小時候挺乖巧的孩子，怎麼就變成這樣了呢！

「沒事，祖母的身體自己心裡有數。」宋老夫人緩聲道。

宋嘉禾探過身來，仔細地端詳她。

望著近在咫尺的孫女，宋老夫人忍不住笑了，摸了摸孫女嫩生生的臉蛋。「祖母真沒事。剛和妳祖父還有妳爹、二哥他們去了一趟祠堂。妳祖父罰了嘉卉二十大板，還讓她去別莊學規矩，學不好就不許回來。」

宋嘉禾微微一驚。祖父果然一如既往的雷厲風行。上輩子宋嘉卉聯合魏歆瑤害她，也是祖父先將她打個半死，然後把宋嘉卉關在別莊，直到她死，宋嘉卉都沒能離開。

這輩子也不知道宋嘉卉能待多久，畢竟這回情況和之前不同，雖說只要學好規矩就能出來，不過對宋嘉卉而言，要學好規矩估計挺難的。

宋嘉禾一時之間還真不知道該說什麼才好，躊躇了下，才道：「二姊要是能改了性子，也不枉祖父一番苦心。」

「是啊！」宋老夫人輕輕一嘆。總是盼著她好的。

忽然間就想起季恪簡的事，擇日不如撞日，宋老夫人斟酌了下，便委婉地把季恪簡的意思說了，說話時，留意著宋嘉禾的表情。

宋嘉禾特別想表現得雲淡風輕，可是她忍不住啊，她現在特別想拽著季恪簡的衣領，罵一句「大騙子」！

當年他信誓旦旦地說對她一見鍾情，再見傾心，她居然還信以為真了。

第十六章

幾日後，季恪簡再出現於宋老夫人面前時，已經告知去意。

怨不得孫女一顆芳心繫於他，望著長身玉立如松柏的季恪簡，宋老夫人如是感慨。

有匪君子，如切如磋，如琢如磨。

有匪君子，充耳琇瑩，會弁如星。

有匪君子，如金如錫，如圭如璧。（注）

這陣子，不少老姊妹拐彎抹角找她打聽季恪簡來著，他這陣風可是吹皺了一池春水，眼下要走了，也是好事。

「難得來一趟，何不多留一陣子？」表面上，宋老夫人還得熱情留客。

季恪簡溫聲道：「離開已有月餘，家中父母惦念，已經來信催促。」

宋老夫人便也不多留。「那可定下出發的日子了？」

「三日後啟程。」

宋老夫人又道：「那這兩日你別忘了去別家道個別。」

如梁王府那兒是萬萬不能遺漏的，不過以季恪簡的周全，也不可能忘了這一點，她也就是這麼隨口一說。

注：引用自《詩經》〈國風・衛風・淇奧〉

季恪簡笑著應了一聲是，又說了兩句，宋老夫人便讓他下去忙。

宋老夫人歪在靠墊上幽幽一嘆。前幾日她和暖暖說了季恪簡的態度，孫女那一瞬的表情，至今還記憶猶新。

比起傷心失落，倒更像被欺騙的鬱悶。當時宋老夫人心裡咯噔一響，莫不是季恪簡私下和暖暖說過什麼？可季恪簡瞧著也不像是這般輕浮之人，奈何她怎麼問，暖暖都說沒有的事；再問，孫女就是一副傷心欲絕的模樣，她也不捨得追問下去，可她總覺得孫女有什麼事瞞著她。

覷著宋老夫人微皺的眉頭，朱嬷嬷捧了一盞茶遞過去。「老夫人也別太擔心了，六姑娘就是一時的興頭，待人一走，也就淡了。」她終日不離宋老夫人左右，很多事宋老夫人都不瞞著她，故而也知道宋嘉禾那點少女情思。

「但願如此。」宋老夫人由衷道。她怕的就是暖暖陷進去出不來。前車之鑑猶在，再堅強的人遇到情愛之事都難免遍體鱗傷，宋老夫人是真捨不得孫女遭罪，唯願這丫頭用情不深。

離開溫安院，季恪簡又去沉香院探望林氏，順道辭行。

林氏眉宇間的憂愁濃得化不開。她已經知道宋嘉卉挨打的事，恨不能飛過去看望。可宋老太爺下令，除了府醫，不許任何人踏入錦繡院。

林氏只能在外頭乾著急，聽聞季恪簡不日即將離開，她一怔。「怎麼不多留幾日？你才來多久。」

相較於宋老夫人，林氏這話可就真心實意多了。她好不容易見到一個娘家人，自然想多相處幾日。

季恪簡笑了笑。「母親已經來信催我回去。」

這下子林氏也不好再多說什麼。她大姊一共生了二子一女，長子早些年意外去世，長女早早出閣，眼下也就一個季恪簡承歡膝下。設身處地一想，她也得日思夜想，恨不得時時刻刻都留在身邊才放心。

「既然大姊催了，那你早點回去吧，免得她掛念。」林氏柔聲道：「回去多陪陪她。」

「姨母放心。」望著林氏憔悴的面容，季恪簡猶豫了下，還是道：「姨母也放寬心，好好休養，莫要傷了身子。」

他不知道究竟發生了什麼，但是根據宋家這幾日的情形來看，猜測大抵跟病重的宋嘉卉有關。

「我曉得。」林氏扯了扯嘴角，輕輕點頭，又問了幾句何時離開、準備得如何後，便讓斂秋把準備好的禮物送到長青院。

見季恪簡要推辭，林氏就道：「這是我給你娘和你大姊準備的。」

如此，季恪簡又鄭重謝過一回，末了道：「那您好生歇息，我就不打擾您了。」

林氏點點頭，季恪簡便行禮告退，剛出門，腳步不由一頓。

宋嘉禾也是來探望林氏，萬不想會這麼巧地遇見季恪簡。

「仇人」一見面，分外眼紅，宋嘉禾忍不住磨了磨後槽牙。

男人果然沒一個好東西，哪怕看起來再正人君子，哄起女孩子來也是甜言蜜語、信手拈來，可憐她上輩子居然還傻乎乎地信了他的話，什麼「一見鐘情」，都是騙人的，撒謊精！

宋子諺敏感察覺到宋嘉禾的情緒變化，不由拉了拉她的手。「六姊？」

宋嘉禾整了整臉色，讓自己笑得特別標準，行了個萬福禮。「季表哥。」

「禾表妹、諺表弟。」季恪簡還禮，沒有忽略宋嘉禾的不同尋常。之前宋嘉禾看見他就不自在，大抵是還記著那一撲，眼下她卻是悲憤。略一沈吟，季恪簡想，可能是宋家長輩已經把他的意思說了，小姑娘覺得面上抹不開。

面對宋家人的試探，季恪簡委婉表示對宋嘉禾並無風月之情。即使她是美貌如花、鮮活爛漫又可愛的小姑娘，很容易就讓人產生好感，不過這種喜歡，他覺得只是對親戚家小妹妹的喜愛。

季恪簡對宋嘉禾和宋子諺頷首一笑。「你們也來看姨母，姨母正好醒著。」

宋嘉禾矜持地點點頭。

「你們進去吧，我先行一步。」季恪簡笑容一如既往的溫和有禮。

「表哥慢走。」宋嘉禾也笑得十分客氣。

兩廂別過，季恪簡目不斜視地從宋嘉禾身邊走過。

宋嘉禾也努力克制自己眼風不去瞄他。誰稀罕！

稍晚，探望林氏出來後，宋嘉禾哄走宋子諺，回到降舒院就趴下了。

宋嘉禾憤憤地捶著靠枕，憶起季恪簡如今的冷淡。前世那些「一見鍾情、再見傾心」什麼的，果然是騙人的，她居然自作多情了這麼久，都想挖個洞把自己給埋了。狠狠捶了一通枕頭，怒氣發洩得差不多了，宋嘉禾一骨碌爬起來，盤腿坐好，托腮開始沈思。

他們下一次見面是在明年，兩家都搬到京都，還住在同一個坊市內。由於姨母喜歡她，就常常接她過去，她和季恪簡見面的次數自然而然也就多了，關係便越來越好，訂親水到渠成。

宋嘉禾突然開始擔憂。這輩子已經有很多事和上輩子不一樣，那有沒有可能季恪簡不會像上輩子一樣喜歡她？那可怎麼辦？

想到前世種種，她隨口說的東西，過幾天他就能送過來；她要去玩，他總會抽出時間陪她，而且他還長得那麼好看，比誰都好看！

宋嘉禾頓時皺了臉，覺得遇到有史以來最艱難的選擇。是順其自然還是主動倒追？

就在宋嘉禾煩惱感情事時，也有人在為她苦惱。

柯世勳自從見了宋嘉禾，那真是魂牽夢縈，茶飯不思。

柯夫人看在眼裡，疼在心頭。她對這門親事倒是十分滿意，宋嘉禾無論家世還是容貌都沒得挑，這陣子她也拐彎抹角地打聽過宋嘉禾的風評，有口皆碑的好，奈何林氏小產，這當娘的出了這種事，她哪好意思上門說親，這不就耽擱了。

柯夫人想著他們先離開，過上一、兩個月，再請梁王妃為他們說一說。宋家答應了，皆大歡喜；不答應，也只能順其自然了。

哪想柯世勳說他要留在武都，以表誠意；柯夫人被他氣得不行，橫豎都說不通。這當父母的鮮少有能強得過兒女的，她不得不硬著頭皮找上梁王妃。

這對梁王妃而言，可就是瞌睡送來了枕頭。她從魏歆瑤那裡知道魏闕和宋嘉禾的事，而這消息來自羅清涵之口。梁王妃知道對求而不得的女人而言，哪怕心上人身邊出現一隻母蚊子，都覺得是情敵，所以她並不敢全信，但是也抱著信其有，不可信其無的態度。

若魏闕娶了宋嘉禾，宋老太爺和宋銘還能不偏著自家女婿不成？宋老太爺是梁王嫡親的舅舅，梁王一直十分敬重他，漫說武都，就是在梁州都威望極高。宋銘亦是梁王肱骨，手握重兵。

之前梁王應該不會答應，可眼下梁王正覺得魏闕受了委屈，他又想打磨魏閎，保不齊就答應了這門婚事。

梁王讓她別歪著心思想那些有的沒的，免得弄巧成拙。話雖不中聽，梁王妃也知道在理，然而唯獨這樁事，她做不到無動於衷。魏闕要是娶此貴妻，她覺得自己再也無法踏實入睡了。

「世勳真是好眼光，禾丫頭是我看著長大的，是個好姑娘，這求親的人啊，都快踏破宋家的門檻了。」梁王妃笑盈盈。宋家和娘家聯姻，一箭雙鵰。「就是舅母捨不得，也是禾丫頭年紀還小，這才一直沒定下來。不過現今也十三，到時候了。弟妹放心，妳先把世勳留在我這兒，正好我讓他到宋家跟前多露露臉，過上一、兩個月，等禾丫頭她娘好全了，我再請老太妃幫忙敲邊鼓，老太妃最是愛作媒的。」

柯夫人笑了下。「就是給王妃添麻煩了。」

梁王妃道：「弟妹說的什麼話，這些可不就是我該做的？世勳是我姪兒，就跟我親兒子似的。」

「有您疼他，是世勳的福氣。」柯夫人客氣道。

梁王妃看了看她。「弟妹莫要和我外道了。世勳的事，我會盡力而為，就是成不成，不敢保證。」

宋老夫人最疼這孫女，眼光高得很，要不也不會到現在也沒挑中人。

柯世勳溫文有禮，出身也好，梁王妃自覺配得上宋嘉禾，可也不敢保證宋家一定中意，不過事在人為，總得試一試。

柯夫人理解地點點頭，就是擔心自己那傻兒子能不能接受被拒絕的後果？

姑嫂倆寒暄幾句後，梁王妃讓柯嬤嬤親自送柯夫人出去。

她一走，梁王妃臉上的笑意就淡了。她和柯夫人不只是姑嫂，還是從小一塊兒長大的手帕交，現在卻生分成這樣。

梁王妃沈沈一嘆。弟妹到底還放不下那件事。四年前，她帶著魏閎、魏聞還有魏歆瑤回娘家參加大姪兒的婚禮，本是喜事，哪想變成了喪事。魏歆瑤和姪女柯玉潔賽馬時，失手抽了柯玉潔的馬，馬兒受驚，她人不慎跌下來，當場摔斷脖子過世。

當時柯夫人鬧得十分厲害，養到十歲的女兒死得這麼慘烈，豈能不心疼？還是她父母出面安撫，才算把事情掩蓋下去。後來也不知怎的讓王爺知道了，王爺提了大弟和大姪兒的官職做了補償，兩家也就像是沒這回事的繼續來往。

可梁王妃知道，她和柯夫人是回不到過去了。要不是這次大弟赴任途經武都，又恰逢老太妃大壽，弟妹怕是不願意踏進王府大門的。這麼多年了，弟妹只求她辦一件事，說什麼她也得給辦成，這般她心裡也能好受點。

柯世勳一見到柯夫人就迎上來，焦急萬分。「母親，姑姑怎麼說？」

望著滿臉緊張和期盼的兒子，柯夫人無奈地搖搖頭，也不賣關子。「你姑姑答應了，說會儘量幫你撮合。明兒你大表哥在別莊舉辦宴會，為王世子和季世子他們餞行，也向宋家下了帖子，他們該是要去的。屆時你好好表現，不過莫要唐突了人家姑娘。」

柯世勳喜形於色，團團作揖。「多謝母親。」

見兒子高興，柯夫人也不覺笑起來。「你留在武都，好生聽你姑姑的話。」

滿臉笑容的柯世勳點頭如搗蒜。

看他這歡天喜地的樣子，柯夫人突然有點擔憂。萬一宋家不答應，這孩子得被打擊成什麼樣？

「你也莫要太高興，你姑姑說儘量幫你，可成不成，終究要看宋家那邊的意思，你也要做好被拒絕的打算。」

一盆冷水當頭潑下來，柯世勳愣住，半晌憋出一句。「兒子明白。」

餞行宴設在西郊東籬山莊內，武都城內有頭有臉的人家都收到請帖，宋家概莫能外。

是日，前去赴宴的人除了宋嘉禾三姊妹，還有宋子謙、宋子諫和季恪簡。

見到季恪簡，宋嘉禾就有些糾結。她還沒決定好到底是順其自然還是主動追求，索性眼不見為淨，見過禮後就鑽進馬車。

望一眼輕輕飄蕩的車簾，季恪簡笑了笑，翻身上馬。

行了約莫一個時辰，一行人抵達東籬山莊。山莊內已經十分熱鬧，外頭的空地上停著不少各色各樣的的駿馬和馬車。

宋嘉禾三姊妹被丫鬟迎著去後花園，一路走來都是姿態各異、爭奇鬥豔的菊花。東籬山莊正是取自「采菊東籬下」之意，遂這山莊內最多的就是各種菊花。

入了花園，宋嘉禾三姊妹率先向今日的女主人見禮。「大表嫂。」

世子夫人莊氏柳眉杏眼，面容秀麗，笑看三姊妹。「妳們來了，姊妹三人一個個人比花嬌，我瞧著咱們都不用賞菊花，還是賞人吧。」

自是有人迎合莊氏，跟著誇宋家姊妹；宋嘉禾幾人應景地低頭，假裝害羞。

打趣了宋氏姊妹幾句後，話題便又轉移到菊花上，莊氏間或詢問宋嘉禾幾句。

宋嘉禾原想打過招呼就和姊妹們去玩，這下也走不了了，一邊陪著賞花，一邊琢磨著莊氏的用意。

她和莊氏這位表嫂差了十歲，哪能玩到一起，也就是點頭之交，普通親戚罷了。

無事獻殷勤，她心裡打鼓啊！

莊氏的用意倒是挺簡單，她奉了梁王妃的命令打探宋嘉禾的口風，可總不能一上來就開門見山問吧？自是要先拉攏關係做鋪墊。

說著說著，有人突然問起魏歆瑤。「怎麼不見安樂郡主？」

莊氏道：「郡主生病了，在家休養。」

「哎呀，那嚴重嗎？」來人關心地追問一句。

莊氏微笑。「還好，就是病去如抽絲，得慢慢地養。」

宋嘉禾瞥一眼問話的那姑娘，臉生得很。這姑娘消息有些閉塞啊！

梁太妃壽宴結束第二天，就傳出魏歆瑤病重的消息，說不得是被家裡禁足。這都是套路了，如宋嘉卉挨打，對外的說詞就是生病，畢竟家醜不可外揚。

壽宴那天，魏歆瑤鬧了那麼一齣，雖然事後魏闕把場子找回來，可因為魏閎輸給王培吉，魏家到底丟了人，且魏歆瑤還把自己的婚事弄得下不來臺，魏家長輩生氣也在情理中。

馬上就有人把話題轉開，這姑娘也被人拉走了。

莊氏的眉頭微微舒展開，這會兒提起魏歆瑤，難免讓人想起魏閎，進而想起魏閎輸給王培吉的事，莊氏能高興才怪。

「我瞧著禾表妹一直看著這盆彩雲金光，」莊氏含笑道。「表妹要是喜歡，待會兒走的時候捎帶上。」

其實宋嘉禾只是出神，正好這盆花在她眼前，不過她當然不會這麼說，她理了理鬢角，笑道：「我院子裡也養了一盆，不過我那盆還沒開，我剛就在想，自己那盆什麼時候能開？」

莊氏是愛花之人，聞言便道：「這倒是容易，妳莫讓它見光太久，每天見上三、四個時辰的光，其餘時候用黑布罩起來……」

宋嘉禾配合地露出側耳傾聽的神態。見狀，莊氏眼底笑意加深，又與她說了不少養花技巧。

一些是宋嘉禾知道的事，一些卻是聞所未聞，據說莊氏愛花，擅長養花，果然不是虛傳，她表示受益匪淺。

「聽表嫂一席話，可真是勝讀十年書了。」宋嘉禾笑盈盈道。

「不過是熟能生巧罷了，妳若有興趣，隨時可以來找我。」莊氏眼角眉梢都是融融笑意。宋嘉禾真心與否，她自然看得出來，真是個討人歡喜的小姑娘。

莊氏握著她的手，只覺得觸手柔膩溫軟，再看她的臉，眉目如畫，膚光勝雪，怪不得柯世勳一見傾心，非卿不娶了。她要是男子，也是恨不得娶回家捧在手心裡，好好寵愛。

宋嘉禾微笑。「那到時候表嫂可別嫌我麻煩。」

「怎麼會呢？我巴不得妳這樣漂亮的小姑娘天天來找我，瞧著就高興。」莊氏突然目露感慨。「我剛嫁過來的時候，禾表妹不過這麼高一點，我當時還在想，小表妹生得可真標致，跟玉娃娃似的！這一眨眼，表妹都長成大姑娘了，出落得越發標致，也不知將來便宜了哪家小子？」

宋嘉禾面上薄紅，心裡想的是，鋪墊這麼久，閒雜人等都識趣地走了，主戲終於來了。

莊氏輕輕一拍宋嘉禾的手背。「禾表妹可有想過，將來要嫁個怎樣的青年才俊？」

宋嘉禾只管紅著臉裝害羞，心道，莊氏莫不是要給她作媒？

「男大當婚，女大當嫁，表妹委實不必害臊，再說這兒又沒什麼旁人。」

宋嘉禾還是低頭不語。

「照我說的，這什麼家世、才華、容貌都是虛的，對妳好才是最實在的。」這話莊氏不由帶上幾分真心。待妳不好，家世再顯赫，才華再出色，容貌再俊俏，又有何用？

莊氏壓下多餘的情緒，笑看宋嘉禾。「表妹說，是不是這個理？」

宋嘉禾酡紅著臉，支吾著說不出話來，腦中卻想起祖母語重心長地告訴她，千萬別只圖男人對妳好。

說了半天，宋嘉禾都是低頭害羞的模樣，一句話也不接，莊氏接下來的話都沒了用武之地，又不能強行說下去。正琢磨著怎麼把柯世勳引出來，就有丫鬟過來報，男賓要踢蹴鞠，魏閎請女客們過去觀賽。

這對雙方而言都是求之不得的美事，姑娘們可以光明正大地欣賞美男子，男人也能堂而皇之地看美人兒啊！尤其是對參加比賽的男子們而言，姑娘們的關注可以給他們無窮動力。

禮教再嚴格的朝代也擋不住男歡女愛，何況時下這世道。一眾女客興高采烈地去了蹴鞠場，宋嘉禾也逮著機會溜之大吉。

莊氏感到好氣又好笑，想她到底小姑娘，臉皮薄，不過也不差這一、兩天，心急吃不了熱豆腐，遂放下這事，專心關注起比賽來。
說來柯世勳也是要上場的，他瞧著斯文秀氣，卻是個蹴鞠高手，正可大顯身手。
場上的柯世勳，目光不住在看臺上搜尋，終於找到宋嘉禾，見她穿著一件淺綠色長裙，黛眉星目，朱唇不點即紅，姣麗無雙。
宋嘉禾突然看過來，她還笑了，一雙眼彎成了月牙。柯世勳只覺有什麼擊中胸口，震得他頭暈目眩。
宋子諫對看臺上的宋嘉禾遙遙頷首，又彎了彎嘴角。
宋嘉禾心滿意足地坐回去，扭頭對舒惠然斬釘截鐵道：「我二哥他們那隊肯定會贏的。」
舒惠然無奈一笑，附和道：「我也這麼覺得。」
「有眼光！」宋嘉禾拍了拍舒惠然的肩膀，給予肯定。
舒惠然搖搖頭，拉著宋嘉禾坐下。「比賽快開始了。」
一聲哨響之後，比賽正式開始，場面頗為精采，宋嘉禾看得緊張不已。話說這還是她第一次看宋子諫踢蹴鞠，他自幼習武，生得也高大英武，向來技術不差。
隨著比賽進行，一群少年兒郎大搖大擺地來到女客看臺上尋姊姊、找妹妹，其實醉翁之意不在酒。
若說姑娘是花，男人就是那圍著花打轉的狂蜂浪蝶。男未婚、女未嫁的，旁人看見了也是心照不宣一笑，誰還不是這麼過來的？

這情形落在不少人眼裡，有的會心一笑，有的拈酸吃醋，還有的幸災樂禍。

婁金瞥魏闕一眼，又瞄一眼宋嘉禾那個方向，那裡就是重災區，誰讓全場最標致的幾個姑娘都坐在那兒，春心蕩漾的少年兒郎豈能不趨之若鶩？

婁金嘴角微動，聲音清晰地傳入魏闕耳中。「這好姑娘，從來都不缺人追。」

魏闕涼涼地看他一眼。

「手快有，手慢無！」婁金輕輕嘖一聲，十分識趣地將矛頭調轉到賽場上。「現在真是什麼人都能上場，這個是開後門上去的吧。」

場上柯世勳傳了一個烏龍球，他尷尬地朝隊友笑了笑；對方也沒計較，笑臉回應。

柯世勳擦了擦汗，目光再次不由自主地溜到看臺上，看起來挺熱鬧。

柯世勳頻頻閃神，弄得一干隊友十分無奈，恨不得把他換下場，可他是魏閎塞進來的，到底要給魏閎面子。

殊不知魏閎也頭疼。聽聞這表弟蹴鞠不錯，讓他上場就是讓他露臉的，一開始表現也還差強人意，可後面完全是丟人現眼。最後魏閎實在看不下去，讓人傳話，把柯世勳換下來。

看他下場，宋嘉禾倒挺高興的。這個拖後腿的終於走了，而宋子諫就和柯世勳同在綠隊。比賽最終以綠隊獲勝告終。

宋嘉禾心情大好，連帶著下午的打獵也是興致勃勃，收穫滿滿。難得手氣這麼順，宋嘉禾正想再接再厲，冷不防一抬頭，正見季恪簡騎馬朝這邊走來。

季恪簡也發現了她，可真是巧了，他對宋嘉禾略頷首，然後調轉馬頭徑直離開。

宋嘉禾漂亮的臉蛋扭曲了下。這人還真是拒絕得乾脆徹底，一點都不給人幻想的餘地。此時此刻，她心裡有兩個小人在打架：一個說，保持距離、不玩曖昧，這是君子之風；另一個小人就說，他既然不喜歡妳，乾脆放棄吧，要不難受的時候還多著呢。

這個小人又說，可她捨不得放棄啊！

那個小人反擊道，不放棄又能怎麼樣？時移世易，這輩子人家未必會再喜歡妳。

宋嘉禾遭遇會心一擊，挫敗地垂下腦袋。

「宋姑娘。」

乍然出現的聲音把宋嘉禾嚇一跳，一回頭，就見難掩激動的柯世勳驅馬過來。

宋嘉禾對他還有印象，因為上午的比賽，進而又回想起梁太妃六十大壽那一幕，神情頓時變得有些微妙。

柯世勳停在宋嘉禾面前，突然覺得手腳都不知該往哪兒放才好，吭吭哧哧才憋出一句。「這一會兒工夫，宋姑娘就有此收穫，果然箭法如神。」誇人總是沒有錯的。

瞧著滿臉通紅的柯世勳，宋嘉禾突然就想到自己，那一點微妙的感同身受讓她笑了笑。「當不得柯公子謬讚。」

「我是真心的，妳真的很厲害！」柯世勳忙不迭道。

「謝謝。」宋嘉禾笑了下，她拉著韁繩，對柯世勳道：「柯公子自便，我的同伴還在等我，先走一步。」

剛才她追一隻兔子，和王博雅她們分開了，當然這是藉口，她只是不想和柯世勳待在一塊兒。

「等一下，宋姑娘！」眼見她又要走，柯世勳大急，想也不想地喊出口，見宋嘉禾望過來又卡了詞，手足無措地拉著韁繩。

「柯公子有何指教？」

柯世勳心一橫，突然翻身下馬，對著馬背上的宋嘉禾作了一揖，讓宋嘉禾不得不也下馬避開。

面紅耳赤的柯世勳抬頭看著宋嘉禾，目光炯炯。「在下、在下心悅姑娘，若是姑娘願意，在下便請冰人上門提親。」

還真簡單粗暴，正兒八經的話都沒說過幾句就要提親，這也太草率了。不過倒是看不出來他還有此勇氣，宋嘉禾突然有點羨慕他。

宋嘉禾端正神色。「柯公子的厚愛，恕我不能接受。」

柯世勳一愣，急切追問：「為什麼？是我哪兒不好嗎？」

她對他這人一無所知，她哪知道他哪兒好，哪兒又不好？當然這也和她無關。

話說回來，柯世勳又對她瞭解多少？他喜歡她，不過是為了這副皮囊罷了，頂多就是從別人口中打探過她幾分。

宋嘉禾不反感別人因為她的容貌而喜歡她，畢竟她自己也是看臉的，長得好看的確占優勢。但是如柯世勳這樣的，就因著她長得好，連瞭解都不瞭解就想娶她，這種人，她是萬萬不會嫁的。眼下他為她神魂顛倒是真，可也不過是一時意亂情迷罷了。

柯世勳忐忑不安地看著宋嘉禾，就像是等待著判決的犯人。

「人各有好，」宋嘉禾認真道：「你非我所好，所以柯公子以後莫要在我身上浪費工夫了，我們是不可能的。」

「妳喜歡什麼樣的人，我願意為妳改。」柯世勳想也不想地道，似乎只要宋嘉禾答應，他為她上刀山、下油鍋都是可以的。

宋嘉禾搖搖頭。「改了之後還是你自己嗎？我覺得喜歡一個人並不是為他改變，而是做最好的自己。」

柯世勳嘴唇輕顫，雙眼又酸又澀。他長這麼大，頭一次這麼喜歡一個女孩，並且鼓足勇氣表白，卻被毫不留情地拒絕，甚至一絲轉圜餘地都沒有。

言盡於此，宋嘉禾轉身就要翻身上馬。

「妳有喜歡的人了，是不是？」柯世勳突然問道。

踩在馬鐙上的宋嘉禾身形一頓，復又若無其事地上馬。

柯世勳神情一變。「他是誰？」

宋嘉禾不喜他這種質問的語氣，他沒這資格。「這是我的私事，無可奉告。」又淡淡道了一句。「告辭。」說著就要騎馬離開。

柯世勳突然擋在馬前，執拗地看著她，像是不達目的不甘休。「那人是誰？」

柯世勳臉色緊繃，像是期待從她嘴裡知道那個名字，又怕她說出來似的。

宋嘉禾眉頭皺得更緊。「這不是柯公子該過問的！」她拉了拉韁繩。「煩請柯公子讓一讓。」

柯世勳面色脹紅，卻是站在那兒一動不動。瞧著斯斯文文，哪想他會這樣蠻不講理。宋嘉禾冷了臉，朝自家護衛使了個眼色，示意把人拉開。

柯世勳倏爾抓住宋嘉禾那馬的轡繩，磕磕巴巴道：「我只是想知道姑娘……姑娘喜歡的是什麼樣的人？」

這樣的不依不饒，宋嘉禾也惱了，俏臉一沈，正要開口，就聽見一道低沈而富磁性的聲音傳來。「禾表妹，淇表妹正四處找妳。」

宋嘉禾扭頭，彷彿看見了救星。「三表哥！」

你要不來，我保不定就要抽你表弟了，簡直聽不懂人話！

宋嘉禾霎時明亮如同星子的眼眸，取悅了魏闕，他嘴角微微上揚，視線一轉，目光落在面容僵硬的柯世勳臉上。

「三表哥。」柯世勳聲音裡帶著僵硬，渾身都透著不自在。

他覺得落在自己臉上的目光不帶絲毫溫度，魏闕來了多久了？自己剛才的表現他都看在眼裡，是對他不滿嗎？

柯世勳也覺得剛才的自己失態了，他怎麼會如此咄咄逼人？瞬間，他面孔上泛出蒼白之色，嘴唇輕顫，似乎想道歉，可又難以啟齒的模樣。

「三表哥，嘉淇在哪兒？」轉怒為喜的宋嘉禾笑問魏闕。

魏闕淡淡道：「我也要去那邊，給妳帶路。」

宋嘉禾想，他真是好人，他肯定是怕柯世勳繼續糾纏她。說來，可真是人不可貌相，瞧著挺斯文優雅的人，哪承想那麼沒風度，被拒絕了還死纏爛打。

宋嘉禾搖搖頭，不再想他，轉而揚起笑臉，驅馬走向魏闕。「那麻煩表哥幫我帶路了。」

魏闕輕輕一笑，也不多看柯世勳，調轉馬頭離開。

望著並駕齊驅的兩人，柯世勳覺得自己的心也跟著一塊兒走了，只留下一具軀殼，空落落的。

他的小廝瞧著於心不忍，忍不住安慰。「公子今兒有些操之過急，怕是嚇到宋姑娘了。」兩人說過的話都沒超過一隻手，這就提親，哪能不受驚嚇？

柯世勳也知道自己唐突，一開始他只是想和她說說話，可她避之唯恐不及的模樣讓他慌亂不已。他想向宋嘉禾表達誠意，而他覺得沒有什麼比婚約更有誠意。然而她說，他非她所好，他是真的想知道她喜歡什麼樣的人，他願意為她努力變成她喜歡的樣子。

腦海中浮現魏闕英武不凡的身影，忽而又變成宋嘉禾笑顏如花的臉，對著魏闕，她笑得那麼甜。

「你說，宋姑娘喜歡的那個人是不是三表哥？」柯世勳聽見自己夾雜著濃濃不安的聲音響起。

他的小廝愣住，想也不想地搖頭。「宋姑娘雖然沒有否認，也沒有承認她有意中人啊，小的瞧著宋姑娘對魏將軍的態度並無異樣。」被心上人撞見自己和外男站在一塊兒，不是應該著急發慌地解釋嗎？

「真的？」柯世勳眼神驟亮，猶如溺水之人看見浮木。

小廝斬釘截鐵道：「當然。」眼下這情況他哪敢刺激柯世勳，他家少爺最是一根筋的。

對此柯世勳深信不疑，因為他想相信。如果宋嘉禾喜歡的是魏闕，那麼他該怎麼辦？那可是魏闕！

小廝忍不住又叮囑了句。「下次公子見到宋姑娘，可不要像今日如此直接，會嚇到人家姑娘的。」他家公子和姑娘相處的經驗到底少得可憐。

柯世勳點頭如啄米。他肯定不會像今日這麼莽撞，現在他已經悔得腸子都青了。

且說離去的宋嘉禾，走出一段路之後，笑盈盈對魏闕道：「謝謝表哥。」

要是他不來，自己怕是真要暴力鎮壓柯世勳，那就不好看了。

「謝我什麼？」魏闕反問。

宋嘉禾睜大眼。這不是明知故問嗎？難道他真是那麼巧，替宋嘉淇來傳話的？

望著她黑亮的眼睛，魏闕移開目光，忽見她狡黠一笑。

「當然是想謝表哥當信鴿幫我捎話啊，要不還能是什麼？」說完，她還輕輕地皺了皺鼻子，好整以暇地看著魏闕。「那三表哥，嘉淇在哪兒，我去尋她。」

魏闕輕輕笑起來。還真是不肯吃虧。

宋嘉禾也跟著笑了，笑得有那麼點小得意。

「下次遇到柯世勳留神些，莫要單獨和他在一起。」不怕一萬，只怕萬一。

宋嘉禾點頭。「今日也是趕巧了，哪知跑到這兒來都能遇到他。」

莫不是柯世勳一直跟著她，要不哪能這麼巧？

「不過我也不怕他，他打不過我。」宋嘉禾輕輕一甩馬鞭。一看就是個手無縛雞之力的文弱書生，他要是再敢動手動腳，她不介意賞他一鞭子。

魏闕的目光在她細嫩的胳膊上轉了轉，想起之前兩次接到的球，她細胳膊細腿的，勁道倒是不小。從她教訓竇元朗那回能看出來，她身手也不錯，然而很多時候比的可不是這些。

到底家裡護得好，不懂人心能齷齪到什麼地步。

「明槍易躲，暗箭難防。」

宋嘉禾怔了下，明白過來他話裡的意思，歪頭看著魏闕，莞爾一笑。「好的，謝謝三表哥提醒，我會小心的。」

魏闕彎了下嘴角。

宋嘉禾目光在他那邊繞了一圈，忽然發現一個問題。「三表哥今日運氣不太好嗎？都沒收穫。」除非運氣衰到家，否則以他那出神入化的箭術，怎麼可能一點收穫都沒有。

魏闕應和道：「嗯，今日氣運不佳。」

「我也有這麼倒楣的時候，跑了半天，一隻兔子都見不著。」宋嘉禾心有戚戚，視線在自己獵物上轉了轉，定格在一頭麃子上，於是歡快道：「三表哥幫了我大忙，這頭麃子就當成謝禮吧，還請表哥不要嫌棄。」說著，示意自家護衛把麃子送過去。

口頭道謝什麼的太虛了，得來點實在的。她留意到魏闕一無所獲，肯定是運氣不好。

護衛愣住，小心翼翼偷瞄一眼魏闕。被姑娘家送一頭麃子，好像哪裡有點不對勁，他覺得魏將軍肯定會拒絕。

「那我就不客氣了。」魏闕深看一眼喜上眉梢的宋嘉禾。

聞言，宋嘉禾笑得更高興了。總算能稍微還點人情，欠太多她會不好意思的。

護衛有些看不懂，他將那隻麃子搬到魏家護衛手裡，對方的表情也是一言難盡。

看看魏闕那邊孤零零的麃子，再看一眼自己這滿滿當當的收穫，成就感油然而生，宋嘉禾覺得今日的自己格外威武雄壯，都快趕上魏闕了。

魏闕望著眉梢眼角都透著笑意的宋嘉禾，眼中笑意更甚。

心情大好的宋嘉禾，喜孜孜地摸著馬背，正要告辭，讓魏闕去忙自己的，剛到嘴邊的話就被腹內一陣絞痛扯回來。她弓起身子，捂住腹部，那一陣熱流讓她的臉一搭紅一搭白，變得十分精采。

年初來的癸水，還十分不規律，以至於宋嘉禾萬萬想不到會在今日大駕光臨，還是如此熱情，更倒楣的是在這個地方。她沒帶丫鬟啊，這裡都是男的，男的，男的！

宋嘉禾眼前發黑，很想暈過去一了百了。

原先還笑盈盈的人突然變了模樣，魏闕一驚，見她在馬背上搖搖欲墜，連忙躍下馬背，過去扶住她。「怎麼了？」

宋嘉禾就覺得握著她胳膊的手正把她往下扶，可她是拒絕的，她今兒騎的是白馬，配的馬鞍也是白的！

「我沒事！」宋嘉禾著急發慌地拒絕，她覺得自己還能硬撐著跑回去。

可她那點力道在魏闕那就跟撓癢癢似的，見她不配合，魏闕直接雙手將人抱下來。

宋嘉禾都想踹他，她心驚膽顫地瞪著馬鞍，還好乾乾淨淨的，她鬆了一口氣，又覺得肚子更疼了。

宋嘉禾捂著腹部，直想往下蹲，最好讓她蜷縮成一團，既能緩解疼痛，又能遮醜，她很想扭頭看看裙子，可又沒這臉。

魏闕扶著她，眉頭緊鎖，伸手搭在她腕上。

宋家幾個護衛看得眼皮亂跳，可這情況他們也不好說什麼，更不好做什麼。魏闕這麼扶著宋嘉禾不合禮數，他們扶也不行啊，再說給他們十個膽子也不敢冒犯主子，只好安慰自己事急從權。

護衛們巴巴望著魏闕，想知道是什麼情況？宋嘉禾身體向來好，這冷不防一下，他們這心也七上八下的。

魏闕的眼角僵了僵，低頭看著臉色蒼白、目光閃躲，且恨不能挖個洞把自己埋起來的宋嘉禾，忽然覺得搭在她皓腕上的指尖發燙，那股灼燙還從指間蔓延到手臂，一直燙到心裡。

宋嘉禾縮手，不住想往下蹲，奈何魏闕扶著她不放，她都要哭了。「三表哥，我沒事，你別管我，我就想在這待一會兒，待一會兒就好！我有經驗，老毛病了！」

魏闕擰眉，吩咐人搬了一截枯木過來，讓宋嘉禾坐下。

宋嘉禾坐在上頭，雙手揉著腹部，默默地把臉埋在膝上。覺得要不是這會兒還疼著，自己的臉估計都紅得能滴血，沒有最丟人，只有更丟人。

這麼一想，居然覺得肚子也不是那麼疼了。

林子裡變得十分安靜，幾個成家立業的護衛已經隱約明白過來。一個護衛走上前對魏闕耳語幾句。

魏闕看他一眼，讓他去通知宋家人，隨後又從馬鞍上取了水囊，想了想，又取了自己的水囊。

「喝點溫水。」

宋嘉禾驚訝地抬起頭，就見魏闕手裡拿著她的水囊，上頭還鑲著珍珠呢，她絕不會認錯，可她的水早就涼了啊。

魏闕往前伸手，宋嘉禾不自覺地接過來，當下就「咦」一聲，摸起來居然是暖的，喝了一口。

溫水？連忙又喝一口，一口溫水下肚，她覺得整個人都好了不少。

魏闕又遞了一個水囊給她，這個水囊看起來就簡單多了，完全沒有花裡胡哨的裝飾。

「暖一下身子。」魏闕語氣和神情都十分平常。

宋嘉禾的臉紅了，尷尬得差點扔掉手裡的水囊。這都懂，所以他是什麼都知道了？她整個人都不好了。

見她臉上有了血色，魏闕就知道她好了些，略鬆一口氣。再看她呆在那兒，羞窘不已，不由內心感到好笑，但面上還是一本正經。

宋嘉禾渾渾噩噩地接過水囊，被熱度一激，回過神來，索性破罐子破摔，硬著頭皮按在腹部。

回暖的腹部使得宋嘉禾整個人都活過來，她又喝一口溫水，眼神左右飄忽，目無焦點，最後定焦在手裡的水囊上。

這溫水到底哪兒來的？難道自己趴了這麼久，久到可以來回一趟灌溫水？難不成這就是話本傳奇裡那些神乎其神的武功？她一直以為都是唬人來著。

宋嘉禾內心充滿好奇，看向面前的魏闕，搖了搖水囊。「三表哥，這溫水怎麼來的？」

「內家功夫。」魏闕回答。

宋嘉禾雙眼登時閃亮。「我能學嗎？」這才是重點。她也是有江湖夢的，想她年幼無知時，還學著話本裡的人披著斗篷、佩著劍，假裝自己就是女俠來著。

魏闕上下打量，似乎在研究她的根骨。宋嘉禾不由自主地挺了挺脊背。

「妳好了？」

「……」假如我沒好，你會不會看在我難受的分上收我為徒？

宋嘉禾認真地考慮賣慘的可行性。

魏闕眼中的笑意一閃而逝。「妳已經錯過了最佳學武年紀。」

比起外家功夫，內家功夫更講究根骨資質，宋嘉禾的根骨，不提也罷。他只得換個更委婉的說詞，免得打擊到小姑娘；而且練武之辛苦，非常人能忍，她哪裡受得了。

宋嘉禾不由洩氣。她的俠女夢就這麼離她遠去。她不開心地癟嘴，垂頭喪氣地趴在膝上，覺得自己的肚子又開始疼了。

山林的風呼呼吹過，樹葉沙沙作響，不知名的花香隨風飄來，沁人心脾。

魏闕便見無精打采的宋嘉禾輕輕瑟縮了下，彷彿禁不住冷似的。她抱著水囊喝了一口水，眉眼才略微舒展些。

魏闕指尖輕輕一動，按捺下心底的念頭。凡事都要適可而止，端看她對柯世勳的態度就知道，若是操之過急，被避如蛇蠍的那個人就是他了。

不期然想起更早之前那一幕，早在柯世勳沒出現時，他就在附近了。

溫潤儒雅，君子如風的男子是她所好？可真讓人頭疼……

恰在此時，噠噠噠的馬啼聲傳來，埋首在膝上的宋嘉禾抬頭，就見青書騎馬而來。

宋嘉禾心頭一喜。救星可算是來了，天知道她坐在這裡有多尷尬。

魏闕仔細看她一眼，臉色好了許多，遂道：「若無事，我便先走了。」

宋嘉禾感激不盡。他不走，自己也要開口趕人了，他在這裡，自己怎麼起來呀？她再次覺得他真是個好人，瞧著冷冰冰的，卻很體貼。

「今日多謝表哥了。」宋嘉禾再次感謝，不好意思地撓了撓臉。「表哥慢走。」

魏闕對她輕輕點頭，翻身上馬，帶人離開。

第十七章

「姑娘，您沒事吧？」青書忙問。

「妳覺得我像沒事嗎？」宋嘉禾哭喪著一張臉，剛才的一切簡直不堪回首。

青書噎了下，趕忙將披風給她繫上。

抓著披風的宋嘉禾，作賊心虛地張望了下，護衛們都很有眼力見兒地走遠了。

宋嘉禾慢慢站起來，瞪著那抹紅色羞憤欲死。下輩子，一定要托生成男子！

宋嘉禾的臉都要燙了，拿起水囊就要澆上去，剛伸出去的手瞬間收回來。

「姑娘？」青書納悶地看著她。

「妳去拿個水囊過來。」宋嘉禾吩咐。

青書不明所以地看著她手裡的兩個水囊。這不是有現成的嗎？

宋嘉禾寶貝似地往懷裡摟，生怕她搶走似的。「這是我要喝的。」

這哪裡是一般的水？她回去要供起來的。

青書表示完全不懂她，乖乖去旁邊拿了個水囊沖走血跡，又收拾了下，總算成功毀屍滅跡，宋嘉禾才覺得世界又美好了。

出了山林就遇上趕著馬車而來的青畫，換上乾淨的衣裳後，宋嘉禾就生無可戀地趴下，一張精緻的臉紅彤彤的，原本白瑩瑩的耳朵更是紅得能滴血。

「宋姑娘。」

車內的宋嘉禾耳朵動了動，怒上心頭。又是他！沒完沒了是不是？

一氣肚子又難受了，宋嘉禾懶得搭理他，朝青畫使了個眼色。

青畫掀起簾子一角，露出一個腦袋，笑吟吟道：「柯公子見諒，我家姑娘累著了，正睡著。」

柯世勳再不曉人情也知道，這是推諉之詞，可這又能怪誰，之前自己的確太孟浪。面紅耳赤的他朝馬車深深一揖。「之前是在下衝撞了姑娘，還請姑娘恕罪。」

青畫往邊上避了避，笑容不改。「柯公子，我家姑娘睡著了，我們要先回府，您自便。」說著示意車夫馬上離開。

柯世勳失魂落魄地站在原地，就像是霜打過的茄子，了無生機。

「公子莫喪氣，過上幾天，等宋姑娘氣消就好了。」他的小廝繼續安慰。

柯世勳心裡沒底，也只能這麼安慰自己。他怔怔地望著緩緩離去的馬車，甚至都恨不得自己是拉車的那匹馬。只要她願意，自己給她做牛做馬也是使得的。

回到宋府，宋嘉禾派人給宋老夫人帶話，就先回降舒院梳洗，收拾好後再去溫安院向宋老夫人請安。

府醫已經嚴陣以待。這毛病可大可小，萬一落著病根，可是一輩子的事，萬萬馬虎不得，宋嘉禾也十分配合。

府醫望聞問切一番後，只道問題不大，開幾服藥，調養一年半載就好，平日莫要碰冷水、吃冷食。

宋老夫人再三確定才放下心來，瞋一眼抱著碗喝紅糖薑茶的宋嘉禾。「夏天的時候讓妳貪涼，吃了那麼多冰，下次再也不許了。」

宋嘉禾賠笑，笑得乖巧極了，讓人一點脾氣都發不出來。宋老夫人輕輕打她一下，問起她今日出遊的事。

說起來，宋嘉禾既是想笑又是想哭。「祖母，我瞧著大表嫂像是要給我作媒。我聽她話頭，保不定就是柯家那公子。」

宋老夫人對柯世勳有印象，梁太妃大壽那天，柯夫人就奉承她好一會兒，她哪不知道柯夫人醉翁之意不在酒，都習慣了，誰叫她有好幾個適齡的寶貝孫女呢！

「妳大表嫂也不容易，」宋老夫人幽幽道：「恐怕她也是奉王妃之命辦事。」

宋嘉禾默了默。莊氏的確不容易，雖然出自名門，父族、母族皆是赫赫名門，她本人在閨中便有美名，要不也不能嫁進魏家做冢婦。

但是她進門六年一無所出，連好消息都沒有傳出來過，所受壓力可想而知。早幾年還好，這幾年，魏閎隔三差五地添人，不過至今也就生了一個女兒而已。宋嘉禾私以為，問題出在魏閎身上，總不會那麼多女人都有問題吧？

不過這世道，生不出孩子只能是女人的錯，尤其在魏閎已經有一個女兒的情況下。

「王妃發了話，妳大表嫂又能如何，還敢違逆不成？」宋老夫人慢慢道，細細看著宋嘉禾的臉。

當然不敢，梁王妃可是厲害的人，莊氏哪敢不聽話，特別是她這情況。

宋老夫人見宋嘉禾面露不忍，拉過她的手拍了拍。「女兒家嫁人不是只嫁一個人，還是嫁給一個家族，這頂頂要緊的就是婆婆，這婆婆絕不能太厲害。」

宋嘉禾無比贊同地點頭，又喝一口紅糖薑茶暖暖胃。

宋老夫人看著她神色如常，完全就是置身事外的表情，不由放了心，可見她壓根兒沒想過嫁給魏闕。

護衛已經把林子裡的事情和她稟報過，想到如此熱心的魏闕，宋老夫人不禁擔憂，她覺得魏闕的好心有些過了。

去年他從流寇手裡救下孫女，那是親戚之義，而且那種情況下，魏闕身為梁州的將軍，保家衛國、庇佑黎民百姓是他的責任。再是河池，為防竇元朗背信棄義，他幫宋嘉禾作證，一般人也會幫這個舉手之勞。

真正讓宋老夫人開始警醒的，是瓏月庵幾次偶遇，她隱隱覺得不對勁；現如今，這種不對勁的感覺更濃烈了。乍看又是見義勇為，可那些細節讓宋老夫人不安，在她看來，魏闕非孫女的良配，魏家的水太深，她哪捨得最心愛的孫女去蹚這渾水。不過有這麼一個人在旁覬覦著，到底讓人寢食難安，何況孫女還對他印象不錯。

宋老夫人猶豫該不該講明白，又怕適得其反。說什麼也得承認，魏闕自身十分優秀，又對孫女有救命之恩，還有幾次三番相助的情誼。

宋嘉禾可不知道宋老夫人的糾結，說完莊氏，就說起柯世勳，抱著宋老夫人的胳膊撒嬌。「他要是真來提親，祖母一定要拒絕得徹底一點，莫要讓他覺得還有希望。」

「妳放心。」宋老夫人點頭。「聽妳說來，他也不是個識相的人，居然還拉住妳的馬。」

「就是就是。」宋嘉禾贊同。「要不是三表哥及時出現，我差點就要抽他了。」

「我都聽妳的護衛說了，今日多虧他，要不就要遭罪了。」

宋嘉禾面上一紅，不好意思地摸摸鼻子。「祖母都知道了啊，三表哥真是個好人！」

宋老夫人直嘆氣。我的傻姑娘啊，可真是當局者迷，只以為像柯世勳那樣，看見妳就走不動路、把提親掛在嘴上的人，才是喜歡妳嗎？

「他為什麼對妳這麼好，妳就沒想過？」

宋嘉禾一愣，瞪大眼看著宋老夫人，忽然噗哧一聲笑了，指了指自己。「祖母，您不會想說，三表哥喜歡我吧？」

宋老夫人被她這反應弄得一怔。

宋嘉禾卻是樂不可支的模樣。果然是瘌痢頭的孩子自的好，在祖母眼裡，自己是不是人見人愛？

「祖母，三表哥有喜歡的人了。」前世她還見過呢，是一名特別仙氣飄飄的女子，據傳魏闕二十好幾不娶，就是為了她。

宋嘉禾輕輕晃了晃腳，笑嘻嘻道：「今日的事也就是趕巧，那會兒我都疼得要暈過去，三表哥也不好丟下我不管，怎麼說咱們都是親戚。」就算遇見的是旁人，除非有過節，要不一般交情還過得去的人，怕是都要過問一二。

「不過這事說起來是有些怪怪的，要是讓人知道，也要生出是非。祖母放心，我以後會注意避嫌的。」宋嘉禾歪頭想了想。他們近來接觸好像是有些多，雖然都是事出有因，不過以防瓜田李下，她是得小心。「說實話，我以後都不知該怎麼面對三表哥了？」一看見他就想起自己出的醜。

「那就儘量少見吧，免得互相尷尬。」宋老夫人心裡頗高興。看來孫女沒犯糊塗，冷不防想起她前頭那句話。「妳說，他有喜歡的人？」

宋老夫人疑惑地看著宋嘉禾。說來魏闕的終身大事，也是不少人關心的事，就連她這兒也有人拐彎抹角地打聽，或者希望她在梁太妃面前為她們家女孩美言幾句。在她們看來，魏闕可是個香餑餑。

一時口快說漏嘴，這事還得過兩年才鬧出來呢。宋嘉禾懊惱地咬咬牙。

宋老夫人狐疑地看著孫女。「妳怎麼知道？」

宋嘉禾的腦袋此刻在急速飛轉。她要找個怎麼樣的說法才合情合理呢？忽然一張寶相莊嚴的面龐閃現在她腦海中，就是他了！阿彌陀佛。

「我無意中聽見的，就在瓏月庵外頭那片松林裡。我聽見無塵大師和三表哥在說話，無塵大師聲音挺大，像是生氣了，說什麼『喜歡就娶啊』、『英雄莫問出處』、『作為男人就別瞻前顧後』的，他要是不知道怎麼開口，他替他去和王爺說什麼的。」

宋嘉禾臉不紅、氣不喘地睜眼說瞎話，其實她說的在一定意義上也算是事實。

宋老夫人哪裡知道宋嘉禾會在這事上給她耍小聰明。這話既然是無塵說的，那十有八九是真的，瞧這話頭，這姑娘怕是出身有瑕，怪不得魏闕也要瞻前顧後。他至今都未成家，之前幾門婚事都莫名其妙沒了，說不得就是他自己動了手腳。這般一想，宋老夫人深信不疑，同時心中巨石落地。看來是她杯弓蛇影了。

「此事萬萬不可與外人道。」宋老夫人嚴肅地看著宋嘉禾。

宋嘉禾抱著宋老夫人的胳膊搖了搖。「祖母放心，除了您，我和誰都沒說過。」

宋老夫人摸摸她的臉。「乖，今日這事也別和人說了，知道嗎？雖然身正不怕影子斜，可是世人的嘴那就是刀子做的，人言可畏。」

宋嘉禾脆聲道：「祖母放心吧，我曉得。」

這麼丟人的事，她又不是傻了，怎會告訴外人呢！

祖孫倆又說了幾句貼心話，宋老夫人就讓她回去好好歇著。

日薄西山，殘陽似血，倦鳥歸巢，在山上行獵的人群也紛紛返回東籬山莊。熱鬧非凡的晚宴後，一些人留宿在山莊內，大多數人都回了城，柯世勳也是返城中的一員。

「你這是怎麼了？」柯夫人一見垂頭喪氣的兒子，不禁關切。

柯世勳搖搖頭，勉強笑道：「母親，我沒事。」

知子莫若母，略一沈吟，柯夫人便問：「你見過宋六姑娘了？」

見柯世勳臉色頓時僵硬，這下子還有什麼不明白的，柯夫人不由嘆了一口氣。

她這小兒子從小到大就省心，拜入名師門下，一門心思鑽研書畫，小有才名。只是在這人情世故上頭，有些不通，尤其是男女情事上，對那些表姊、表妹避之唯恐不及。現下倒是一頭栽在宋嘉禾身上，不過想想那姑娘的容貌，她都要驚豔，兒子這個愣頭青就更不用說了。

瞧兒子這模樣就知道又受到冷待，斟酌又斟酌，柯夫人不禁道：「阿勳，要不咱們算了吧，天涯何處無芳草。」

雖說梁王妃答應幫忙，可梁王妃也作不得宋家的主啊！

柯世勳急切道：「母親，我們不是說好了？」

柯夫人怕兒子越陷越深。他是沒照照鏡子看自己這失魂落魄的樣，身為人母，哪有不心疼的？

柯世勳似乎怕極了母親不支持他，迫不及待道：「母親，您不是說好了，給兒子幾個月工夫嗎？宋六姑娘不瞭解我，當然會冷淡，以後……以後會好的。」

柯夫人無奈地搖搖頭。這情竇初開的小子都是傻子。「罷了、罷了，現在我說什麼你都聽不進去，三個月，我就給你三個月。要是宋家還是這態度，你就死了這條心吧，不管你願不願意，我都會派人來接你。」

堵在喉嚨裡的那口氣才算是出來，柯世勳鬆了一口氣，對柯夫人長長一揖。三個月，他還有三個月的日子。

次日，柯夫人帶著對兒子的擔憂，隨著丈夫離開武都。

此次前來賀壽的賓客也陸陸續續離開，季恪簡也走了。

季恪簡離開時，宋嘉禾並不在場。她知道這是長輩有意為之，既如此，她也就不跑去添亂。反正送與不送都是一樣，於他而言，自己就是個與旁人一般無二的親戚表妹，特別跑過去，人家看見了說不得還要煩惱。

就像她不喜歡柯世勳這樣糾纏不休，同理，季恪簡也不會喜歡有人陰魂不散。那就這樣吧，一切順其自然，是她的，就跑不了；不該是她的，也強求不得。

七月底的荷塘只剩下殘花枯葉，全然沒有盛夏時節的生機盎然，這麼瞧著，竟是有些蕭條。

「妳就約我來看這個景？」宋嘉禾朝荷塘抬了抬下頷，沒好氣地問對面的宋嘉淇。

「重點不是看什麼，重點是誰陪妳！」宋嘉淇強調。

宋嘉禾用力地翻個白眼。

剝著蓮蓬的宋嘉淇忽然問道：「六姊，妳是不是心情不好？」

宋嘉禾頓了下，抬眼看著宋嘉淇，瞧見她眼底的擔心，笑了笑。「妳哪隻眼睛看見我心情不好了？」

宋嘉淇伸出兩根手指頭，指著自己的雙眼。「兩隻都看見了。」

宋嘉禾噗哧一聲，樂了。「妳眼睛不好，回頭多吃點魚。」

「那我們去吃望江樓的魚，怎麼樣？」宋嘉淇激動地一拍石桌。

宋嘉禾瞅著她的手，都替她疼。

可當事人一點反應都沒有，完全沈浸在自己的世界裡。「然後去姚記糖鋪買些粽子糖，正好可以哄哄小十一。」

難道不是哄妳自己嗎？算了，她就不揭穿小妹妹的心思了。

「等太陽下山再出去，外頭熱死了，我可不想曬黑。」

宋嘉淇鄙視。「矯情，我比妳黑都沒這麼講究，妳倒是矯情上了。」

「所以我比妳白啊！」宋嘉禾反唇相稽。「整天頂著大太陽亂跑，活該妳曬成黑炭。」

宋嘉淇不高興了。她怎麼就是黑炭，她只是比她黑一點，比大多數人白著呢。

關於黑不黑這個問題，姊妹倆唇槍舌劍了一個來回，最後以宋嘉淇的失敗告終。

通體舒泰的宋嘉禾，心滿意足地站起來。「先去和祖母說一聲。」

見宋嘉淇噘著嘴，宋嘉禾一臉愉悅。果然快樂就是要建立在別人的痛苦之上。

對於姊妹倆要出去玩的請求，宋老夫人只有答應的分，唯有一個要求，帶足下人就成。

宋嘉禾又派人去問宋嘉晨，要不要一道去玩？不巧，宋嘉晨有事，便派人回覆要她們玩得開心些。

如此宋嘉禾姊妹倆便出門，在院子裡遇到正在踢蹴鞠的宋子諺和宋子記。

宋子諺猴精似的，一看她們這裝扮，連球都不要，小炮彈似地衝過來。

宋嘉禾能怎麼辦？只能蹲下來接住他唄。

「六姊，妳們去哪裡啊？」宋子諺親暱地摟著宋嘉禾的脖子，笑得像朵花。

宋嘉禾也不指望能騙過他，反正也是出去玩，多兩個小跟班也沒什麼大不了，遂道：

「我們去吃魚，你們要不要一起？」

宋子諺眼睛登時亮了，笑得可甜，聲音都能拉出糖絲來。「要！」

宋嘉禾被他這小嗓子甜得不要不要的，一把就將他抱起來，小傢伙喜得眉開眼笑。

一旁的宋子記羨慕得不得了，他張開胖胖的手臂，眼巴巴地看著宋嘉淇。「姊姊抱！」

宋嘉淇嚴肅地搖搖頭。「你太胖了，我抱不動。」宋子記比宋子諺小一歲，但是分量比宋子諺多了好幾歲。

好幾次，宋嘉淇義正詞嚴地跟宜安縣主說，宋子記該節食了，奈何宜安縣主覺得世上怎麼會有她這麼狠心的姊姊。

她狠心？算了，娘都覺得爹這樣的大胖子可愛，說她狠心也是有道理的。

宋子記癟嘴，大有「妳不抱我就哭給妳看」的架勢。宋嘉淇連忙讓婆子抱他，奈何宋子記認準了要宋嘉淇，宋嘉淇忿忿地瞪了宋嘉禾好幾眼。

已經放下宋子諺的宋嘉禾，十分無辜地聳聳肩。「做人姊姊的，抱弟弟怎麼了？」站在一邊的宋子諺立刻點頭附和。

宋嘉淇默默低頭看著張著胳膊的小胖子，一咬牙，彎腰把他抱起來。「宋子記，我覺得你真的該減肥了，你怎能這麼重！」

「我不胖！」宋子記不高興了，小胖子也是有自尊心的。

「就是、就是，我們這不是胖，只是肉有點多。」

宋子記想了想，大概在回味這句話的意思，隨即鄭重地點點頭。

宋嘉淇被這傻弟弟氣樂了，抱著他走了幾步路，就想放下他。不過宋子記顯然覺得親姊姊的人肉轎子特別舒服，抱著她的脖子不肯下來。

「宋子記，你放手。你放不放？」宋嘉淇在他胖乎乎的小屁股上打兩下。

宋子記才不怕她，咯咯咯笑不停，在她懷裡扭來扭去。

宋嘉淇大叫。「抱不住，要掉了啊！」

嚇得幾個婆子趕忙上前搭手。

趁著這工夫，宋嘉淇把宋子記放下來，塞到婆子懷裡，指著癟了嘴的宋子記威脅。「不許哭，哭就不帶你出去玩了。」

含著淚的宋子記立刻把眼淚收回去，甚至揚起笑臉。「我很乖的。」

宋嘉禾看得嘆為觀止。小小年紀翻臉比翻書還快，有前途！

一行人吵吵鬧鬧的總算到了門口，因為有兩個小的，原想騎馬出行的兩人改坐馬車。

踏著落日餘暉，宋嘉禾一行人抵達春江畔的望江樓。

馬車還沒停穩當，兩個小兄弟就坐不住了，被宋嘉禾和宋嘉淇各自拎著耳朵鎮壓下來。

兄弟倆乖乖被丫鬟抱下馬車，聞著撲鼻的香味，各抒己見。

「我覺得我能吃下一整頭牛！」宋子諺誇張地畫一個圓，也不知道他打哪兒學來的話？

宋子記支吾了下，跟著比劃。「我能吃兩頭。」說著還伸出三根胖嘟嘟的手指頭。

踩著繡墩下馬車的宋嘉禾差點一腳踩空。

宋嘉淇不忍直視地扭頭，真想說這蠢貨絕不是她親弟弟。

小哥倆的童言稚語惹得門口一些食客也忍俊不禁。

氣氛正一團和樂，斜刺裡快步走來一人。「宋姑娘。」

宋嘉禾循聲一看，微微瞇眼。果然又是他，武都有這麼小嗎？

宋嘉禾面上的疏離冷淡之色，使得柯世勳彷彿被人兜頭潑了一盆冷水，還是摻著冰渣子那種。剛剛升起的歡喜猶如潮水般洶湧退去，只留下一地冰涼。他僵立在原地，一動也不能動。

若是往常，別人招呼了，宋嘉禾怎麼著也要回應一下，以免失禮。可面對柯世勳，她真是寧可被人說話也不想搭理他，生怕自己的禮貌回應，給了他錯誤的訊息。

宋嘉禾覺得自己已經拒絕得十分直接明瞭，可瞧柯世勳這模樣，顯然沒把她的拒絕當一回事，真是世界之大，無奇不有。

暗暗感慨一回，宋嘉禾上前拍拍兩個小傢伙的腦袋。「走吧，今日六姊請客，想吃什麼點什麼？」

小哥倆歡呼起來，蹦蹦跳跳就往裡面跑。

「跑慢點，別撞到人。」宋嘉禾碎碎唸地跟上。

柯世勳依舊癡癡地站在那兒，樓裡好些食客看著失魂落魄的他。

這望江樓是城內數一數二的酒樓，如此有名的原因有二：一來是此地大廚手藝委實了得。望江樓的大廚是宮裡的御廚，受人迫害被流放至西北，機緣巧合之下被望江樓的老闆所救。第二就是這老闆了。來頭可不小，正是魏瓊華。

能在望江樓有一席之地的人非富即貴，一般人根本訂不到位置，所以不少人都認得宋嘉禾。至於柯世勳，有幾個人也認出他來，蓋因前不久在東籬山莊的那場蹴鞠比賽，柯世勳遊魂似的表現可是令不少人印象深刻。

瞧這可憐樣，又是一齣襄王有夢，神女無情，大夥兒都見怪不怪，城內悄悄愛慕宋嘉禾的人不知凡幾。

各色各樣的目光落在柯世勳身上，他像是渾然不覺似的，直到小廝推他一下，他才如夢初醒，不自覺地抬腳邁向酒樓。

「少爺。」小廝一把拉住往裡走的柯世勳，壓低聲音道：「少爺莫要衝動。」

宋嘉禾的冷淡，有眼睛的人都看得出來，少爺這會兒跟上去，不是討人嫌嗎？

柯世勳身體一僵，頓在原地。他只是想上去打招呼，這也是衝動嗎？那他還能做什麼？他只有三個月工夫，若是連話都說不上，談何打動？

宋嘉禾等人被堂倌迎著上了三樓包廂。望江樓開業之初，魏瓊華便給宋老太爺留了一間視野極佳的廂房，道是孝敬舅舅，宋家人偶爾會來沾沾老爺子的光，譬如說宋嘉禾和宋嘉淇。

兩人熟門熟路進了廂房，宋子諺和宋子記小兄弟倆都是頭一次來，好奇地東張西望，不一會兒就摸到露臺上。

「有船，大船！」宋子諺指著江上的大船叫起來。

「船，大船。」宋子記也跟著叫起來，還激動地拍著欄杆。

在兄弟倆嘰嘰喳喳的背景下，小二端著兩個大托盤進來，上面整整齊齊地擺放著拇指大的木牌，正面寫著菜名，背面寫著配料，這也是望江樓的一大特色。

宋嘉淇看也不看，豪邁地揮手。「來個全魚宴。」

小二便問：「八姑娘要什麼規格的？十二道菜、十四道菜、二十……」

「二十四道菜。」宋嘉淇截過話頭，望江樓最出名的就是全魚宴，最高規格就是二十四道菜。

宋嘉淇得意洋洋地看著宋嘉禾。她怎麼會放過這個敲竹槓的機會呢？

「妳吃得下嗎？」宋嘉禾佯裝心疼。

宋嘉淇哼哼唧唧。「吃不下我不會帶走啊！」

「這話可是妳自己說的，吃不了兜著走。」宋嘉禾樂不可支，招呼宋子記和宋子諺來點菜。兩個小的字還沒認全，她可不會指望他們看牌子，只問他們想吃什麼？

「肉，我要吃肉。」宋子記大聲道。

宋嘉淇嫌棄地捏捏他的臉。「你都這麼胖了，還吃肉？吃青菜，只許吃青菜。」

宋子記悲憤了，掐著腰跺腳。「我要吃肉！娘說了，吃肉長高高，長得比八姊高。」

宋嘉淇按了按他的腦袋。「想比我高，十年後再說吧，不過我覺得你要不了幾年就能比我重了，你好棒喔！」

宋子記不樂意了，撲過去就是一通鬧。

指望他們點好菜不知要等到什麼時候，宋嘉禾索性不理他們，點了幾個宋子記愛吃的菜。此外，她又問著宋子諺的意見，挑了樓裡有名的四碟小點心。

菜都點完，姊弟倆相愛相殺也結束了，宋子記被無情鎮壓，委屈地看著宋嘉禾。

「累了吧，來，喝點西瓜汁。」宋嘉禾笑咪咪地看著宋子記。

宋子記癟嘴，撲過去告狀。「六姊，八姊又欺負我！」一個「又」字道盡其中辛酸。

宋嘉禾不厚道地笑了。弟弟麼，就是用來欺負哭了再哄笑的。

一旁的宋子諺突然覺有點冷。

「八姊那麼壞啊，待會兒罰她給小十一買玩具好不好？」

宋子記聞言瞬間轉悲為喜，拍著小胖手朝宋嘉淇喊。「買玩具。」

宋嘉淇翻了個白眼。「行，買買買！」

說著話，他們點的菜也陸陸續續來了，宋子記吃得眉開眼笑，吃著碗裡還想著下一頓。

「我明日還要來。」

宋嘉淇習慣地要給他潑冷水，忽地聽到一陣喧譁，恰在此時，房門被人從外面打開。

站在門口的是端著菜的小二，手裡端著一盆橘紅色的松鼠桂魚，散發撲鼻的香味。

兩個小的大抵是頭一次見到這菜，驚奇地盯著盤子裡的魚；宋嘉禾和宋嘉淇則是看見了站在小二身後的那個人。

柯世勳左手拿著風車、陀螺等小玩意兒，右手抓了一把糖人、糖葫蘆的吃食，正和守在門口的護衛說話，見門開了，臉上的表情既激動又歡喜，還夾雜著些許忐忑。

一時之間，宋嘉禾的心情一言難盡。這人可真是……讓人不知道該說什麼才好？

房門隨著小二的入內被闔上，兩個小傢伙盯著松鼠桂魚大呼小叫。

宋嘉淇看著宋嘉禾，小聲道：「六姊，妳要不要和他說明白？」

「妳以為我沒和他說過？」宋嘉禾無奈。

宋嘉淇啊了一聲，頓時拍桌而起。說過還這樣就討厭了，別人怎麼想她六姊啊！不行，她得把人趕走。雖然三樓都是廂房，人不多，可來來往往大多是一個圈子的。

「讓青畫去。」宋嘉禾按住宋嘉淇。這暴脾氣，沒得說兩句話就動起手來。

聞言，青畫福了福身，便轉身走向門口。

掌櫃的正好聲好氣地勸柯世勳離開，奈何他的話就像耳邊風，對柯世勳一點作用都沒有。這人要不是王妃的姪兒，他都想直接派人拖下去了。

此時，青畫推門而出。

柯世勳認出她是宋嘉禾的大丫鬟，雙眼驟然明亮，急切道：「這些小玩意兒送給兩位小公子玩耍。」

青畫朝他屈了屈膝。「柯公子的好意，奴婢代兩位小少爺心領，只是以後，還請柯公子莫要如此，您這樣，令我家姑娘十分為難。」

柯世勳嘴唇輕顫，四肢冰涼。

不疾不徐的腳步聲自樓梯口傳來，走廊上的眾人不約而同看過去，便見一個高大的身影出現在視線中。

「魏將軍！」

「三爺！」

一眾人忙不迭見禮。

柯世勳也看見魏闕了，沒來由一慌，吶吶道：「三表哥。」

他怎麼會在這兒？

魏闕的目光在柯世勳以及門口一眾護衛上轉了轉，最後定在柯世勳的小廝臉上。「勳表弟臉色不好，還不趕緊送回府請府醫瞧瞧。」

小廝一個激靈，不自覺扶著柯世勳往外走，心想，三爺肯定覺得他家少爺又在糾纏宋姑娘，誰讓上次被他撞個正著，少爺也是不走運。

失魂落魄的柯世勳被小廝拉著往下走，只覺得兩腳發軟，踩在棉花上似的。

扶著他的小廝察覺到他心不在焉，不禁要提醒，可沒等他開口，就被不慎失足的柯世勳帶著滾下樓梯，只來得及發出一聲慘叫。

噼哩啪啦一通響，嚇得掌櫃的面無人色，正忙不迭要過去看，就見魏闕已經疾步趕過去。

掌櫃的飛奔過去一看，見兩人蜷縮在二樓的樓梯臺上痛苦呻吟，並沒有見血的樣子，他忍不住抹了一把冷汗，覺得終於有力氣，扶著欄杆，心有餘悸地下樓梯。「將軍，柯公子可是要緊？」

「右腿骨折，問題不大。」魏闕已將柯世勳大略檢查一遍，抬頭看著一臉慘白之色的柯世勳。「勳表弟，得罪了！」

疼得今夕不知是何年的柯世勳還在詫異，就聽見哢嚓一聲，腳踝處一陣椎心的刺痛襲來，痛得他眼前發黑，天旋地轉，忍不住哀號出聲。

「好疼！」宋子諺縮了縮脖子，往宋嘉禾懷裡躲。

宋嘉禾摀住他的嘴，防止小傢伙胡說八道。他們也是聽到動靜不對出來看看的。

魏闕吩咐掌櫃拿木板和紗布過來。

「快，快去！」掌櫃的盯著一個小二催促，樓裡總備著這些東西以防萬一。

東西取來後，魏闕替柯世勳簡單固定住右腿，命自己的親衛護送柯世勳回府。「我約了人有事要商議，就不送表弟回府。」又囑咐護衛。「不要顛簸到他，回府後立刻讓府醫重新處理傷勢。」

「多謝三表哥……」痛得渾身冒冷汗的柯世勳顫巍巍地道謝。

「勳表弟不必客氣。」

被抬上擔架的柯世勳定定地望著樓梯口，直到被人抬出酒樓，都沒有看見日思夜想的那個人，眼底逐漸被灰敗籠罩。

她就那麼討厭自己嗎？他都這樣了，依然看都不看他一眼。

拾級而上的魏闕，一抬眼就對上一雙閃亮閃亮的大眼睛，瞳仁漆黑清澄，睫毛纖長濃密，這雙眼像極了他姊姊。

魏闕嘴角微揚，臉色溫和許多。

「三表哥！」宋子諺脆生生地喚人，小臉紅撲撲的，顯而易見的激動還有點害羞。

宋嘉禾硬著頭皮向他見禮，掩藏起來的記憶瞬間鮮活起來，莫名覺得耳朵有些發燙。她不自在地捏了捏耳垂，垂眸看著宋子諺。

宋子諺羞答答的，不知道的還以為是小姑娘遇到心上人呢。不過也差不多了，自從目睹魏闕如何大敗王培吉，宋子諺就成了魏闕的小迷弟，為此還專門去學銀槍。天知道小傢伙拿著足有兩個他那麼高的銀槍，畫面多喜感。

望著耳垂微紅的宋嘉禾，魏闕心下一笑。

宋子諺捏著手指頭，想靠近又不敢，想說話也不知道說什麼的可憐樣。

過來見禮的宋嘉淇決定幫堂弟一把，笑嘻嘻地對宋子諺道：「阿諺，你的銀槍練得怎麼樣了？」

宋子諺白嫩的小臉一紅，無措地抓了抓臉，鼓足勇氣道：「三表哥，我也在練槍，」大眼睛裡全是希冀。「我以後能和你一樣厲害嗎？」

「好好練，可以的。」魏闕含笑，伸手摸摸他的腦袋。

宋子諺激動得臉更紅，就像一顆紅蘋果，受到鼓勵的他正心花怒放，就差要手舞足蹈以示歡喜之情。

「我也要練！」宋子記噔噔噔跑過來，秉承著「十哥玩什麼我也玩什麼」的方針不動搖，並且還十分自來熟地抱住魏闕的腿。

宋子諺看著眼熱得不得了。他也想抱啊，可是他不敢。

對於小堂弟的勇敢，宋嘉禾亦是十分佩服，這大概就是傳說中的初生牛犢不畏虎吧！

魏闕低頭看著胖乎乎的小傢伙，宋子記也對他咧嘴一笑，肉嘟嘟的雙下巴煞是惹人眼，令他不覺一笑。

這一笑就像鼓勵，宋子記的膽子更大，手已經摸向魏闕佩在腰間的刀鞘上。

魏闕按住刀，挑眉一笑。

宋子記不屈不撓。「看看，我就看看，看一眼，就看一眼。」

「阿記，不許碰刀。」宋嘉禾出聲制止搗亂的小堂弟。

可宋子記全部注意都被那刀吸引，一看就和他的小木劍不一樣。

「宋子記，你皮癢了是不是？」宋嘉淇沈下聲。

宋子記天不怕地不怕，還真就怕沈下臉的宋嘉淇，真應了一物降一物那句話。他癟起嘴，不甘不願地收回手，可憐兮兮地靠在魏闕腿上。

一臉糾結的宋子諺忽然瞪大眼，就見魏闕竟然解下刀遞到宋子記眼前。

宋子記愣了愣，歡快笑起來，興高采烈地摸著刀鞘，還試圖去拔刀，拔了兩下都不行，扭頭看向宋子諺。「十哥，我拔不出來。」

宋子諺抿抿唇，去看魏闕。

魏闕對他微微一笑，宋子諺登時笑逐顏開，趕緊過去幫忙，生怕晚了，魏闕就不讓他玩。

宋嘉淇趴在宋嘉禾肩頭咬耳朵。「三表哥脾氣真好。」看起來不苟言笑、生人勿進，對小孩卻這麼有耐心。

望著遷就兩個小的、彎腰握著刀的魏闕，宋嘉禾輕輕點點頭。所以說這人真不可貌相！不過讓兩個小的這麼玩下去也不是一回事，宋嘉禾定了定神，讓自己鎮定下來。「三表哥，你先去忙正事吧，不用管他們兩個。」剛才好像聽他說約了人來著，真是太好了！

魏闕抬眸看著佯裝從容的宋嘉禾。「約了戌時，我先過來用個膳。」

「我們正在用膳，三表哥你和我們一塊兒吃吧，我們有好多好多菜，都吃不完！」宋子諺熱情洋溢地邀請。

宋嘉禾的表情裂了！

滿桌子的珍饈美食，色香味俱全，宋嘉禾卻毫無食慾，懶洋洋地提著筷子，有一下沒一下地將碗裡那塊魚肉戳成肉泥。

對面的情況卻截然相反，歡天喜地的宋子諺嘰嘰喳喳地和魏闕說話，兩人居然還能有問有答地說到一塊兒去，讓宋子諺開心得不行，要是有條尾巴，估計早就搖起來了。

宋嘉禾暗暗磨牙。都怪這個小東西！

宋嘉禾不爽地撇過頭，入眼就是趴在桌上的宋子記，小胖子愛不釋手地摸著面前的寶刀，只恨不能抱一抱，蓋因這刀太重，他抱不起來，遂只能上下其手。

在宋子記這兒，刀的魅力絕對超過魏闕本人，比宋子諺有出息多了。

與宋子諺說話的魏闕，不著痕跡地看著宋嘉禾，將她的神情變化一覽無遺，眼底笑意更濃。

恰好宋嘉禾又望過去，兩人的目光剛剛交會，她就扭過頭。現在一看見魏闕，她就控制不住地想起自己在他跟前出的那個大醜，簡直生無可戀。

也幸好遇到的是魏闕，若是個大嘴巴給她宣揚出去，宋嘉禾覺得自己根本不用見人了。這麼一想，居然還有一點詭異的欣慰。

吃著魚的宋嘉淇皺了皺眉。她怎麼覺得今日六姊怪怪的，可又說不上哪裡奇怪？想了下，宋嘉淇把原因歸咎到剛剛離開的柯世勳身上。好好出來散心，遇上這麼個人，還出了意外，幸好沒出大事，不過總歸掃興。

「宋子記，你要不要吃飯了？」目光一轉，宋嘉淇見宋子記還在玩著那把刀，面前的飯菜一動不動。

宋子記摸著刀躍躍欲試。「八姊，讓爹給我買一把刀好不好？和這把一樣。」

宋嘉淇敷衍他。「好好好，你乖乖吃飯，吃了飯回去讓阿爹給你買。」

還一樣的刀！這刀一看就不是凡品，讓爹去哪裡找？不過頭疼的那個人又不是她，宋嘉淇敷衍地毫無心理負擔。

宋子記深信不疑，歡快地扒拉起碗來，吃一口飯，看一眼刀，簡直就把這刀當成了下飯菜，也是絕了。

宋嘉禾忍俊不禁。見他只吃飯不吃菜，遂給他挾了一筷子烤鹿肉。

「沒有六姊做的好吃。」宋子記咬著肉，一臉嫌棄。

宋嘉禾筷子一頓。

正心無旁騖和魏闕說話的宋子諺，居然也聽到這句話，重重點頭附和。「我六姊烤的鹿肉最好吃了，下次請三表哥吃，好不好？」完美地詮釋了什麼叫賣姊求榮。

宋嘉禾無語地看著眼睛亮閃閃的弟弟。笨蛋，上回魏闕給她調料的時候，他不是也在場嗎？居然在關公面前耍起大刀了。宋嘉禾覺得這會兒，魏闕肯定在心裡笑，雖然他面上看起來神色如常。

「你就別班門弄斧了，三表哥做的烤鹿肉才是人間絕味。」說著，宋嘉禾就在心裡流口水。哪怕有了他給的調料，做出來的鹿肉還是差了不止一個等級。

「你吃過？」宋嘉淇詫異。

「吃過啊！」要不然怎麼會念念不忘。

宋嘉淇瞪圓眼睛，視線忍不住在兩人之間來回打轉。

宋嘉禾氣結，瞪她一眼。「之前在瓏月庵附近的樹林裡，偶然撞見三表哥和朋友在烤鹿肉，有幸嚐過一回。」無塵大師到底是和尚，遂她沒有指名道姓。

「妳肯定是循著香味找過去，然後三表哥看妳太可憐，才讓妳嚐一嚐。」宋嘉淇一針見血。

宋嘉禾竟然發現無言以對，因為就是這麼一回事。

一看她表情，宋嘉淇就知道自己猜對，能讓她六姊找過去的，肯定是好東西，她姊嘴刁著呢。這麼一想，宋嘉淇忍不住看向魏闕，特別想說讓她也嚐嚐，到底沒好意思張口。

聽得一知半解的宋子記就沒這顧忌，一聽有好吃的，立刻叫起來。「我也要吃。」

宋子諺倒是聽懂了，巴巴地望著魏闕。

宋嘉禾也十分意動，可到底知道這要求任性，遂違心道：「三表哥要忙正事，想吃鹿肉，我回去給你們做。」

「可是妳的調料不是用完了嗎？」宋嘉淇哀怨道。

宋嘉禾噎了下。之前她說這調料是偶然得到，並未提及魏闕，純粹是為了省事，因為提了魏闕就得解釋之前的一大通事。

眼下，宋嘉禾猶豫要不要實話實說，順便能再要一些，不過好丟人，還是算了吧。

魏闕道：「有機會請你們吃。」

兩個小的歡呼起來，宋子記更是差點激動得打翻碗。

「好了，別光顧著說話不吃飯。」宋嘉禾替宋子記放穩碗，又對宋子諺道：「阿諺，別拉著三表哥說個沒完，三表哥都沒時間吃飯，待會兒他還有事。」

魏闕一笑。「無礙，還有時間。」

宋子諺糾結了下，忍痛道：「三表哥先吃飯，我下次再找你，好嗎？」大眼睛撲閃撲閃地看著他，眼底的希冀一覽無遺。

魏闕笑著點點頭。

宋子諺興奮地在椅子上扭了扭。因為有了盼頭，終於不爭分奪秒地拉著魏闕說話。

第十八章

到了酉時三刻，魏闕提出告辭。

宋子諺真是一刻都捨不得離開他的魏表哥，要跟著他一塊兒下去，弄得人啼笑皆非。

「阿諺，你要不今晚跟著三表哥回王府好了，反正你那麼小一點，也不占床。」宋嘉淇打趣。「就是記得千萬別尿床了。」

宋子諺脹紅臉。「我早就不尿床了。」

瞧著緊張的弟弟，宋嘉禾樂不可支。

魏闕摸摸他的腦袋。

宋子諺仰頭看著他，再三強調。「我三歲就不尿床了。」

「不錯！」魏闕含笑點點頭。

宋子諺看看他，覺得他相信自己，這才眉開眼笑，又壯著膽子拉住魏闕的手。

魏闕看了看他，握住小傢伙的手。宋子諺雙眼更亮，臉蛋上都是紅暈，可愛極了。

看來魏闕不只有女人緣，男人緣也不錯！

宋嘉禾搖搖頭，猝不及防間，撞上魏闕的目光，她眼神飄忽，馬上躲開。

宋子記向來緊跟他十哥的步伐，見宋子諺拉著魏闕，他連忙跑過去，抓住魏闕另一隻手，咧嘴一笑。

所以樓下眾人看見的畫面，就是魏闕一手牽著一個小娃娃，這畫面怎麼看怎麼喜感。想像力豐富的人，都已經想到魏闕這年紀也該當父親了，這不就父愛洶湧？

「三表哥再見。」宋子諺戀戀不捨。

「三表哥慢走。」宋嘉禾和宋嘉淇道。

魏闕對她們略略頷首。「你們玩得盡興。」

轉身離開的魏闕正見宋銘騎馬而來，宋銘也發現前頭的兒女，微微一笑。

「父親。」宋嘉禾愣了下，帶著弟妹就走過去。

經過魏闕身邊時，他突然伸手拉住宋嘉禾。「等一下。」

話音未落，騎在馬上的宋銘拔劍一挑，將從天而降的酒壺擊飛，飛出去的酒壺砸在牆壁上，砰的一聲，嚇得行人尖叫不已。

宋嘉禾亦是駭然，不自覺抬頭，忽地愣住了。

望著倚在窗口那人，魏闕目光一動，垂眼看著自己握著宋嘉禾胳膊的手，她卻是渾然無所覺。

魏闕輕笑了下，鬆開手，順便收起左手的鐵珠。到底身經百戰，宋銘還不至於需要他出手幫忙。

「爹！」回過神來的宋子諺飛奔過去，眼裡還含著淚花，顯然嚇得不輕。

宋銘下馬接住跑過來的小兒子。

「對不住啊，手滑了下。」慵慵懶懶的聲音從上頭傳下來。

眼尾飛紅，目光迷離的魏瓊華斜倚在窗前，她輕輕地晃著手裡的酒杯，動靜之間，嫵媚天成，攝人心魄。她看著宋銘，朱唇輕啟。「還好經過的是二表哥，要是砸到別人，那可就是我的罪過了。」

宋銘嘴角微微下沈。

這時候，窗邊又出現一褐髮藍眸高鼻深目的青年男子，他操著一口蹩腳的漢語抱拳道：「夫人喝多了，請見諒。」

看著那異族男子，宋嘉禾想起之前聽人說過，魏瓊華帶了一個西域美男子回來，長得還挺好看。

魏瓊華妙目輕轉，輕輕呵一聲。

那青年伸手攬著她的肩頭，將她帶離窗口，隨後窗戶就被人闔上。

樓下，聞訊趕來的掌櫃一迭連聲向宋銘賠罪。宋銘擺擺手，示意他下去。

「還請表叔見諒。」魏闕上前對宋銘恭恭敬敬一揖。「姑姑醉了。」不管醉沒醉，魏瓊華必須得是醉了。

宋銘不以為意地笑了笑。「無礙。」

「父親，您沒事吧？」宋嘉禾擔憂地看著宋銘。

「我沒事，你們怎麼在這兒？」

「我們過來用膳，正好遇上三表哥，阿諺見到三表哥就走不動路了，要不是三表哥還有正事要忙，他都不放人。」

魏闕道：「今日多謝表弟、表妹盛情款待。」

看一眼懷裡害羞的小兒子，宋銘大概知道怎麼一回事，笑道：「阿諺給你添麻煩了。」

「小表弟天真可愛，討人歡喜。」魏闕笑道。

宋銘便笑了笑。「你還有事，先去忙吧！」

魏闕便拱手告辭。

「你們要去玩還是回府？」宋銘詢問。

原是要玩的，可剛受了驚嚇，雖然有驚無險，可到底心有餘悸，宋嘉禾便道：「回府，反正也累了。」

之前還鬧著要好好玩的宋子諺和宋子記都沒有反對，兩個小的也嚇著了。

下人便趕來馬車，宋子諺卻不肯坐馬車，撒嬌說要騎馬。對小兒子，嚴肅如宋銘也不免多疼一點，便抱著宋子諺上馬。

宋子記哪能眼睜睜看著不動，也叫起來。「我也要騎馬！」

於是宋銘把小姪兒也放到馬背上，這下子輪到被夾在中間的宋子諺不高興了，尖叫道：「十一、十一，你壓到我了，你往前面去一點，你太胖了。」

「我不胖、我不胖。」宋子記大聲反駁。

望著身前亂撲騰的兩個小傢伙，宋銘不禁笑，把小姪兒往前面提了提。「別鬧，掉下去我可不管。」

當下，兩個小的都安分了，興奮地在上頭東張西望。

走出一段路的魏闕忽然回頭看了看，正好看見馬車消失在拐角處，他嘴角輕輕一揚，又抬眼看了看望江樓的頂樓，與不知何時出現在窗前的魏瓊華遙遙相望。

魏闕抬手一拱，輕輕一笑；魏瓊華面無表情地關上窗戶。

覷著心情不錯的主子，關峒上前一步。「小的原打算去結帳，不過讓六姑娘的護衛趕早了一步。」

也就是說，今日這頓飯是宋嘉禾請的。主子被一個小姑娘請吃飯，這還是大姑娘上轎頭一遭。

魏闕瞥他一眼。「你回去備上一份謝禮送去宋府。」

「表姑姑也太粗心了，差一點就砸到二伯。」馬車裡，宋嘉淇忍不住碎碎念。雖然沒砸到，可那是二伯身手好，換一個旁人哪裡躲得了？那麼高的地方掉下來的酒壺，要是真砸中，現在恐怕已經凶多吉少。

宋嘉禾心不在焉道：「所幸沒事，沒事就好。」

「六姊妳怎麼了？」

宋嘉禾扯了扯嘴角。「還有點回不過神來。」

宋嘉淇一想，要是她爹遇上這事，她也要緩一陣，遂道：「那六姊休息下。」

宋嘉禾應了一聲，靠在車壁上養神。

也不知她太敏感還是怎地，之前她不經意間捕捉到表姑姑看父親的目光，有一瞬間特別複雜，宋嘉禾心裡怪怪的。

回到宋家溫安院，兩個小的就按捺不住激動，和宋老夫人說起魏闕。

「三表哥說，有機會教我練槍，還說、還說請我吃烤肉。」

宋嘉禾瞧著，宋子諺都快激動壞了。「要不是我提醒，他今日能拉著三表哥不讓人走，從前都沒發現他話這麼多。」

宋老夫人看一眼佯裝抱怨的宋嘉禾，眼底清澄坦然，輕笑道：「想不到他還有此耐心。」

「我也想不到。」宋嘉淇點頭附和。

宋老夫人看了看歡喜之情溢於言表的孫兒們，不禁想，難道是自己想多了？

「老夫人，」珍珠進來道：「魏三爺跟前的陳嬤嬤求見。」

宋老夫人一臉納悶。「幹麼來的？」

珍珠道：「陳嬤嬤說是替魏三爺過來，給少爺、姑娘們送謝禮的。」

宋嘉淇和宋嘉禾面面相覷，百思不解。她們做了什麼需要魏闕特別道謝，她們謝他還差不多。

陳嬤嬤四十來許，一張容長臉笑盈盈的，請過安後，她便道：「三爺命老奴謝過少爺、姑娘的盛情款待。」

宋嘉禾驚了下。就為一頓飯，也太小題大做了。

「也是為柯表少爺驚擾六姑娘賠禮。」陳嬤嬤緊接著道。

宋老夫人看向宋嘉禾。「這又是這麼一回事？」

就連捧著茶杯坐在一旁的宋銘也看過來，臉色微沈。

宋嘉禾忙道：「也沒什麼，就是在望江樓遇到柯家公子，他拿了些小玩意兒和吃食說是要送給弟弟們，我沒理他。正好三表哥來了，就打發他回去，不想他下樓梯的時候摔下去。不過三表哥說人不要緊，就是骨折，要養上好一陣。」這下子應該能清靜一陣子了，希望這位柯少爺養傷時能想明白，感情這種事強求不得。

宋銘臉色稍霽，還以為這小子欺負女兒了。

「找機會我和王妃說一聲。」宋老夫人沈吟了下開口。畢竟繼續讓柯世勳這麼糾纏著，說出去也不好聽。

「麻煩祖母了。」宋嘉禾不好意思地笑了笑。

宋老夫人笑看她一眼。「天色不早，去給你們娘請個安，就回去歇著吧。」

眾人應諾，魚貫而出。

宋嘉禾和宋子諺隨宋銘去了沉香院。宋子諺手裡拿著一杆小銀槍，是魏闕剛剛送來，他說什麼都不願意交給丫鬟保管，遂只好由著他。席間她聽魏闕答應宋子諺，不想他還當真了。

走著走著，宋銘拍了拍小兒子的頭頂，再次叮囑。「不許把爹差點被砸到的事情告訴你娘，知道嗎？」

去見宋老夫人前，宋銘就囑咐過不要告訴宋老夫人和林氏，免得他們擔心。

宋子諺乖巧地點點頭，邀功道：「我剛剛就沒說。」

「乖。」宋銘笑了笑。

宋嘉禾心裡一動，看了宋銘一眼，又飛快收回目光。

坐了小半個月的月子，林氏依然還有些虛弱。到底年紀大了，小產所損失的元氣不是一時半會兒能緩過來。

見到父子三人過來，靠坐在床上的林氏喜形於色。

宋子諺屁顛屁顛地跑過去炫耀自己新得到的寶貝，林氏自然附和；再聽到他說這銀槍是魏闕送給他的時候，不由心神一晃，想起了宋嘉卉。

目前宋嘉卉還在錦繡院養傷，那二十板子打在一個嬌嬌弱弱的姑娘家身上，沒有一個月是決計養不好的。再一想，待她養好傷，還要被送到別莊去，孤零零一個人，林氏便覺得有人往她心上扎刀子。

她不是沒向宋銘求過情，打也打了，不如讓宋嘉卉在家裡禁足，好歹也是在熟悉的地方，她也能打聽下消息。可她一提及這件事，宋銘就甩袖而出，之後就是好幾天不過來看她，兩次之後，林氏也不敢再說，只能黯然傷神。

興高采烈的宋子諺見林氏走神，不由癟癟嘴，不滿地叫一聲。「娘。」

林氏霎時回神，摸著小兒子的頭道：「這銀槍真好看。」

「不是好看，是威風，威風！」宋子諺糾正。小男孩的世界裡，好看是女人家的事。

林氏失笑附和。「是的，真威風。」

宋子諺喜笑顏開。

說了幾句，宋銘叮囑林氏好生休息，便帶著兒女離開。

行至岔路口，宋銘望著亭亭玉立的女兒，終究沒說什麼，只讓她好好休息。

在林氏面前，宋嘉禾規矩沒得挑，恭敬有禮，該問候的也問候了，可那種客氣不像是面對母親，更像是對待一個親戚。然而他又有何立場開口說什麼？終究是林氏錯待了宋嘉禾。便是如今，林氏對他說過對不起小女兒，要彌補，可真正面對小女兒時，她又不自在。

夫妻近二十載，宋銘哪不瞭解她。林氏以為宋嘉禾不怨她，或者該說是自欺欺人，可那一天宋嘉禾親手捅破那層窗戶紙，林氏不敢再面對小女兒了。

「父親也好好休息。」宋嘉禾屈膝一福，又揉了揉宋子諺的腦袋。「你今日是不是要抱著它睡了？」

宋子諺煞有介事地想了下，高興道：「床上放得下。」

宋嘉禾莞爾。反正這銀槍沒開刃，她也懶得說他，盤算著待會兒捎句話，讓丫鬟記得等他睡著後取走，免得硌到他。

宋銘也失笑，看宋嘉禾一眼，領著宋子諺走了。

目送兩人離開，宋嘉禾轉身回降舒院，青畫提著燈籠走在前頭，望著燈籠上倚樹而立的美人畫像，宋嘉禾的思緒又飛到魏瓊華身上。

魏瓊華那一瞬間的眼神，實在令宋嘉禾印象深刻，至今都記憶猶新。忽地，一個荒誕的猜測浮現在她腦海，又飛快被她趕走。

宋銘自然是難得一見的好男人，事業有成，還是出了名的專情，這麼些年除了林氏外再無旁人，這點讓多少人對林氏又羨又妒。

不過魏瓊華什麼樣的男人沒見過，怎麼會看中有婦之夫？魏瓊華因養面首而名聲不佳，但是有一點人盡皆知——她從來都不招惹有主的男人。若是有主的男人想招惹她，魏瓊華保管把他修理得後悔莫及，這都是有血淋淋的例子擺在那兒。

宋嘉禾輕輕搖頭，不再胡思亂想。一回到降舒院，她就看見擺在桌上的禮盒，是魏闕剛剛送來的。

宋嘉禾心情大好，沒人會不喜歡禮物的。她開心地拆起禮盒來，打開第一個盒子，就驚住了，四支紅寶石金釵整整齊齊地躺在盒內，色澤渾厚，流光溢彩。

饒是青畫和青書幾個見慣好東西的人也不由驚了驚，覺得這禮好像太貴重了。

宋嘉禾又去看第二個盒子，這裡面是一只紅玉手鐲，玉質細膩，晶瑩剔透。

「是不是下人拿錯了？」青畫小心翼翼道。

宋嘉禾擰眉，拿著第三個盒子，覺得有些沈手，打開一看，不禁笑起來。這才是正確送禮方式嘛，之前那兩樣她都拿得燙手。

納悶的青書、青畫一看，只見裡面滿滿一匣子的粉末，正是烤肉的調料。

宋嘉禾寶貝似地合上蓋子，交給青畫。「收好了，過兩天烤肉給妳們吃。」

青畫歡歡喜喜地應了。

青書可沒她這麼心大。「不知道送去給八姑娘和兩位少爺的是什麼？」

「明兒我問一下吧。」宋嘉禾覺得應該差不多。怎麼可能在這種小事上厚此薄彼，不過這人也太大方了。

「水好了嗎？我累死了。」宋嘉禾懶洋洋地伸了伸腰。

青書忙道：「已經好了。」說著就服侍宋嘉禾去淨室。

昏黃的燭火映在梁王妃臉上，顯得她整個人都格外柔和，她眉眼含笑一如天下所有慈母。

「你給宋家送了賠禮？」梁王妃詫異地看著魏闕，彷彿才知道這個消息一般。

「我聽望江樓的掌櫃說，宋家人請柯表弟離開，可柯表弟執意不肯走，守在門口。雖說窈窕淑女，君子好逑，然柯表弟如此著實令姑娘家難做，已經好些人在指指點點。宋家知道了，未必不惱，只不過看在您的面子上不好計較，我便自作主張先替表弟賠禮。」

梁王妃看著他。「你有心了。」

魏闕笑了笑。「這都是我應該做的。」

梁王妃彎了彎嘴角，細細看著魏闕，不肯錯過他一絲一毫情緒。「宋家知道也好，之前因著你表嬸小產，我都不好開口，眼下正好藉這機會問一下。你表弟雖然做得不妥當，可也是一片拳拳赤子之心。兩家門當戶對，二人亦是郎才女貌，最難得就是阿勳對禾丫頭的這份心意。小姑娘到底不懂事，不知道哪個才是最要緊，不過宋家長輩肯定明白，嫁給阿勳，禾丫頭這輩子就錯不了，趕明兒我去問一問，促成這樁好事。」

見魏闕神色如常，梁王妃心下一定，暗忖：若魏闕對禾丫頭有意思，聽到這話絕不可能無動於衷。看來魏闕和宋嘉禾在涼亭裡眉來眼去，都不過是羅清涵的嫉妒之詞罷了，說不得就是她故意扭曲事實去刺激魏歆瑤。可憐她的女兒輕信於人，至今還被關在家廟裡。

梁王妃壓了壓心緒，看向魏闕。「夜色深了，你回去歇著吧。」

魏闕起身告退。

梁王妃靜靜坐在椅子上，目光明明滅滅，良久不出聲。

看一眼更漏，柯嬤嬤小聲提醒。「王妃，已經亥時一刻了。」

「妳說，他對宋家那兩個小的這般好，是不是為了示好宋家？」梁王妃慢慢抬眼看著柯嬤嬤。

冷意一點一點地爬上梁王妃的眼角。魏闕若是存了這個心，哪怕對宋嘉禾沒意思，也是會想娶宋嘉禾的。

「王妃多慮了。」柯嬤嬤斟酌又斟酌。「宋家兩位小少爺您也是見過的，粉妝玉琢，活潑可愛，誰見了不喜歡。」

就是梁王妃也喜歡的，見到了總要抱一抱、逗一逗，恨不能是自家親孫子。

柯嬤嬤接著道：「來人也說，是兩位小少爺拉著三爺不放，三爺再鐵石心腸也拒絕不了啊，何況便是看在老太妃面上，三爺也不好太冷淡。」

聞言，梁王妃容色稍霽，可心裡還是扎了一根刺。看來還是得盡快促成宋嘉禾與柯世勳的事，如此她才能安心。柯、宋聯姻，對她還是有益的。

第二日請安時，梁太妃隨口問了一句柯世勳。一大早嬤嬤就告訴她，柯世勳因為骨折不能來請安，故而派了個丫鬟來告假。

梁太妃還是挺喜歡這斯斯文文的小後生，見到梁王妃，不免問了聲。

「倒是不要緊，只是傷筋動骨一百天，須得仔細調養。」梁王妃含笑回話。

梁太妃點頭。「切記不可馬虎，這要是落下病根，可是一輩子的事。他爹娘把人留下，那是放心咱們，要是出了岔子，可怎麼過意得去？」又唸了一句。「這孩子也太不小心了。」

「您說得是。」

梁太妃端起茶碗喝了一口潤潤嗓子，見梁王妃欲言又止，便道：「妳這是有什麼事要說？」

「倒是有一樁，要請您老人家參詳參詳。」梁王妃看了周圍一眼。

梁太妃便把人打發出去，納悶地看著神神秘秘的梁王妃。「什麼事，這麼小心？」

梁王妃道：「不是什麼大事，只不過這事沒成之前傳出去，就不美了。」

梁太妃一聽就心裡有數。「可是親事？」

「母妃英明。」梁王妃適時奉承一句。

梁太妃瞋她一眼。「少給我灌迷魂湯，說吧。」她有好幾個孫兒、孫女都到適婚年齡。

「就是世勳和禾丫頭。」梁王妃慢慢道。

梁太妃一驚，滿頭霧水地反問一句。「世勳和禾丫頭？」

梁王妃誒了一聲，按按嘴角，緩聲道：「世勳思慕禾丫頭，這回他受傷，也是為著禾丫頭。」

梁太妃更驚奇了，示意梁王妃把話說清楚。

「這世勳啊，在您大壽那日，對禾丫頭一見傾心，自此便魂牽夢縈、念念不忘。說出來不怕您笑話，他留下就是為了禾丫頭。」梁王妃繼續道：「之後他找人打聽禾丫頭，越打聽越愛禾丫頭性情。本來我弟妹要去提親，不過表弟妹在坐小月子，遂只好作罷，把事情交給兒媳了。」

梁太妃感到好笑。她老人家愛聽才子佳人的戲碼，所以對這倒不反感，少年慕艾，人之常情。她那姪孫女仙姿玉容，委實招人稀罕，性子也是好的。一般姑娘長得好，不免更受人追捧，捧得驕縱了些，但宋嘉禾就沒這毛病。

「兒媳原想過一、兩個月再說，奈何世勳昨兒出門，在望江樓偶遇禾丫頭姊弟幾個，世勳就去買了些小玩意兒打算哄阿諺和阿記。」

聽到這裡，梁太妃忍俊不禁。

梁王妃也應景地笑了笑。「可他這麼做，到底有些冒失，又是在眾目睽睽之下，禾丫頭哪好意思收他的禮。世勳這傻子難過得很，下樓的時候一個不留神踩空，摔了下去。」到了梁王妃嘴裡，宋嘉禾拒絕柯世勳的禮物是因為害羞，而不是因為送禮的人不對。

聽罷，梁太妃搖頭失笑。「這可叫人說什麼好。」

「這孩子就是用情太深才會如此失態，」梁王妃覷著老太妃的臉色。「兒媳瞧著兩人家世、年齡、品貌都登對得很，遂厚著臉皮求母妃幫忙牽紅線。說來世勳能認識禾丫頭，也是託您老人家的福呢！」

梁太妃沈吟了下。柯世勳這孩子她瞧著也是個老實人，且這魏家，將來總是要交到魏闊手裡，孫子和娘家到底隔一層，有這麼一層關係在，對娘家也是好的。

「園子裡的桂花開了，妳下個帖子過去，請妳舅母她們過來賞花。」

梁王妃喜形於色，應了一聲後，道：「剛好下頭送了一筐螃蟹來，舅母是最愛吃這個的。」

早上去溫安院請安時，宋嘉禾在花園裡遇見宋嘉淇，就想問她昨日收到什麼禮物？對旁人需要含蓄，對宋嘉淇，她可沒這麼多講究。她拉著宋嘉淇往邊上走，其他人見了也只是會心一笑，小姑娘總是特別多小秘密。

巧了，宋嘉淇也想問她這事。昨日她也驚了一下，饒是宜安縣主也不例外。倒不是沒見過這種好東西，而是在他們看來，魏闕這禮委實貴重了。

「六姊，三表哥送妳什麼？」不待宋嘉禾回答，她就先說了。「我收到一只白玉手鐲、一盒上等東珠，還有一塊端硯；阿記是一套文房四寶，喔，還有一把小寶刀。」

宋嘉禾輕輕咋舌。這禮可真不輕，她把自己的禮物說了下，默默將那盒調料變成端硯。

宋嘉淇完全不疑有他，繼續說：「昨日我娘還說，這打仗的就是有錢。」

這點還真有道理。宋嘉禾這邊每年都能收到宋銘送的一些東西，珠寶、字畫，都不是凡品。

約定俗成的規矩，戰役後的戰利品有一部分屬於將帥，按等級分配。魏闕年紀不大，可經歷的戰役不少，他的私房必是蔚然可觀。

「不過有錢也沒這麼花的，到底這沒媳婦的人吧，用錢就大手大腳。」宋嘉淇這話是跟宜安縣主學來的。

宋嘉禾被她這老氣橫秋的模樣逗樂，捏捏她的臉。「以後咱們阿淇出閣，肯定是個管銀子的好手。」

「六姊！」宋嘉淇臉紅跺腳，要去捏回來。

宋嘉禾趕緊跑到宋銘身邊。

宋銘笑了笑。「快到了，別鬧了。」

宋嘉淇忿忿地皺了皺鼻子。宋嘉禾眉眼一彎，笑成了月牙。

到了溫安院，請過安後，陪宋老太爺和宋老夫人用過早膳，上衙門的上衙門，上學堂的上學堂。

宋家的規矩，姑娘們到了十三歲只須上半天課，年過十五就可以不去學堂，而是跟在長輩身邊學習管家理事。

宋老夫人就跟幾個媳婦說說閒話，正說著即將到來的中秋佳節。下人報，梁太妃跟前的呂嬤嬤來了。

請過安後，呂嬤嬤道：「下頭有人送來幾筐螃蟹，膏肥肉厚，老太妃便命老奴送一筐過來，請舅老爺和舅太太嚐一嚐。還讓老奴問問舅太太，您要是得閒，不妨帶夫人、姑娘們過去，賞賞花、吃吃酒。」

「又拿了大姊的好東西，妳替我謝謝大姊。」宋老夫人笑，沈吟了下，道：「初三、初四都是有空的，不知大姊哪天方便？」

正好她也要和梁王妃說一說柯世勳的事。

呂嬤嬤想了一下，回道：「初三，老太妃就有時間。」

「那初三那天，我就帶人過去叨擾大姊了。」

呂嬤嬤笑。「您過去，太妃還不定怎麼高興呢！」

宋老夫人和梁太妃關係向來好，要不兩家也不會走動得這麼頻繁。

稍晚，下了學，過來用午膳的宋嘉禾聽說有螃蟹吃，頓時高興了。「那晚上我們辦個蟹宴。」

「妳還在吃藥調理身子，居然還惦記著吃這麼寒的東西。」宋老夫人沒好氣地教訓她。「不許吃。」

宋嘉禾如聞噩耗，可憐兮兮道：「一隻，我就吃一隻。」

「一隻腳都不行。」宋老夫人冷酷道。

宋嘉禾哭喪著臉。「那妳幹麼告訴我啊，我不知道不就不饞了，妳告訴我又不讓我吃，這世上還有比這更悲慘的事嗎？」

宋老夫人笑咪咪地摸摸她的腦袋。「這兩天是沒得吃，初三去妳姑祖母那兒，倒是能讓妳嚐個一隻半隻的，多的也沒了。」

「有得吃，就算一隻腳也行啊，好歹讓我嚐嚐味道。」宋嘉禾十分容易滿足。

「饞嘴的丫頭。」宋老夫人捏她的臉，嗔道：「早晚叫人用吃的騙走。」

轉眼就到了初三，宋老夫人帶著女眷還有幾位年幼的小少爺去梁王府。

見了面，梁太妃先是問了林氏情況，宋老夫人自然說都是好的。

說過幾句話，梁太妃就提議去桂花林走一走。這時節，桂花新開，芳香撲鼻，走在桂花林裡，心曠神怡。

旁人自無不應，一群人便簇擁著梁太妃與宋老夫人去了桂花林。

走著走著，人群漸漸散開，只留下梁太妃與宋老夫人。

宋老夫人笑了笑，都是有眼力見兒的，她看著梁太妃，靜等她開口。

「暖暖今年十三了吧。」梁太妃轉入正題。

宋老夫人心念微動，口中道：「十三了，這一眨眼都長這麼大了。」

梁太妃揶揄。「可不是？當年那麼一點點的丫頭，現在都長成大姑娘了，這丫頭出落得越來越好，提親的人怕是都快踏平門檻，妳莫不是挑花眼了？」

「我倒是想著挑花眼，總比挑不著好。」宋老夫人幽幽一嘆。

梁太妃笑道：「妳既然挑不著，我這兒倒有個人選，妳不妨聽一聽，是否中意？」

「敢情大姊是在這兒等著我了，」宋老夫人心裡隱隱有了猜測，怕是梁王妃說動老太妃。「是哪家公子，勞動大姊給他說媒了？」

「這人妳也認識，就是王妃的姪兒世勳。前兩天，他不是還在禾丫頭跟前摔一跤，都摔骨折了，禾丫頭回去就沒和妳提過？」

宋老夫人的笑容微微一斂。

梁太妃詫異地看著她，也收了笑。「妳這是怎麼了？」

「之前阿閎在東籬山莊設宴，暖暖也去了，哪想柯家那後生直接跑到暖暖跟前，竟然說什麼請人提親，把暖暖嚇一跳，趕忙拒絕。這話都沒說過一句，一點底細都不清楚，暖暖哪能答應。不想那後生竟然追問暖暖，是不是有其他心上人才會拒絕他？大姊說說，這話該是他問的嗎？暖暖沒理他要走，他還拉住暖暖的馬，一定要討個結果。」宋老夫人語帶薄怒。

漫說她，梁太妃都不高興了，她瞧著柯世勳老實厚道，不承想做事竟然這麼不講究。直接跑去問姑娘家婚姻大事，只當他情不自禁，可被拒絕後再不依不饒，這就犯忌諱了。

婚姻大事講究的就是你情我願，可不是死纏爛打。

讓她說媒，竟然連宋家已經拒絕過這點都不告訴她，還說禾丫頭害羞，梁太妃越想越生氣，一下子，把梁王妃都給怪上了。

梁太妃壓了壓火。「我不知還有這些事，要是知道，萬不會向妳開這個口。」

「我想著柯家那後生，也是沒好意思跟大姊說這事。」

梁太妃拍拍宋老夫人的手背，嘆了一聲。「這柯家小子是不適合咱們禾丫頭了，不過暖暖年紀也不小，妳到底是個什麼想法？」

「大姊也知道，我孫子、孫女不少，可就暖暖是我一手養大。對著大姊，我也不裝假，我最疼的就是她，總是想給她找個完美的良配，這男怕入錯行，女怕嫁錯郎，一個不好，一輩子可就毀了。」

梁太妃心有戚戚焉。「那妳想給她尋個什麼樣的？」

宋老夫人道：「人品一定要端正；門第倒不拘，不一定要高門大戶。英雄莫問出處，只要家風清正，本人又有才幹，何愁不能夫榮妻貴？」

這世道百廢待興，男人想出頭比從前容易多了。只要他有本事，宋家再拉一把，不愁他不能出人頭地。

說實話，宋老夫人看不上那些偌大年紀，還只能靠家裡立足的男人，她老人家覺得，這男人還是得有本事，能封妻蔭子。

梁太妃腳步一頓，又想到柯世勳。若是追求才子佳人，紅袖添香夜伴讀，對鏡描紅情綿綿的神仙日子，那柯世勳倒是個不錯的選擇。

至於仕途上，以柯世勳的家世，將來也不會太差，但是想手握重權獨當一面的話，怕是不容易。人老成精，梁太妃這點看人的本事還是有的，不敢說十成十，卻有七、八成把握。柯世勳更適合走清貴文人那條路，掌不了實權。

以宋嘉禾的條件，宋老夫人這些要求還真不過分，梁太妃有些訕訕。她被梁王妃說得暈了頭，這會兒冷靜下來一想，柯世勳條件單看不錯，可配宋嘉禾還是差了點。自古高門嫁女，低門娶婦，單是相貌這一條就差遠了。這無論男女，相貌好都是占大便宜的，可以加分，尤其宋嘉禾出身也好，雖是二房嫡次女，但憑她這條件，完全可以嫁進高門大戶做冢婦。

王妃這是挖她娘家，補她自個兒娘家呢！梁太妃越想越不得勁。

天色漸漸暗下來，一盞又一盞的燈漸次亮起來，桂花林裡亮如白晝，肥美的螃蟹也在一陣又一陣的桂花香中被端上來。

吃了一隻螃蟹的宋嘉禾意猶未盡，正想拿第二隻，青書幽幽的聲音響起。「姑娘，老夫人看著妳呢！」

宋嘉禾的手就這麼僵在半空中，離紅彤彤的大螃蟹只剩下一指距離。她抬頭就見宋老夫人笑咪咪地看著她。

內心劇烈掙扎了下，宋嘉禾悻悻地收回手，默默地將面前的蟹八件收起來，眼不見為淨。

宋老夫人這才滿意地收回目光，繼續和梁太妃說起話來。

好一會兒後，眾人也吃得差不多，開始三三兩兩地夜遊桂花林。

「今日的螃蟹真好吃！」宋嘉淇表情十分浮誇。

宋嘉禾沒好氣地送她一個白眼，扭過頭懶得搭理她，就見宋子諺身邊的桔梗行色匆匆的小跑而來。「六姑娘、八姑娘，十少爺和十一少爺不見了。」

宋嘉禾皺眉。「是不是跑去哪兒玩了？」

桔梗欲哭無淚地點點頭。「奴婢覺得兩位少爺可能去找魏三爺了，之前他們說要去找魏三爺學武，奴婢好說歹說才把兩位少爺勸住，可一眨眼，兩位少爺就不見了。奴婢和黃桃問了府裡的丫鬟，說是看見兩位少爺往外院的方向去了。黃桃已經追過去，奴婢怕勸不住少爺們。」

宋嘉禾與宋嘉淇面面相覷，宋嘉淇輕聲抱怨。「就不該把這兩個調皮蛋帶來。」

「回頭收拾他們，先把人逮回來，」宋嘉禾搖頭。「他們這麼尋過去，要是三表哥正在忙，豈不是給人添麻煩？」

宋嘉淇點頭贊同，姊妹倆就往桂花林外走。

只不過還沒追上宋子諺和宋子記，倒是遇著坐在輪椅上的柯世勳。

望著面露激動之色的柯世勳，宋嘉禾的心情一言難盡，她加快腳步想繞過他離開。

「六姑娘，」柯世勳急急忙忙喊道：「妳給我一點時間可好？就一點時間。」說著，他催促地看小廝一眼。

推著輪椅的小廝，連忙打開手裡的畫軸。

畫裡的人是宋嘉禾，站在一棵怒放的紫薇花樹下，粉色花瓣旋轉飄落，有那麼幾瓣落在她髮上和衣服上。

畫中的她華服美飾，笑容甜美，神情悠然。

很美！

宋嘉禾覺得比真實的自己都美。

宋嘉淇悄悄看宋嘉禾一眼，再看一眼那幅畫，筆墨流轉間，能清晰感覺到作畫之人對畫中人的愛意。之前她瞧柯世勳有些不順眼，如今再看，他對她六姊倒真是用情至深的模樣。

「我……我能單獨和六姑娘說一句話嗎？」柯世勳緊張地看向宋嘉淇。

宋嘉禾輕輕一嘆。說實話，她也有些被這幅畫感動，但只是感動。她覺得自己需要再跟柯世勳好好說一下，說得更明白清楚，讓他徹底死心。

「阿淇，妳去前頭等一下，我馬上過來。」宋嘉禾對宋嘉淇道。

宋嘉淇點點頭，走遠一些。這個距離聽不到那邊的話，卻能看清楚那邊的舉動。

「六姑娘，這是我第一次見到妳時，妳的模樣。」柯世勳結結巴巴道。

宋嘉禾看著那畫。第一次？應該是在梁太妃大壽那天。說實話，她都忘了自己那天穿的是什麼，倒難為他還記著。

「我對姑娘一見傾心，」開了口，接下來的話就容易多了。「希望姑娘能給我一次機會，若得姑娘垂憐，我心歡喜，必珍之愛之，不納二色。」

真是動聽的誓言。宋嘉禾想，沒哪個女人會不愛聽，可惜說的那個人，不是她所想的那個人。

宋嘉禾對緊張不安的柯世勳輕輕一福。「柯公子的厚愛，我十分感激，然而我還是那句話，我們不適合，且我已經有意中人，我們之間真的沒有可能。」

上次不說，因為她覺得沒這必要，非親非故，她為什麼要把這種秘密告訴他？萬一傳開，倒楣的是她自己。可現下她覺得再不說，柯世勳怕是無法徹底死心。

柯世勳如遭雷擊，木頭人似地僵在那兒，連眼珠子都不動了。

「柯公子日後肯定會找到一個情投意合的好姑娘。」說罷，宋嘉禾輕輕頷首，旋身離開。

「沒事吧？」宋嘉淇有點擔憂地看著遠處的柯世勳。見過追她六姊的，但是真沒見過這麼鍥而不捨的人。

「傷心難過也只是一時，想開就好了。」宋嘉禾笑了下，岔開話題。「趕緊去看看兩個小的跑哪兒去，可別捅出婁子來。」

宋嘉淇配合地道：「腿那麼短，跑起來倒是不慢。我們估計追不上了，幸好早早派人去垂花門堵著，應該能堵住。」內院到外院必須經過垂花門。

宋嘉禾贊同地點點頭。

第十九章

望著守在垂花門前的青畫，宋子諺和宋子記抓耳撓腮。

為了擺脫黃桃，他們繞了路，好不容易找過來，哪想竟然被人堵住前路。好討厭！不過兄弟倆哪是這麼容易放棄的人，沒有路，可以找洞啊！

要不是宋子記太胖，宋子諺都想翻牆。

宋子記摸摸自己的小肚皮，笑得一臉討好，他覺得今日真是太好玩了。

宋子諺嫌棄地瞪他一眼，帶著他轉了方向，走著走著，如臨大敵地叫起來。「快跑，姊姊們來了！」

不知道的人還以為老虎來了呢！

宋子記大急，無頭蒼蠅似地原地轉一圈，朝著與宋子諺相反的方向跑了。

宋子諺心裡恨鐵不成鋼。那裡有青畫，有青畫啊！

兄弟倆見了她們猶如老鼠見了貓，撒腿就跑，還兵分兩路，宋嘉禾和宋嘉淇氣極反笑。

「我看他們是皮癢了。」

宋嘉淇冷笑一聲，對宋嘉禾打個招呼，她追著宋子記去了，而宋嘉禾自然是跟著宋子諺走。

沒多久，宋嘉禾終於逮到宋子諺，小東西跟泥鰍似的，讓她追得氣喘吁吁。

宋嘉禾拎著他的耳朵冷笑。「讓你跑，讓你跑。」

「不跑了、不跑了！」宋子諺假模假樣地求饒。

宋嘉禾不輕不重地打了下他的屁股。「看看你跑這什麼地方，我都不認得了。」

舉目張望，四周都是高大茂密的松樹，宋嘉禾算是對王府熟悉的，畢竟從小到大沒少來，可這地方還真沒印象。

被她這一說，宋子諺環顧一圈，見樹影重重，在隱約的燈火和星光下猶如怪物的觸角，宋子諺頓時怕了，忍不住往宋嘉禾懷裡縮，小手緊緊抓著她的胳膊。

「怕了吧！」宋嘉禾毫不留情地嘲笑。

其實她也怕啊，為什麼這裡啥燈籠都沒有！但是在弟弟面前，做姊姊的怎能露怯。

宋嘉禾吞了口唾沫，竭力讓自己的聲音聽起來十分鎮定。「走吧，出去了再收拾你。」

宋子諺牢牢拉著她的手，青書也不由自主地往兩人這邊走。

宋嘉禾推測了下，挑了一個方向走，心想，大不了找不到路後讓宋子諺喊人嘛，就是有點丟人。

走了一段後，宋子諺受不了這樣的安靜，正要開口，宋嘉禾猛地伸手摀住他的嘴巴，又馬上用另一隻手摀住他的眼睛。

望著相擁靠在樹上的身影，青書嚇得幾欲魂飛魄散，不自覺摀住嘴，生怕自己失聲喊出來。

恰在此時，一隻夜梟毫無預兆地飛起，在寂靜的夜裡無異於一聲鑼響，驚得遠處渾然忘我的兩人倏爾回神。

悚然一驚的魏閎，一把抓過散落在地的衣服披上，戒備地四處張望，循著方才發出聲音的地方走過去。

留在原地的女子，漂亮的臉蛋上一點血色都沒有，恐懼使得她不由自主地哆嗦，猶如秋風中無依無靠的落葉。

片刻後，魏閎回來了。

「世子？」面無人色的女子喚了一聲，緊張又不安。若是被人發現，她唯有死路一條，這般一想，整個人都抖起來。

美人就是美人，便是受驚也別有一番我見猶憐的楚楚姿態。魏閎捏了一把她胸前的柔軟，輕笑道：「就是一頭夜梟，瞧把妳嚇得。」

心神大定的女子臉兒一紅，美女如蛇一般又纏到魏閎身上，含情脈脈地看著他。

魏閎按住她四下點火的手。「妳該回去了。」這一驚，興致也差不多沒了。

既然他發話，女子再是不情願，也只得不甘不願地開始穿衣，最後戀戀不捨地走了。

魏閎皺眉打量一圈，才抬腳離開。片刻後，又有一個護衛進了樹林，繞了一圈後快速離開。

樹冠上的宋嘉禾心神一鬆，不自覺地呼氣，這口氣剛呼出去就遇到阻礙，覆在她唇上的大掌，讓宋嘉禾連呼吸都屏住。之前太緊張以至於都沒留意到處境尷尬，意識到之後，宋嘉禾瞬間僵硬成一塊石頭，雙頰發燙。

懷裡的小姑娘一點一點僵硬，掌心傳來的溫度也越來越高，魏闕眉梢輕輕抬了下，俯身在她耳邊低語一聲。「我帶妳離開，莫出聲！」

宋嘉禾只覺耳朵一癢，不自覺點點頭，隨後覆在她唇上的手便離開。可她還是大氣都不敢出，眼神飄忽，就是不去看眼前的魏闕，竭力忽視兩人之間曖昧的姿勢，不斷默唸事急從權，事急從權。

望著她紅撲撲的臉，魏闕心下好笑，面上依然雲淡風輕，告了一聲罪，打橫抱起宋嘉禾，足尖輕點，已是幾丈之外，起落之間就出了松樹林。

騰空的宋嘉禾不由害怕，情不自禁抓緊他的衣服。

「沒事了。」魏闕放宋嘉禾落地，見她還怔怔的，便輕輕拍著她的背又道一聲。「沒事了，別怕。」語調溫柔，讓兩個下屬紛紛側目。

腳踏實地的感覺讓宋嘉禾回過神來，一眼就找到閉著眼、躺在護衛懷裡的宋子諺。「阿諺？」

魏闕若無其事地收回手，解釋道：「只是點了睡穴，怕他發出動靜。」

一轉眼，宋嘉禾又看見同樣睡過去被抱著的青書，眉頭跳了跳。這麼說，就自己還醒著？其實她寧願睡過去，真的！

宋嘉禾藉整理裙襬的動作平復心神，對魏闕屈膝一福。「多謝三表哥出手相救。」

要不是他及時出現，她們肯定會被魏閎發現。

雖然隔得遠，但是她絕對沒有認錯，那女子不是莊氏，也非魏閎哪個姬妾，而是魏家五爺魏廻之妻米氏，要不然她也不會嚇成這樣。大伯子和弟妹通姦，這樣的醜事，一旦被魏閎發現他們，他肯定不會留活口。

宋嘉禾臉色微微緊繃，想起上輩子有關魏閎的一則傳聞，據傳他好人妻。市井謠言向來喜歡誇大其實，她並沒往心裡去，現下看來空穴來風，未必無因。

忽地，宋嘉禾想到一件事。自己是追著宋子諺這個小混球過去的，魏闕怎會也在那兒？難道他監視魏閎？

宋嘉禾眉頭亂跳，讓自己別再胡思亂想。

「下次別再亂走。」魏闕溫聲道。

早前他發現一些蛛絲馬跡，便派人暗中監視魏閎。剛確認魏閎與米氏通姦，暗衛又傳來宋嘉禾和宋子諺進了松林的消息，立刻來通知他，聞訊他便趕來。這片松林不小，可一旦兩廂遇上，魏閎絕不會留活口，他冒不起這個險。一旦形跡敗露，他溫文儒雅的君子形象必將轟然倒塌，梁王也會對他失望透頂。

幸好，他來了，要不姊弟倆凶多吉少，細想，魏闕都不覺鬆了一口氣。

宋嘉禾的臉又窘迫得脹紅，吶吶地點點頭。她哪敢有下次，一次就夠嚇死人。之前她從來不會這樣，這次也不知怎麼回事，腦子糊塗了。

魏闕又道：「這事千萬不要和外人說，」沈吟了下，又道：「妳家長輩那兒可以透露些，不怕一萬就怕萬一，讓他們多給妳安排些護衛。」

宋嘉禾猶豫了下。「告訴長輩的話，對三表哥不會有影響嗎？」

派人監視兄長什麼的，說出去也不好聽啊。不管將來兄弟倆鬧成什麼樣，目下還是兄友弟恭的。她怕長輩因此對魏闕有偏見，甚而影響梁王對他的印象。

宋嘉禾揉了揉鼻尖。從前她覺得魏閎是嫡長子，又沒什麼大毛病，魏闕爭權奪勢有點不厚道，畢竟她自小的觀念就是以嫡長為尊，可現在，魏闕幾次三番幫她，對他的印象一日好過一日，這心早就歪了。反之，魏閎在她這兒的形象卻是轟然倒塌。

五表哥魏廻天生跛足，卻不因此自卑陰鬱，反而溫和良善，寄情於書法，小有所成，和魏閎關係還不錯。可魏閎竟然與他妻子暗通款曲，想想都替五表哥不平。

魏闕的嘴角彎起柔和的弧度。「無礙。」

他相信宋家知道怎麼做才對自己最有利。自古疏不間親，這種陰私之事躲都來不及，哪會上趕著湊？賣了他來討好魏閎，更是得不償失。宋家和魏閎關係並不親密，魏閎有母族、有妻族、有自己的圈子，對宋家尊敬卻不親近。宋家怕是也有自己的想頭在裡面，倒是能借這個機會試探一二。

宋嘉禾疑惑地看他一眼，乖巧地點點頭。

魏闕看了下屬一眼，對方便拿出一個小瓷瓶放在青書的鼻子前晃了晃，青書便幽幽轉醒，霎時瞪大雙眼，虧得對方還按著她的嘴，不然少不得要叫一聲。

宋嘉禾輕聲道：「青書，沒事了。」

那人見青書安靜下來，這才放開她。

青書大跨一步，趕緊離那人遠遠的，臉色通紅，覺得渾身都不自在。

看著她，宋嘉禾就想起之前的自己，耳朵又不爭氣地紅了下。

見抱著宋子諺那人也想如法炮製，宋嘉禾阻止。「等一下，」她扭頭對魏闕解釋。「三表哥先走吧，要不阿諺看見你非得激動壞了，事後我怕哄不好，萬一他說漏一點半點就壞事了。」

見著魏闕，宋子諺肯定高興，這小子保不定要得意忘形，忘了他的叮囑，四處炫耀。

想起宋子諺閃閃發亮的眼睛，魏闕失笑，便讓下屬把小瓷瓶給宋嘉禾，將宋子諺交給青書。

「妳沿著這條路走，出了園子就是大路。」魏闕目光在她臉上繞了繞。「不要緊張，就當什麼事都沒發生過。」

宋嘉禾深呼吸一下，展顏一笑。「這樣可以嗎？」

魏闕看著她，略一頷首。「就這樣，很好。」

宋嘉禾突然就放鬆下來，笑容更甜幾分。「三表哥放心，我們會注意的。」想了想，又道：「你也小心些！」

魏闕笑了笑，帶著人離開，身姿挺拔，蜂腰猿背。

目送他離開的宋嘉禾，突然拍了拍臉，默唸色即是空，空即是色。

她好奇地拿著小瓷瓶聞了聞，發現挺好聞的。本以為是什麼刺鼻的東西呢！那她以後犯睏，用這個是不是也行？

宋嘉禾搖搖頭。還是先把宋子諺哄好再說。

「六姊，你們怎這麼慢才回來？」一見宋嘉禾與宋子諺，宋嘉淇就迎上來。

宋嘉禾拍了拍宋子諺的腦袋。「還不是小東西，太會跑了，讓我追了半晌，差點沒把我累死。」

宋嘉淇幸災樂禍一笑，覺得自己弟弟胖一點也是好的，胖一點跑不快呀。

宋嘉禾瞥她一眼，拉著宋子諺去喝茶。今日她是不會放開宋子諺了，雖然哄過去，畢竟年紀小，他又沒看見什麼，可她生怕在關鍵時刻露餡兒。

剛剛坐下，一口茶還沒嚥下去，宋嘉禾就見一名丫鬟腳步匆匆地跑向梁王妃，也不知說了什麼？

梁王妃臉色驟變，向梁太妃說一聲就離開了。

宋嘉禾心頭一驚，不由想到魏閎。難道是那邊出事了？

宋老夫人見梁太妃有些心神不寧，抬頭一看，月亮也掛得老高。「這時辰也不早，我們就不打擾大姊休息了。」梁王妃只說有事，她料想著不是小事。

梁太妃也覺得不是小事，要不梁王妃不會如此神態，遂也不留客，讓魏宋氏送她們出去。後腳梁太妃就派人去打聽到底出了什麼事？

片刻後，呂嬤嬤神色凝重地走過來，道：「柯公子溺水而亡了。」

梁太妃大驚失色。「好好的人怎麼會溺水？」撚了撚佛珠，她唸了一聲佛。這孩子可才十六歲，風華正茂，柯家把人留下，卻這麼沒了。

「妳讓王妃來一趟。」梁太妃沈聲吩咐。

魏闕攏了攏五指，掌心處似乎還殘留溫軟細膩的觸感，鼻尖也若有似無地縈繞著女兒家獨有的馨香，暖暖的、淡淡的，想起小姑娘通紅的臉，他不禁笑了笑。

「三爺。」關峒的聲音自書房外響起。

魏闕斂了笑意。「進來。」

關峒推門入內，行過禮後恭聲道：「三爺，柯表少爺溺亡在落星湖中。」這節骨眼上溺亡，怎能不聯想到魏閎身上？事後魏閎可是派人四處搜查的。

「有說為何溺亡的嗎？」魏闕眉梢輕挑。

關峒皺了皺眉，似乎在猶豫斟酌，魏闕看向他一眼。

「柯表少爺溺水的岸邊，撿到一幅畫，是他所畫的，畫中人是宋六姑娘，便有人說，柯表少爺是為情所困，一時想不開投湖。」關峒知道魏闕對宋嘉禾不一般，要不也不會如此猶豫。

魏闕微微瞇眼。這麼快就出現流言，若是沒人推波助瀾，他是不信的。殉情，好一招禍水東引！若只是意外，難免議論紛紛，世家豪門的意外總會被人妄加揣測，但是安上一個殉情的由頭，可以堵住下面人的嘴，他們也更願意相信這種流言。

「死訊傳開了嗎？」魏闕又問。

關峒回道：「已經傳得差不多了。」

魏闕聞言站起來。那他也該得到消息過去慰問了。

寧馨院裡，梁太妃一下又一下地撚著佛珠，梁王妃擦著眼淚坐在一旁。

兩人面前是痛哭流涕的柯世勳小廝墨煙。「……公子向宋六姑娘訴衷情，宋六姑娘嚴詞拒絕公子，還說她有心上人，他們是不可能的，讓公子別再糾纏她了。」

目下墨煙已經怪上宋嘉禾，也是本能地為自己尋生路，有意無意把責任往宋嘉禾那推。「聞言，公子整個神情都不對了，小的想送公子回去休息，可公子大發雷霆，讓小的滾，不許小的跟著。」

說到這，墨煙重重打了自己兩巴掌，涕泗橫流。「小的沒想到……小的真的沒想到公子會想不開。」他悔得腸子都青了。要知道會如此，他說什麼也會跟著柯世勳，可他當時是真的被柯世勳難得一見的疾言厲色嚇到。

梁王妃氣得胸膛劇烈起伏。姪兒腿腳不好，這奴才竟敢讓他一個人離開，但凡他跟著，這事就不會發生。這會兒，梁王妃生吃了墨煙的心思都有。如今她怎麼跟娘家交代？她弟弟一共就兩個嫡子，柯世勳還是母親最喜歡的孫兒，就這麼沒了。想起之後娘家可能有的反應，梁王妃頭疼欲裂，不由恨上了宋嘉禾。沒有她，哪來的糟心事？

撚著佛珠的梁太妃掃一眼既憤怒又傷心的梁王妃，凝聲道：「你這奴才倒是狡滑，自己沒伺候好主子，就把責任往外推。是你家少爺親口跟你說他想不開要去死，還是留下遺書了？」

墨煙臉色慘白，身子直打擺子，猶如秋風中的落葉。

梁太妃冷笑一聲。「堂堂世家公子，豈會如此窩囊，為了個女人尋死覓活，如此置父母於何地？世勳是個好孩子，萬不會如此不懂事，怕是他在湖邊散心時，不慎落入湖中。而你這刁奴，為了逃避照顧不周的責罰，竟不惜給自己主子抹黑，簡直豈有此理！」

被說中心事的墨煙嚇得一個哆嗦，渾身汗毛都豎起來，癱軟在地。

梁太妃厭惡地盯著他。要是這奴才盡忠職守，哪會出現意外？還想往她娘家人頭上扣屎盆子，要不是想著柯家人要審問，梁太妃都想讓人拖下去打死。

「帶下去關起來，別讓他死了。」梁太妃不耐煩地揮揮手。

「這事，妳怎麼看？」梁太妃扭頭看著梁王妃，目光探究。「還是妳信了這刁奴的話，也覺得你姪兒會為了這麼點事就自尋短見？」

「兒媳也覺得這是場意外，是阿勳一時不察落入湖中，只恨那些刁奴，竟然連個病人都照顧不好。」梁王妃哽咽道。

她也覺得柯世勳不大可能會為了這事自盡，好歹是大家公子哥兒，哪至於如此沒出息。她猜想是柯世勳心裡難過，一時不察落入湖中，他不諳水性，又受了傷，哪裡逃得出來？

可如此一來，自己這個做姑姑的，逃不了一個照顧不力的責任。柯夫人已經沒了女兒，兒子又意外去了，就算娘家不和她離心，大弟這一房也要和她生疏。娘家最有出息的就是大弟這一房，大弟是封疆大吏，門生故舊遍布，弟媳婦娘家亦是望族，所以她寧願姪兒是自盡，如此她在娘家那兒也更好交代一些。

梁太妃深深看她一眼。梁王妃那心思，她隱約能猜到一點。幾十年的婆媳，誰還不瞭解誰，趨吉避凶人之本性。

這時候丫鬟來報，魏閎來了。

魏閎大步踏進屋，請安過後便問：「我聽說柯表弟溺水去了，這是怎麼回事？」

梁王妃又淌下淚，悲聲道：「可憐的阿勳，不過十六就這麼去了。」

魏閎忙上前安慰，片刻後梁王妃止了淚，略略把情況一說，不敢提什麼想不開，只說了宋嘉禾的畫像和之前見過宋嘉禾。

魏閎皺眉。「表弟怕是心不在焉才出意外。」說罷輕輕一嘆。

梁王妃擦著眼淚。「這孩子怎麼這麼死心眼！他還這麼年輕，都沒成家，我可怎麼向你舅舅、舅母交代？」

是啊，柯家那邊怎麼交代？

梁太妃眉頭緊皺。好好的大小夥子就這麼沒了，柯家會不會遷怒禾丫頭？這可真不好說，日後兩家又如何相處？梁太妃越想眉頭皺得越緊，不由抬頭看向正溫聲軟語安慰梁王妃的魏閎。

要是兩家結仇，孫兒幫哪家？

梁太妃一顆心頓時沈甸甸的。她轉了一圈佛珠，讓自己平靜下來，對魏閎道：「這事你再仔細查一查，務必不要有什麼遺落，若是意外，只好嘆福薄，怕就怕……」事情沒這麼簡單。

梁太妃沒有說下去，可在場的都聽懂了，就怕牽扯到隱私之事——柯世勳或許是被人滅口。都是在大宅門裡浸淫幾十年的人，想事情哪有這麼簡單，哪怕可能再小也要確認一下。

由於梁王去下面的州府巡視，梁太妃便把事情交給大孫兒。

魏閎躬身應是，目光輕輕一閃，再抬頭已是神色如常。

恰在此時，丫鬟進來報，魏闕和魏聞來了。二人是在半路遇上的，去找梁王妃的時候，被通知梁王妃來了太妃處，便一道過來。

兩人入內，少不得要問怎麼回事？

柯嬤嬤就代梁王妃說了事情經過，聽到宋嘉禾說有心上人，魏闕心念微動，魏聞則是臉色一變，後面的話都沒聽進去。

留意到兒子走神的梁王妃暗暗咬牙。狐媚子，活脫脫的狐媚子？

「落水動靜不小，那一片的下人都沒聽到？」魏闕皺眉。

說起這個，梁太妃和梁王妃就來氣，相較而言，梁太妃更氣。

梁太妃溜一眼梁王妃。她管的好家！怒氣沈沈道：「一群混帳東西，竟然在當值的時辰聚在一塊兒吃酒談天，簡直反了天！」只要一個環節不疏忽，柯世勳都不用死，可偏偏一件又一件都給趕上，也是這孩子命裡有這一劫。

「這家裡的規矩得好好整一整了，要不以後這樣的妻子少不了。」梁太妃壓著怒氣對梁王妃道。

梁王妃尷尬地按了按發紅的眼圈。

梁太妃看了一圈，對梁王妃緩緩道：「我不想在外頭聽到禾丫頭跟這事牽扯上關係，禾丫頭還沒出閣，攤上這事有損她閨譽。況且這事本就跟她沒關係，女兒家生得好，招人喜歡，難道還是她的錯了？你們說呢？」

梁王妃攥緊手帕。

「祖母所言甚是。」魏閎忙道。

梁王妃鬆開手，垂眸道：「母親說得是。」

梁太妃點點頭。「好了，我也乏了，你們都下去吧！」

母子四人行禮後告退。

她們一走，梁太妃就嘆一口氣，呂嬤嬤趕緊遞茶杯過去。

「妳說，王妃是不是怪上禾丫頭了？」梁太妃接過茶，輕輕一劃杯蓋。

呂嬤嬤斟酌了下。「表少爺到底是為著表姑娘心神恍惚，王妃一時轉不過彎也是有的，過上一陣子就好了。」

「但願吧！」梁太妃啜了一口茶，幽幽道：「就是柯家那兒，怕是要遷怒禾丫頭的。禾丫頭也是倒楣，飛來橫禍。」

傳出去，少不得有人要說一句紅顏禍水。世道不公啊，明明是男人自己的錯，卻把責任推到女兒家身上。宋嘉禾既沒招惹柯世勳，也沒故意吊著他，明明白白和他說清楚，還不止一次，他自個兒冥頑不靈，出了岔子，倒成禾丫頭的錯了。

草叢裡的蟈蟈兒不知疲倦地叫著，聲嘶力竭，在寂靜的夜裡聽來格外響亮。燈芯「噼啪」一聲，火苗搖晃，帶著牆上的人影也扭曲起來。

立在那兒的宋嘉禾不自在地挪了挪腳，悄悄抬眼看著上首的長輩，回來後她就把事情告訴宋老夫人，然後祖母就派人請來宋老太爺和宋銘。

「阿闕主動讓妳告訴我們的？」宋老太爺看著宋嘉禾。

宋嘉禾連忙點頭。「三表哥還說不怕一萬，就怕萬一，讓我以後多帶幾個護衛。」說話的時候，她仔細瞧著祖父，希望能看出點什麼來，結果自然是徒勞。

宋老太爺宦海沈浮數十載，要是輕而易舉被個小丫頭看穿，哪有今時今日的宋家。

宋老太爺慢條斯理地捋著長鬚，察覺到小孫女打量的視線，迎著她的目光輕輕一笑。

宋嘉禾不自覺地收回視線，不好意思地揉揉鼻尖。

望著燈火映照下亭亭玉立的孫女，宋老太爺心頭忽地一動。燈下看美人，眉目如畫，膚光勝雪，越看越美，六丫頭出落得一日比一日嬌豔。

美貌是女子最大的武器，很多時候都能無往不利，男人遠沒有他們想像中那麼理智。自己這孫女除了容色外，才華、家世亦是出類拔萃，心動好像也不是那麼難的事。

宋老太爺輕輕刮著大拇指上的扳指。那麼魏闕救孫女是單純因著宋家去的，還是因著人去的，抑或二者兼而有之？

轉了轉扳指，宋老太爺和顏悅色地看著宋嘉禾。「今日妳也受驚了，回去休息吧。今兒這事，莫要再與人說。」沈吟了下又補充。「那個丫鬟，妳也看好了，別讓她多嘴。」涉及到陰私，原該把那個丫鬟處置以防萬一，不過那是和孫女一塊兒長大的大丫鬟，要是處理了，難免讓她寒心。

宋嘉禾連連保證。「祖父放心，我們曉得輕重，青書嘴巴最嚴了，不該說的一個字都不會說。」

老妻調教出來的丫頭，宋老太爺還是相信的，他點點頭，溫聲道：「回去歇著吧。」

宋嘉禾朝宋老太爺、宋老夫人和宋銘福了福身便告退，心中巨石也落了地。

她走後，屋裡安靜好一會兒，宋老太爺輕輕敲著几案，不疾不徐道：「這事你們怎麼看？」

宋老夫人抬了抬眼皮。「除了當作不知道還能如何，難道要去告訴王爺？日後見到咱們家人，王爺就得想起這樁醜事。」感激是一時，心結卻是一輩子。設身處地一想，雖然對方是好意，宋老夫人自己也要覺得尷尬。

「倘若傳到世子那兒，世子必要記恨我們。」宋銘的態度與宋老夫人一致——置身事外。這種家務事摻和進去只會惹得一身騷。

宋銘目光輕輕一動。「魏闕不會放過這機會的。」

魏闕既然有野心，豈會放過這樣千載難逢的機會？就是不知他會以何種方式捅出來？

宋老太爺幽幽一嘆。「老夫也是看走了眼，不想魏閎竟然做出這種有違人倫的事來。」之前只覺得魏閎以一個繼承人來說，太過溫和且缺少魄力。這可是亂世，皇室日卑，藩鎮割據、群雄並起的時代。眼下有梁王坐鎮，上上下下自然齊心協力，可等魏閎繼承家業，下面的人尤其是武將，可未必會心悅誠服。不承想他還如此荒唐，與弟媳通姦，這是無德；通姦還被人發現，這就是無能。

無德又無能，他能坐穩這世子之位嗎？

魏家老二早就蠢蠢欲動，魏家老三在這件事之前，宋老太爺一直看不透他，現在看來，怕也是早有謀算。

宋嘉禾是追著淘氣的宋子諺過去，魏闕難不成也是偶然經過？這世上哪有這麼巧的事，必是跟蹤魏閎過去的。

這事魏闕原可以袖手旁觀，讓魏閎殺了宋嘉禾姊弟倆滅口，他再想辦法把事情捅出來。如此一來，不只不會暴露自己，還能在宋家和魏閎之間劃下一道深縫，一舉兩得。可他選了另一種更冒險的方式，救了宋嘉禾姊弟倆，向宋家釋放十足的善意與誠意。若是他們把他的野心透給梁王，他可就完了。

「魏闕在向咱們家示好。」宋老太爺挑起眉頭，目光在宋老夫人和宋銘臉上繞了繞。

宋老夫人嘴角下抿。結縭近四十載，她要是還猜不出老爺子打宋嘉禾的主意，她就白活這麼些年。對老爺子而言，只要對家族有利，犧牲一個孫女算什麼，何況這在他看來，根本算不得犧牲。

「他的野心顯而易見，不過眼下這局勢，咱們也沒必要靠過去。說白了，魏閎這事只是私德不佳，王爺會震怒，為此放棄他卻不可能。」宋銘心想，換繼承人又不是換衣服，哪有這麼容易？

「這事還得從長計議啊！」宋老太爺幽幽道。現在就下注未免太兒戲，起碼魏闕得再露兩手，他才敢把身家往他身上壓，上上下下幾百口人的前程呢！不過他還是挺看好這後生。

「老二，你日後可以多接觸接觸他。」兩人都是武將，還是表叔姪，親近些旁人也無話可說，只要不過了這個度就好。

宋銘應了一聲是。

宋老夫人嘴角弧度又下沈幾分。「天色不早了，老二你快回去歇著吧。」

「差點忘了一樁事。阿諺想要練槍，給他找個武師傅，讓他好好練，這陣子別讓他出門。」宋老太爺提醒。小孩子心思單純，萬一說漏嘴就大事不妙了，所以還是在家關一陣子，久了他自己也忘了。

宋銘起身又應了一聲，躬身告退。

「老爺子想把暖暖許給魏闕，是不是？」老夫老妻的，宋老夫人也不含蓄，問得開門見山。

宋老太爺也痛快直言。「我是有這想法，不過還不確定，得看形勢。」他輕輕一笑。

「自古美人配英雄。」

宋老夫人沒好氣道：「老爺子這算盤打得精，卻漏算一條，魏闕早有意中人了。」

宋老太爺一驚，詫異地看著宋老夫人。

「可惜這女子出身有瑕，所以魏闕才會偌大年紀不娶。他既然為那女子耽擱到現在，可見用情至深，就算娶了咱們暖暖，老爺子就不怕日後後患無窮，別到頭來為他人作嫁衣。」

「他有意中人？妳從何得知？」宋老太爺問她。

宋老夫人便道：「是暖暖隨我去瓏月庵時，無意中從無塵大師那兒聽來的。」

宋老太爺沈默下來，輕輕轉著扳指。

次日，柯世勳不慎溺亡的消息便傳出來。

聞訊後，宋嘉禾受驚不小，眼前不期然浮現柯世勳失魂落魄的臉。

昨兒還說過話的人，怎麼就死了？不慎？和她有關嗎？

宋嘉禾忍不住胡思亂想，心裡就像颳過一場龍捲風，亂糟糟的。

宋老夫人見狀，心下一疼，揮退左右，握著她的手道：「妳別往自己身上攬責任。」

自己養的孫女她難道還不瞭解？肯定是胡思亂想了。

「祖母。」宋嘉禾吶吶地看著她。

「退一步，就算因為妳拒絕他，他神色恍惚，可妳昨兒又沒惡言惡語地折辱他，而是好聲好氣地與他說，總不能為了讓他高興就答應他吧？沒這樣的道理。何況……」宋老夫人神色凝重起來。「那麼巧也是昨日，妳就沒想過另一種可能？」

宋嘉禾心頭一跳，不由自主地握緊宋老夫人的手。「祖母的意思是，大表哥……」

她被柯世勳的死訊打懵。昨兒還活生生的一個人就這麼沒了，還這麼年輕，根本無暇多想，現下被這麼一提醒，臉色不由發白，驚疑不定地看著宋老夫人。

宋老夫人安撫地拍拍她的手背。「咱們著人再打探打探，妳莫要多想。」

宋嘉禾心神不定地點點頭。她在想，若是柯世勳真因為撞見魏閎和米氏的事而被滅口，那麼昨晚要不是魏闕，眼下傳出死訊的就該是他們姊弟了。如是一想，她忍不住打個寒顫。

宋老夫人心疼地摟她入懷，輕輕拍著她後背。「暖暖莫怕，祖母在這兒，祖母在。」

稍晚，下人打探回來的消息，把宋老夫人氣得不輕。

柯世勳死的時候，岸邊落著一幅宋嘉禾畫像的消息不脛而走，眼下外面人都在傳柯世勳是殉情而亡，前幾日他在望江樓的作派，好些人看在眼裡，更加證實他愛慕宋嘉禾這一點。

襄王有夢，神女無心，癡心人求而不得，以身殉情，就連死都捨不得污損心上人的畫像，說得好像親眼看見柯世勳投湖一般。

宋老夫人氣得手抖。「請老爺子和二老爺過來。」

他魏家出事，倒是把髒水倒在她孫女身上，簡直豈有此理！

漫說宋老夫人生氣，就連梁太妃也著實氣狠。前腳叮囑了管好下人的嘴，後腳就傳得流言漫天都是，這是打她臉啊！

梁太妃把梁王妃叫過來狠狠教訓一頓，梁王妃嘴巴發苦。她雖惱恨宋嘉禾，覺得她與姪兒的死脫不了關係，可也不敢做什麼小動作，畢竟太妃還在呢！梁王是個孝子，她哪敢得罪婆婆？

堇蘭院的氣氛則與烏雲密布的寧馨院截然相反。

魏廷渾身上下都透著一股難以言述的興奮。

立在花架前，擺弄菊花的華側妃詫異地看著他，並以眼神詢問。

「姨娘！」魏廷聲音激動，黝黑的面上放著光。

華側妃慢慢把剪子放在花架上。「你這是撿到寶貝了？」

豈止是寶貝，簡直就是金礦。

魏廷到現在都覺得有點不真實。姨娘說，他要忍到父王厭棄魏閎那一天，他口裡不好說，心裡卻覺得這一天久得他心裡沒底，萬萬想不到，魏閎自己作死。

魏廷按捺著激動，看了周圍一圈。

華側妃會意，命丫鬟們退下，才問：「什麼事？」

魏廷靠近一些，彷彿怕被人聽見似的，聲音也不由自主地壓低。「姨娘，我得到消息，老大和老五媳婦通姦，柯世勳就是被老大滅的口。」

華側妃一雙妙目大睜，尾音上揚。「此話當真？」

「千真萬確！」魏廷斬釘截鐵，眼底閃爍著奇異的光芒。

華側妃壓下心頭的萬千思緒。「你從何得知？」

「是我手下一個眼線，她負責的貓兒跑進林子，就追了進去，結果撿到這東西。」魏廷從袖子裡掏出一條精緻的手帕，雙手遞給華側妃。

華側妃接過來展開，望著右下角那個「米」字，瞇了瞇眼。

東頭那片老松林鋪出去一多里地，占地袤廣，卻是人煙罕至，蓋因那裡出過好幾樁命案，死者不是受冷落的姨娘，就是犯了錯的丫鬟，久而久之，那片林子越來越茂密陰森，也就越沒人敢去。不過因為是上一代梁國公命人栽下這片松林，且是他晚年所愛，故而也不便伐掉，便在外頭栽了一圈籬笆。

「那婆子好奇，米氏好端端的怎麼會來這地方？就壯著膽子四處看看，結果在不遠處發現幾道挺新的輪椅轍印，還有掙扎的痕跡。」魏廷面上不可自抑地湧現紅光。「那婆子可不就想起死掉的柯世勳，趕緊通知我，我就讓人暗地打聽一通。有個掃地的小丫頭看見老大初三戌時那會兒從林子裡出來，還有人在更早之前見米氏偷偷摸摸地進了那林子。」

魏廷冷笑。若要人不知，除非己莫為，這世上哪有不透風的牆，老大這是要做死在牡丹花樹下的風流鬼了。虧他和老五關係還那麼好，給殘廢的弟弟戴綠帽子，老大可真行啊！

「擺明是老大和老五媳婦在松林裡幽會，柯世勳倒楣地撞上去，被老大滅口。」魏廷胸有成竹。

華側妃低頭看著指尖鮮紅的蔻丹。「這都是你的推測，捉賊拿贓，捉姦成雙，幾個下人的片面之詞，又算得了什麼？」

「拿了老五媳婦一審，還怕審問不出來？」告訴祖母後，拿下米氏審問，就不信大刑之下，這娘兒們還敢嘴硬。

華側妃糟心地瞪一眼理所當然的兒子。那是魏家媳婦，米家也是官宦之家，就靠這麼點似是而非的證據，梁太妃怎麼可能審問米氏？她沈吟了下，慢慢道：「我手裡有一種藥，能讓女子假孕。」

這事吧，得往大裡鬧，鬧得人盡皆知才好。陣仗小了，梁王必會想方設法保住魏閎的名聲，最後頂多家法一頓，在外頭，他照樣是風風光光的嫡長子。

魏廷大喜過望。「姨娘英明。」

老五寄情於書法，年後就出去遊學，他媳婦若懷孕，老太妃還不得氣暈過去，勢必要徹查米氏，那麼，她和魏閎那點醜事肯定藏不住。他們到時再見機行事，必能讓魏閎吃不了兜著走。這般一來，還省得他們去梁太妃那兒吹風，做得多，出錯的可能也多。

華側妃笑了笑，直直看著魏廷的眼睛。「不過你也別想著一竿子打死老大，就算這事鬧大，老大也還是世子。」梁王不會那麼輕易就放棄自己細心栽培二十多年的嫡長子。

一盆冷水兜頭澆下來，澆得魏廷透心涼。通姦弟妹、殺害表弟，這樣父王還要縱著魏閎！

「水滴石穿。」華側妃輕輕一撥指甲，語氣凜冽。「每一次犯錯，你父王都會給老大減分，早晚有一天，這分會減完的。」

關峒敲了敲書房的門，得到准許後推門而入。

魏闕合上手裡公文，抬眼看他。

行過禮後，關峒稟道：「三爺，二爺找人在五夫人飯食裡下東西，小的弄了一點讓下頭人看了看，是能讓人假孕的藥。」

魏闕嘴角上揚。二哥果然沒讓他失望。「保留好證據。」

關峒會意。讓魏閎知道是魏廷坑了他，這兄弟倆有的是心結。

「流言那回事，查得如何？」魏闕問關峒。

闕峒回道：「稟三爺，是二爺在背後推波助瀾。」

果然是他！把柯家與宋家對立起來，還能惹惱梁太妃，讓魏閎吃虧。

當時魏閎情急之下想轉移視線，不讓人浮想聯翩，所以把柯世勳的死和宋嘉禾聯繫上，怕是沒想到會被魏廷用來挑撥柯、宋兩家的關係。

魏闕手指輕輕摸著書冊邊緣。「找機會把這消息透給宋家。」

此時的宋家，宋嘉禾趴在涼亭裡看宋子諺練槍，小傢伙倒是練得樂在其中，她卻看得心不在焉。這幾天她是大門不出、二門不邁，雖然宋老夫人竭力想把外面的流言蜚語隔絕，可她還是知道了。

宋嘉禾很鬱悶，好端端的誰願意和一條人命扯上關係？王府籬笆怎麼可能這麼疏，肯定是有人故意傳出來的，能傳得那麼沸沸揚揚，也必是有人興風作浪。

宋嘉禾咬牙切齒。城門失火，殃及池魚。

「姑娘，」青書疾步走來。「老夫人去王府了，神色不大好。」

宋嘉禾一驚。祖母不會是為她討說法去了吧？

祖母最疼她，萬一和王府的人鬧起來，可就大事不好了。如是一想，她便心急如焚，趕緊小跑出涼亭。

耍了一個四不像的燕子回巢，卻自我感覺良好的宋子諺正想討賞，就見宋嘉禾跑了，登時大急，追上去。「姊姊、姊姊！」

青書留下安撫他。

宋嘉禾在垂花門那兒追到宋老夫人，顧不得氣喘吁吁，撐在馬車上追問：「祖母，您要去幹麼？」

宋老夫人見她跑得出汗，一邊給她擦汗，一邊嗔她。「跑什麼，看妳累成這樣，」又道：「妳放心，祖母心裡有數。」

宋嘉禾看著宋老夫人，發現她神色看起來的確還好，還是不放心，又問：「您去王府是要找姑祖母說我的事嗎？」

宋老夫人點點頭。「流言那事有眉目了，他們家人惹的事，自然要他們收拾爛攤子。」魏廷不是想爭？行啊，她這就去把他那點窗紙捅破，真以為他們宋家是任人拿捏的軟柿子？

宋嘉禾眨眨眼，小聲道：「要不，我跟您一塊兒去，我負責哭。」裝可憐，她雖然不是很熟練，但她覺得自己還是做得到的。

「妳別添亂，」宋老夫人瞋她一眼。她可捨不得孫女沾上這些亂七八糟的事。「妳好生在家待著。」

宋嘉禾訕訕地摸了摸鼻子。「那您別動怒，好好跟姑祖母說啊。」

「我還用得著妳教。」

宋嘉禾繼續揉鼻尖，默默退到一旁。

宋老夫人感到好笑，便吩咐車夫出發。

第二十章

梁太妃聽聞宋老夫人來了，忍不住揉了揉太陽穴。

她這弟妹最疼愛宋嘉禾，這幾天就在想，她是不是會來興師問罪？一聽說她來了，梁太妃反倒有種鬆了口氣的感覺，卻萬萬想不到會從宋老夫人口中得知這樣一個消息。

魏廷為何要造謠生事？答案顯而易見，這孫子是有二心了。

宋老夫人看著震驚的梁太妃，心下一嘆。旁觀者清，當局者迷，魏廷那心思知道的人不少，可魏家人彷彿都看不出來，畢竟誰願意兄弟鬩牆這種事發生在自家。

「大姊，知道這消息時，我固然生氣，可更是擔心。」宋老夫人憂心忡忡。

此時，一個丫鬟匆匆忙忙跑進來，聲音都變了。「太妃，柯家人到了。」

梁太妃心頭一跳，頓覺棘手。好好的兒子就這麼沒了，柯家人哪裡受得了？尤其柯夫人四年前剛沒了一個女兒，四年後又沒了小兒子，再次嚐到白髮人送黑髮人的痛苦。

光想想，梁太妃自己都覺得心揪成一團。她站起來，走出一步才想起宋老夫人。「今兒不方便，就不留妳了，暖暖那事，我肯定給妳一個交代。」

宋老夫人扶著梁太妃往外走。「這節骨眼上本不該給大姊添麻煩，實在是這事關係太大，我們也不敢隱瞞。」

梁太妃拍拍她的手，嘆道：「我知道，妳說，這是造了什麼孽啊！」

宋老夫人沈默。可不是造孽嘛！

且說柯家那處，梁王妃派人快馬加鞭，把噩耗傳到晉安。柯夫人當場就昏厥過去，被人掐著人中弄醒，醒來後便不顧家人阻攔，騎上馬就趕往武都。柯大老爺命長子跟上，自己則快速把手上要緊的公務分配下去。

這一耽擱，再騎馬追趕就沒追上，可見柯夫人速度有多快，可以說是晝夜兼程，就連柯大公子柯世勉這樣的青年都險些挨不住，更別說柯夫人。她面容憔悴蒼白，完全是靠著一股氣頂著才沒倒下。

兩日後，柯夫人一行人抵達王府。

梁王妃差點就沒認出柯夫人來。她雙眼布滿血絲，嘴唇乾裂，面上好像塗了厚厚一層麵粉，哪有往日的雍容華貴。若不是柯世勉扶著，梁王妃覺得她隨時隨地都要摔倒。

梁王妃心跳陡然漏了好幾拍，定了定心神迎上前。「弟妹。」

「阿勳呢，阿勳在哪兒？」柯夫人一把抓住梁王妃的手，聲音嘶啞。

梁王妃吃痛地皺起眉頭，卻不好拂開，還得好聲好氣道：「阿勳就在常町院裡。」那是柯世勳生前住的地方。

柯夫人一把推開梁王妃，跌跌撞撞地往常町院去。

「母妃。」莊氏扶住踉蹌的梁王妃。

梁王妃扶著她的胳膊，站穩身子，望著柯夫人狼狽的身影，心裡亂糟糟的。她摸了摸亂跳的眼皮。從早上開始，她這眼皮就一直跳，現在跳得更厲害了。

「阿蓉，」二夫人尚氏見米氏站著不動，輕輕喚了一聲，關心道：「妳可是不舒服？」心跳如擂鼓的米氏搖搖頭。「多謝二嫂關心，就是昨兒沒睡好，今日有些乏。」

「那就好。」尚氏看一眼已經走出一段路的梁王妃等人，輕聲道：「咱們趕緊跟上，母妃心情不好，要是撞槍口上，少不得要受牽連。」

舅太太來了，她們這些外甥媳婦哪能不趕來迎接，屆時到了常町院，還得陪著掉眼淚，必須哭得跟死了親兄弟似的才算孝順。

米氏心頭一慌，覺得膝窩有些發軟，她強笑道：「二嫂，咱們走吧。」

尚氏按了按嘴角，不著痕跡地朝米氏那兒抖了抖帕子。

米氏便聞到一陣極淡的香味，轉眼即逝，再聞已經沒有了，卻覺得胸口有些悶。她咬了咬舌尖，壓下那股不適感，加快腳步與尚氏跟上去。

一進院子，就聽見柯夫人尖利得不像人聲的哭聲，尚氏和米氏俱是臉色一變，在這一刻，尚氏是同情柯夫人的。她也是有兒子的人，若是她，此刻怕是生不如死。

尚氏瞥米氏一眼，對她厭惡更深。老五是多好的一個人，溫和有禮又不拈花惹草，偏她放著好日子不過，跟大伯攪和在一塊兒，還害了柯世勳。

米氏心悸不止，指尖掐進手心而不自知。這幾日她作夢都是林子裡的那場驚嚇，柯世勳就是那一天沒了，她一直沒敢問魏闊。

院子裡，渾身顫抖的柯夫人趴在棺木上。柯世勳是溺水而亡，面容猙獰，更可況是在停放好幾日後，遺容更讓人目不忍睹。

柯夫人喉間發出聲音，眼睛裡卻一滴眼淚都流不出來。她抖著手摸兒子冷冰冰的臉，喉間發腥。

當初她就不該心軟，若是不讓他留下來，兒子怎麼會出事！

悔恨似岩漿在柯夫人的心底洶湧，順著喉管奔襲而上。柯夫人摀住嘴飛快撇過頭，一口鮮血噴在地上。

「母親！」柯世勉臉色驟變，搶步接住暈過去的柯夫人，見她面無血色，雙唇卻染了一圈不祥的鮮血，目眥盡裂。

「快傳府醫！」梁王妃大急。

「嘔。」這時候，米氏忽然摀嘴乾嘔起來，在場不少人眼皮亂跳。

她的丫鬟臉色煞白。「我家夫人昨兒著涼了。」

梁王妃驚疑不定地看著米氏。在場生過孩子的人不少，看著還在乾嘔的米氏，眼神頓時變了。

米氏的胃裡翻江倒海，覺得自己就像那海上漂蕩的孤舟，無處可藏，無處可躲。漸漸地，她整個人都抖起來，猶如篩糠。

這情形落在眾人眼裡，不免更讓人浮想聯翩。

梁太妃這時候進來，望著還在乾嘔的米氏以及神色各異的眾人，老人家臉皮抽了抽，鎮定道：「還不送舅太太和五夫人回去休息。」

柯世勉連忙帶著暈倒的柯夫人離開，留下一屋子戰戰兢兢的魏家人。

梁太妃臉色驟然鐵青，布滿了山雨欲來的陰沈。「都給我去寧馨院，誰要是試圖傳消息出去，別怪老婆子心狠。」

柯世勳的事讓梁太妃意識到，這家裡有那麼幾個人為了一己私利，完全不會在乎家族利益。

尚氏心頭一凜。覺得梁太妃落在她身上的目光帶了刺似的，她背上不禁出了一層細細的汗。難道老太妃知道了？

寧馨院裡鴉雀無聲，一眾女眷都被梁太妃安排在西廂院，並派人看守著，免得她們洩漏消息。這消息若是傳出去，一個不好，魏家名聲就臭了。

目下屋裡只有梁太妃、梁王妃與米氏一干人等。

一個月的身孕！好個一月身孕，老五都離開大半年，她米氏怎麼懷孕了？

撚著佛珠的梁太妃閉了閉眼，猛然睜開眼，便抓起茶杯扔在米氏身上。

茶水不燙，米氏卻像受了炮烙似地跳起來，又瞬間癱軟在地，冷汗大顆大顆地順著臉頰滾下來，她上下牙齒都在打顫，發出「咯咯」的聲音。

「說！那個姦夫是誰？」梁太妃指著米氏，厲聲質問。老五魏廻有腿疾，老太妃不免多心疼這孫子一些。這孩子也是爭氣的，沒有因為自身不足而自暴自棄，潛心鑽研書法，小有成就。

米氏還是她親自選的，書香門第出來的女兒，想來能和魏廻琴瑟和鳴，婚後兩口子也的確蜜裡調油。魏廻出去遊學時，本是想把米氏帶上的，奈何她得了風寒，後來是米氏母親病重，等米夫人痊癒，也到了七月。原是打算這兩天就送她去和魏廻會合，萬不想，米氏竟然做出這樣的苟且之事。

梁王妃亦是氣得不輕。在她眼皮子底下出了這事，她這個嫡母難辭其咎，恨聲道：「事到如今，妳以為還能隱瞞？把妳院子裡的人拿來一審，就不信找不出那姦夫，妳自己說了，還免了一頓皮肉之苦。」

委頓於地的米氏瑟瑟發抖，懸在頭上的那把鍘刀終於落下來。後悔嗎？在與魏閎私會那天起，她就設想過這一日，只是沒想到會來得這麼快！這段感情猶如踩在繩索上行走，米氏知道下面就是萬丈懸崖，掉下去便是萬劫不復，可她控制不了自己不去飛蛾撲火。

眼淚撲簌簌地落下來，不一會兒就濕了一大片。她可以死，她受不了空閨寂寞，抵不住魏閎的溫柔倜儻，她背叛了魏廻死有餘辜，可孩子是無辜的。

米氏雙手按在平坦的腹部。她一直都在吃避子藥，可這孩子還是來了，這是天意。

女子本弱，為母則強，米氏鎮定下來，抬頭直視梁太妃。

將她神情變化盡收眼底的梁太妃，向前傾了傾身子，倒想知道是誰敢如此膽大妄為？

「太妃、王妃。」米氏朝二人磕了一個頭。

梁王妃按了按眼角。眼皮又開始跳了，就連心跳也不受控制地快起來，她不安地抿緊嘴唇。

米氏按著肚子，一字一頓道：「我腹中骨肉是世子爺的。」

梁太妃和梁王妃那麼疼愛魏閎，魏閎成婚六載，膝下只有一個女兒，米氏覺得也許這孩子在二人手下還有一條活路。

梁太妃倒抽一口涼氣，握在手中的佛珠啪一聲摔落在地。

梁王妃遍體生寒，霍然站起來指著米氏。「一派胡言！是誰讓妳構陷阿閎？」

米氏瑟縮了下，含淚飲泣道：「我沒有胡說，太妃和王妃若是不信，可以問世子爺。」說著，她以頭磕地。「我自知罪孽深重，不敢求得寬恕，只求太妃和王妃看在世子爺的分上，容我生下這孩子，他到底是魏家血脈。」

「母妃，您千萬不要聽她胡說八道！」梁王妃焦急地看向梁太妃。與弟媳通姦，若是坐實這罪名，兒子以後怎麼見人？「她眼看難逃一死，就想拉阿閎下水，其心可誅！」

梁太妃緩緩地呼出一口氣來，神情嚴肅是梁王妃平生罕見，梁王妃慌張得如同寒蟬，怔在原地。

「阿閎快到了吧？」梁太妃看向梁王妃。

柯家人到的時候，梁王妃應該派人去通知魏閎回來，梁王不在，他身為嫡長子自然要擔起責任來。

這一眼，讓梁王妃刹那間褪盡血色。太妃竟然信了米氏的話！她老糊塗了不成？魏閎怎麼可能與米氏有染！什麼樣的美人兒她兒子得不到，犯得著冒天下之大不韙私通米氏，她米氏又不是什麼傾國傾城的大美人。

梁王妃張了張嘴。「母妃……」

「妳給我閉嘴！」梁太妃冷斥一聲。「要麼安安靜靜待在這兒，要麼滾出去。」

望著臉色鐵青的梁太妃，梁王妃啞然失聲，而後面皮發脹。雖然這兒沒幾個人，還都是心腹，可她的臉皮還是火辣辣地燒起來。進門這麼多年，她還是頭一次被梁太妃如此不留情面地斥責。

呂嬤嬤將撿起的佛珠遞給梁太妃，輕輕拍著她後背。「太妃息怒，莫要傷了身子。」

拿著佛珠的梁太妃容色稍霽。「妳說妳和阿閎，」停頓了下。「你們什麼時候開始的？」

米氏雙唇開開合合，半晌才發出細如蚊蚋的聲音。「今年三月。」

她憂心母親身體，輾轉難眠，便去園子裡散心，正遇上赴宴歸來的魏閎。月色下的男子，華服金冠，俊美如同神祇，當時她只覺得心被什麼東西狠狠撞一下，落荒而逃。接著，一朵花、一本詩集、一支玉簪……她就這麼陷了進去。

梁太妃閉了閉眼。半年了，她們竟然一無所知，梁王妃到底是怎麼管家的？或者該說，正是因為她管家，所以才能隱瞞這麼久？便是有人撞見，誰敢說出來？

「你們都是在哪兒幽會的？什麼時候？」梁太妃又問。

羞慚滿面的米氏低了頭，似是難以啟齒。

梁太妃冷笑。「現在知道丟人了，當初怎麼不知道！」

米氏脹紅的臉倏爾又變得慘白，眼淚大顆大顆地滾下來。

梁太妃糟心地閉上眼，撚著佛珠唸經。

一時之間，屋裡只有米氏壓抑的抽噎聲，以及梁王妃越來越沈重的呼吸聲。她不想相信也不願相信，但是米氏的態度讓她一顆心如墜深淵，至今都不著地。

「咚咚」的敲門聲，引得屋內所有人都看向門口，負責去審問米氏院裡人的秦嬤嬤回來了。秦嬤嬤臉色不大好，任誰知道這樣的陰私醜聞，心裡都打怵的。

梁王妃不禁探頭，緊張不安地看向進來的秦嬤嬤，雙手不由自主地抓緊扶手。

秦嬤嬤硬著頭皮道：「老奴審問五夫人身邊的翠月、翠星，兩人說，五夫人三月裡開始與世子來往。」

秦嬤嬤吞了一口唾沫，把幾次往來的大概時間和地點一一報出來，說到最後一次就是初三晚上在松樹林裡時，梁太妃心頭一抖，不知想到什麼，臉色逐漸陰沈。

「母妃，她們這是沆瀣一氣要栽贓陷害阿閦！」梁王妃拍案而起，目眥盡裂地瞪著米氏，就像一頭被戳到痛處的母獸，衝向米氏。「妳說，是誰，是誰指使妳害阿閦的?!」

看守米氏的婆子一時不察，讓梁王妃抓住米氏，只見梁王妃死死掐著米氏的脖子，神情陰鷙，恨不能掐死米氏的模樣，她嚇了一大跳，趕忙上前解救米氏。

呂嬤嬤立刻上前幫忙。

「鬆手，妳給我鬆手！」梁太妃瞪著一臉陰狠的梁王妃。

反了天了，她這會兒是想裝瘋賣傻殺人滅口是不是？當她是死人啊！

梁王妃滿心不甘地被拖開後，得救的米氏趴在地上，貪婪地呼吸得來不易的空氣。死亡的滋味，原來如此可怕！

「太妃，太妃……」髮髻散亂的米氏顧不得疼得火辣辣的喉嚨，手腳並用地爬向梁太妃，還沒靠近，就被呂嬤嬤拽住，她痛哭流涕地求饒。「太妃，我錯了，我錯了，是世子爺引誘我的，都是世子爺逼我的。」

她想活著，只有瀕死過，才知道活著是多麼美妙的事。

氣喘吁吁的梁王妃瞪大雙眼，生吃了米氏的心都有，本又要撲過去，虧得抓著她的婆子力氣大。「賤人！妳還敢含血噴人！」

涕泗橫流的米氏往梁太妃處縮了縮，嘴裡反覆都是求饒之詞，哪裡還有往昔的溫柔嫵媚？

「太妃、王妃，世子爺來了。」

趴在地上的米氏身形劇烈一顫。

魏閎是被下人以柯家人到的理由喚回來的，可進了寧馨院後，他就察覺到不對勁，推開門見到跪伏在地、狼狽不堪的米氏那一刻，魏閎眼皮顫了又顫，全身肌肉都在這一瞬間緊繃。

「阿閎，米氏這賤人被人收買，竟敢說她腹中孽種是你的。」不等魏閎另一隻腳踏進來，梁王妃就急不可待地提醒魏閎，哪怕這樣做會得罪梁太妃。「也不知對方給她什麼好處，讓她撒出這樣的彌天大謊！」

魏閎眉頭狠狠一跳，心下掀起驚濤駭浪，面上卻不敢顯露出來，而是露出一個大驚失色的表情。「荒謬！祖母明鑑，孫兒豈會如此荒唐。」

他從來沒給過米氏任何能證明身分的信物，就連書信都不曾留下過，魏閎心下一定，凜然看向梁太妃。「祖母勿要相信她的一派胡言！」

米氏不敢置信地看著義正詞嚴的魏閎。山盟海誓猶在耳畔，她曾問過他，如果事發了，怎麼辦？他含情脈脈地看著她，說一定會保下她的，他說他會保她的！

米氏尖著嗓子嘶喊一聲，聲音直刺耳際，撲過去就要撓魏閎的臉。「你騙我！你說過一定會保我的！」

魏閎強忍著掐死她的衝動，一把推開她，在梁太妃身前彎下腰。「祖母放心，孫兒定會徹查此事，查清米氏受誰指使。」

被柯嬤嬤扣住肩膀的米氏瘋狂搖頭，雙眼因為憤怒而充血。若是把她交給魏閎，魏閎一定會殺人滅口，可她的嘴被人堵著，她只能發出嗚嗚嗚的聲音，急切又恐懼地看著上首的梁太妃。

「你牽涉其中，理當避嫌。」梁太妃定定地看著魏閎。

魏閎心頭一緊，握了握拳頭。

「先把米氏帶下去，就關在我這院裡吧！」這話，梁太妃依舊是看著魏閎說的。

魏閎竭力想保持鎮定，都沒發現自己的眼角抽搐了幾下。

巨大的失望將梁太妃淹沒，她受不住地輕輕晃了晃身子。

「太妃！」呂嬤嬤擔憂地扶住梁太妃。

梁王妃和魏閎也情不自禁上前一步，緊張地看著梁太妃。要是把太妃氣出個好歹，待梁王回來，必然要雷霆震怒，這事更沒法善了。

米氏滿臉倉皇無助，猶如迷失在沙漠中的旅人，只好緊緊捂著腹部。這是她唯一能抓住的護身符了。

魏閎沒有多看一眼被帶走的米氏，彷彿這就是個無關緊要的人。

梁太妃喝了一口熱茶，腹中升騰起的暖意讓她略微緩過神。她揮了揮手。「你們都下去。」

房門被人從外面合上，屋內只剩下祖孫三人。

梁太妃輕輕蓋上茶蓋，目光定在魏閎臉上。「阿閎，祖母我今年六十了，從宋家嫁到魏家，這輩子什麼風浪沒見過，米氏有沒有說謊，我看得出來。」

魏閎眉頭狠狠一跳。

梁王妃疾聲道：「母妃，那米氏就是含血噴人，您千萬不要聽信她的胡言亂語！」

「我怎麼做，還輪不到妳來教！」梁太妃怒喝一聲。「妳再唧唧歪歪，這事我不管了。反正要不了幾天，老大也回來了，我就不信他不能查個水落石出！」

梁王妃臉色一白，張著嘴呆呆立在那兒。

梁太妃無比認真地看著魏閎。「阿閎，祖母問你，米氏說的到底是真還是假，你親口告訴我！」

魏閎覺得嗓子眼有些發乾，他喉結動了動，反而更乾了，彷彿有一把火在心裡燒，燒得他五臟六腑都在沸騰。

祖母已經信了米氏的話，若是否認，祖母會失望，最後還是會交給父王。

想起梁王，魏閎心頭便蒙上一層陰影。倘若他承認，祖母依然會失望，但是祖母會不會看在他坦白的情況下，替他在父王那兒隱瞞？

對於這一點，魏閎心裡也沒底，他只能賭一把。

魏閎膝蓋一彎，砰一聲跪在梁太妃面前。

梁王妃登時眼前發黑，天塌地陷不外如是，這一跪，把她僅存的那點僥倖也跪沒了。

「孫兒不肖，讓祖母和母親失望了。」魏閎重重磕了一個頭，伏在地上沒有抬起來，無地自容一般。

梁太妃手抖得厲害，不禁老淚縱橫。「你、你豈能如此荒唐！那是你弟妹，你怎麼對得起你五弟?!」

魏閎重重叩首，羞愧難言。「孫兒不肖，都是孫兒豬油蒙了心，抵不住誘惑，以至於犯下彌天大錯。孫兒錯了，請祖母懲罰。」

緩過神來的梁王妃踉蹌著撲到梁太妃腳邊，拉著她的衣襬痛哭。「母妃，阿閎什麼秉性，您還不知道？那米氏妖妖嬈嬈，一看就是個不安於室的。老五不在，她空閨寂寞就勾引阿閎，阿閎一時鬼迷心竅才會著了她的道。母妃，看在阿閎是初犯的分上，您就繞過他這一回吧！如果王爺知道此事，必定輕饒不了阿閎。」

只要一想到梁王知道這事的後果，梁王妃就覺得喘不過氣來。

梁王妃淚流滿面地看著梁太妃，姿態低到塵埃裡，不住乞求。「母妃開恩，母妃開恩！」

眼見母親如此，魏閎心如刀絞，悔不當初。早知如此，他絕不會招惹米氏，可現在說什麼都晚了。

「祖母救我！」

梁太妃心頭滋味難辨，忽然想起另一件事，她定了定神，問出盤桓在心中良久的那個問題。「柯世勳的死和你有沒有關係？」

梁王妃悚然一驚，又要說話，卻被梁太妃狠狠瞪一眼。

梁王妃嘴唇顫了顫，到嘴的話又吞回去，重重砸在心尖上，四肢百骸都刺痛起來。她真的不敢想，若是姪兒的死和兒子有關，她該怎麼向娘家交代？柯玉潔因女兒而死，柯世勳要真是兒子……娘家就真的再也不是她的娘家了。

梁王妃忐忑地看向魏閎，看清他臉上表情後，她如墜冰窖。

一樁事緊接著一樁事爆發，讓魏閎應接不暇，以至於控制不住自己的臉色，待他發現梁太妃面上的失望痛心之色後，魏閎知道自己再否認於事無補，只會讓祖母更生氣，所以他沈默地低下頭，悲聲道：「初三那天我和米氏見面，被柯表弟看見了，我求他不要說出去，他乘機要求我助他娶到禾表妹，否則就要將這事傳出去。可我知道禾表妹並不喜歡他，我讓他換個條件，然柯表弟不肯，道只想娶表妹，娶不到表妹就去告發我。我一時著急，就……祖母恕罪！」說到此，又重重磕了一個頭。

那一天，他被夜梟嚇一跳，心有餘悸，就讓護衛四處搜查，結果在幾十丈外發現躲在樹後的柯世勳，便打暈他，然後把人拋進湖中，偽裝成不慎落水。他也不想殺柯世勳，可這世上只有死人才能保守秘密，哪承想這麼快就東窗事發，都怪米氏害了他！

梁太妃悲從中來，望著跪伏在地的魏閎，盯著他漆黑的腦袋，不禁想，這些話裡又有多少是真？她讓他調查柯世勳之死，他告訴她是意外，可結果呢？她的孫兒何時變得這般荒唐和心狠手辣了！

梁太妃突然覺得魏閎陌生得可怕。他怎麼下得了手，那是他嫡親表弟啊！

梁王妃已是哭得渾身打顫。她最害怕的事到底還是發生了，她要怎麼面對娘家？

梁王妃緊緊抓著梁太妃的裙襬，恐懼使得她渾身每根骨頭都在顫抖。「母妃，這事絕對不能傳出去，不能啊！傳出去，阿閎就毀了，他就毀了。」

梁太妃豈不知這道理，要不也不會屏退左右。她痛心疾首地看著魏閎，不禁遷怒梁王妃，一腳踢開抓著她裙襬的梁王妃。「妳到底是怎麼教孩子！」

「都是兒媳不好，沒教好他，一切都是兒媳的錯，母妃要怎麼罰兒媳都可以，只求母親不要將這事告訴王爺。兒媳和阿閎以後會好好補償老五、彌補柯家的，求母妃開恩！」梁王妃聲淚俱下，哪還顧得上王妃顏面，只求梁太妃大發慈悲，饒過她們母子這一回。

「祖母開恩！」魏閎重重叩首，沈痛地道：「孫兒知錯了，孫兒以後再也不敢了！」

梁太妃飛快轉著手裡的佛珠，心亂如麻。這事肯定不能告訴外人，胳膊折了得往袖子裡藏。柯家人那兒更不能說，說了親家得成仇家，她猶豫的是要不要告訴梁王？

梁王知道了，魏閎的形象必是一落千丈，甚而影響世子之位。魏廷這會兒就蠢蠢欲動，屆時還不知要蹦躂成什麼樣？她怕從此以後手足相殘、同室操戈。

而且這麼多孫子裡，梁太妃最寵愛、看重的人就是魏閎。可不說，梁太妃又怕魏閎不長教訓，日後惹出更大的禍事來，真是一顆心放在油鍋裡煎。

梁太妃內心劇烈掙扎，十足不好受。一旁的梁王妃和魏閎比她還難受，兩人就像是公堂上的嫌犯，等待梁太妃的判決。

不等梁太妃猶豫出結果，呂嬤嬤著急的聲音從門外傳進來。「太妃、王妃、世子，不好了，柯夫人鬧起來了，哭喊著世子和五夫人有染，殺害柯表少爺滅口。」

話音未落，梁太妃手中的佛珠斷開，噼哩啪啦掉一地。

柯夫人怎麼會知道？

瞬息之間，梁太妃就想到了造謠生事的魏廷。難道又是他在興風作浪？

梁王妃面上是大片灰敗，布滿了刻骨的絕望。再看魏閎，一張臉剎那間褪盡血色，面皮下的筋肉不斷抽搐著。

稍早，被送到客房的柯夫人在府醫的金針下，幽幽轉醒。「阿勳！」

「母親，府醫說了您要好好休息。」柯世勉連忙按住要下床的柯夫人。府醫說母親情況非常不好，連日奔波加上喪子之痛，能好才是怪了。弟弟已經沒了，他不想母親再有個三長兩短，要不這個家就毀了。

柯夫人置若罔聞，推著柯世勉的手要下床，雙眼發直，口中反覆念叨著。「阿勳、阿勳……」

柯世勉心如刀絞，不禁悲從中來。「母親，阿勳已經去了，您這樣，不是要他在九泉之下都不得安寧？」

柯夫人動作一頓，就像被人定在原地。

「母親，您好好休息，阿勳的後事……兒子會處理好的。」柯世勉仰頭，把眼淚憋回去，動作輕柔地扶著柯夫人躺回床上。

柯夫人的眼珠子一動也不動，木頭人似地躺在床上，眼角不斷淌著眼淚，不一會兒就打濕一片枕巾。

柯世勉不忍地別過眼，囑咐丫鬟小心照顧，便去處理柯世勳的身後事。

前腳柯世勉剛走，後腳一個大丫鬟就臉色蒼白地跑進來，驚得屋內幾個丫鬟都看過來。

「黃鶯姊姊？」幾個丫鬟迎上來。

來者是柯夫人跟前的大丫鬟，剛去給柯夫人熬藥。

黃鶯緊攥著拳頭，好似握著一枚燒紅的烙鐵，清秀的臉上豆大的汗水直往下流。顧不得她們驚疑不定的目光，直衝到毫無反應的柯夫人面前，附在她耳邊耳語幾句，又顫著手將浸了冷汗的紙條遞給柯夫人。

方才行屍走肉一般的柯夫人驚坐而起，抖著手接過紙條，待看清上面的內容，一雙布滿血絲的眼睛驟然充血，乍看之下，眼珠子都要掉出來一般。

「魏閎！」柯夫人一聲尖叫，五官扭曲猙獰，滿眼戾氣。

黃鶯嚇了一大跳。「夫人！」

柯夫人連鞋都沒穿，就這麼跑出去。

「夫人！」黃鶯等一眾丫鬟嚇一跳，連忙追上去，想拉柯夫人回來，可都被柯夫人喝退。

她現在不是端莊識大體的柯家大夫人，只是個失去一個孩子，不，兩個孩子的母親。在悲痛之下，她不由憶及那段傷心往事……

大兒子和季恪簡明明親眼目睹，魏歆瑤眼看要輸了比賽，怒氣沖沖地揮鞭抽向玉潔，她的玉潔就這麼活生生地摔斷脖子，那該有多疼！

事後，梁王妃說魏歆瑤失手誤傷，公婆也說失手，就連丈夫也說失手，最後連柯世勉也說是失手，兩家人就像什麼都沒發生過似的，繼續做著熱絡的親家。

呵呵，他魏家權大勢大，柯家惹不起，一個女兒與男人家族的前途比起來算什麼？算什麼！這一次，是不是又要說都是世勳自己不小心？就像四年前，對外宣佈，玉潔是自己不慎墜馬而亡。

魏歆瑤害死她的女兒，卻仍毫髮無傷，風風光光做她的郡主。她忍得心肝都在流血，為了兒子，只能暗自吞忍，孰料到了如今，魏閎卻害死她的兒子！

報應，都是報應啊！

老天爺要罰就罰她，是她這個當娘的自私無能，不敢替女兒討公道，老天爺為什麼要罰她的阿勳，為什麼不去罰魏家人？她不服，她不服！

哇的一聲，柯夫人再次吐出一口鮮血，她胡亂用袖子一抹嘴，眼底迸射出強烈的怨毒和瘋狂。她要他們付出代價，一定要付出代價！

柯夫人抹了一把臉，染得滿臉是血，狀如厲鬼，追上來的黃鶯等人駭然一驚，定在原地，就見柯夫人提氣大喊。「魏閎與米氏這對姦夫淫婦，偷情被我兒看見，他們就殺了我兒滅口！米氏紅杏出牆，懷了魏閎的孽種！」

一邊喊，柯夫人一邊跑出去，聲嘶力竭，聲若響雷。

緊趕慢趕的梁太妃等人過來時，大鬧一場的柯夫人已經被打暈過去，守在她床前的柯世勉滿臉蒼白無措，就像被人兜頭打了一拳，整個人都懵了。

望著糊了滿臉血淚的柯夫人，梁太妃百般滋味在心頭。終究是他們魏家對不住她。又是頭疼，柯夫人這一鬧，多少人聽了去，梁王那兒肯定瞞不住了，她更怕外頭也瞞不住。梁太妃光想便覺眼前發黑，忍不住踉蹌了下，呂嬤嬤趕緊扶住她。

梁王妃和魏閎更是如遭雷擊，怎麼也想不到事情會發展到這地步。明明梁太妃態度已經軟化，只要梁太妃替他們保密，這事就能一條被子遮蓋過去，可現在該如何收場？

柯世勉嘴角顫了顫。「太妃，這紙條上寫的都是真的嗎？」

呂嬤嬤接過紙條遞給梁太妃。

梁太妃一看之下，怒火洶湧。這些人怎麼就是唯恐天下不亂！

「太妃，這是真的嗎？」柯世勉再一次問梁太妃，一眼都不看梁王妃和魏閎。

探頭瞄一眼的梁王妃矢口否認。「一派胡言！這是有人想栽贓嫁禍你表哥。阿勉，你可萬萬不能信，這起子小人連面都不敢露，你怎能相信他們說的話？」

柯世勉定定地看著梁王妃。「米氏懷孕也是假的？」

梁王妃心念電轉，大跨一步上前。「事已至此，我也不瞞你，米氏她的確不檢點，卻是和一個侍衛私通。這是那些躲在暗處的小人，見有機可乘，故意混淆視聽，想敗壞阿閎名聲，再離間我們兩家的關係，你可千萬別被中了他們的計，否則豈不是親者痛，仇者快？」

冷不防的，躺在床上的柯夫人毫無預兆地撲向義正詞嚴的梁王妃，狠狠一口咬在梁王妃的耳朵上，被她撲倒在地的梁王妃，發出殺豬一樣的慘叫聲。

魏閎大急，趕忙上前拉扯柯夫人，就見柯夫人活生生咬掉梁王妃的半邊耳朵，那血腥的一幕令魏閎從頭皮一直發麻到腳底，呆若木雞。

柯夫人轉而撲向魏閎，就想故技重施，然而下人已經回過神來，趕來拉開她，掙扎間，只在魏閎脖子上留下三道血淋淋的指痕。

魏閎心有餘悸地捂著脖子，駭然望著癲狂的柯夫人。瘋了，她瘋了！

「你個殺人凶手，我要殺了你！」滿嘴鮮血的柯夫人劇烈掙扎，魏閎不禁退後兩步。

「妳個瘋子，妳瘋了！」痛不欲生的梁王妃又哭又叫，滿臉滿頭的血看起來倒更像個瘋子。

一室的狼藉，讓梁太妃眼前一陣陣發昏，她不自覺想撚佛珠，摸了個空，才想起佛珠斷了。果然不是好兆頭。

梁太妃定了定神，吩咐人趕緊送梁王妃和魏閎下去處理傷口。

魏閎見梁太妃停在原地不動，忙道：「祖母，您也走吧，舅母萬一傷了您，可如何是好？」

梁太妃淡淡地看著他。「她都這樣了，還怎麼傷我？你先去包紮下傷口，再把外頭的事料理下。」

盡人事，聽天命吧！

魏闕一凜，想起柯夫人惹出來的大亂子就頭疼欲裂，便不再多言，趕忙離開。

眼見魏闕離開，被制住手腳的柯夫人不甘地掙扎起來，染血的雙唇一張一合。「魏闕你個偽君子，你個殺人凶手，你會遭報應的！天打雷劈，老天爺不會放過你的！」

一直到魏闕消失不見，柯夫人還在不停咒罵，怨毒至極。

梁太妃聽得心底發寒，她慢慢在呂嬤嬤搬來的椅子上坐下，就這麼靜靜地看著柯夫人謾罵。魏闕做的事，的確該罵！

待從柯夫人語無倫次的詛咒中，聽見四年前柯玉潔死於魏歆瑤手下時，梁太妃震驚之餘後，是恍然大悟。怪不得她想撮合季恪簡和魏歆瑤時，梁王和梁王妃都顧左右而言他，原來如此，人家親眼看見她害死自己表姊，怎麼敢娶她！

魏歆瑤因為意氣之爭，就去抽打柯玉潔疾馳中的馬，致人墜亡；魏闕因為私會弟媳就殺了柯世勳滅口，他說柯世勳要脅他，其實，梁太妃是不怎麼信的。

這兩個孩子怎麼會變成這副模樣？小時候明明那麼乖巧可愛……

好半晌，柯夫人停下來，慢慢看向梁太妃，眼神恢復一點清明。

呂嬤嬤如臨大敵，戒備地盯著她，生怕她撲過來。

「太妃，」柯夫人嗓音嘶啞，如同指甲刮過桌面。「您每日禮佛，覺得佛祖會如何懲戒妳的這雙孫子女？天道好輪迴，善惡終有報，不信抬頭看，蒼天饒過誰！

「當年魏歆瑤害死玉潔，為了丈夫、兒子的前程，我不敢替她討回公道，還與你們虛與委蛇做好親家，所以我的兒子也被你們魏家害死了。這是我的報應，你們的報應也快了！」柯夫人又哭又笑，尾音尖利，直刺耳際。

梁太妃眼皮一顫，習慣地撚了撚手指。「待王爺回來，我會讓他嚴懲二人。」

「嚴懲，怎麼嚴懲？殺人償命嗎？」柯夫人一雙通紅的眼死死盯著梁太妃。

梁太妃垂下眼。顯然這是不可能的。她眼下滿嘴苦澀。這是造了什麼孽啊，攤上如此不肖兒孫。

「你好好照顧你母親，有什麼事只管吩咐下去。」說罷，梁太妃站起來，腳步微晃著走向門口。

柯夫人仍唸唸有詞，柯世勉細細一聽。

「天道好輪迴，善惡終有報，不信抬頭看，蒼天饒過誰！」如此周而復始。

柯世勉一點一點地攥緊拳頭。莫大的悲哀將他籠罩，因為無能為力，所以只能希冀於因果報應，歸根究柢，都是他們柯家無能。

第二十一章

關峒大步跨入議事廳，正與將領議事的魏闕抬眼看了看他，對在座諸人道：「今日便議到這兒。」

眾人紛紛站起來，拱手告退，言行之間可見恭敬臣服。

待人退出去，關峒上前一步道：「三爺，柯夫人在園子裡大鬧一場，喊破了世子和五夫人的事，還咬掉王妃半片耳朵。世子已經派人看守住府邸，只許進，不許出。」

魏闕淡淡「哦」了一聲，面容波瀾不驚，彷彿那只是個無關緊要的人，只問：「是魏廷把消息透給柯家？」

關峒點頭。「那個傳消息的丫鬟已被太妃揪出來，太妃派人請幾位爺回府。」又補充說：「之前，宋老夫人過府見過太妃。」

把玩著黃玉螭紋紙鎮的魏闕勾了勾嘴角。看來繼內外交困的魏閎之後，又要添一個焦頭爛額的魏廷了。

魏闕站起來，一理衣袍，闊步往外走。

關峒緊跟而上，心裡想的是，經此一事，梁王必要對魏閎和魏廷失望，此消彼長，他家三爺在梁王心中地位就能順勢而上。

然而關峒覺得，這時候把魏閎的醜事捅出來還是太早，完全可以選個更好的時機，發揮更大的效果。可誰叫柯世勳死了呢！

闞峒面無表情地看著眼前高大挺拔的身軀。先人誠不欺我，紅顏乃禍水！

闊步行走的魏闕若有所覺地回首，淡淡掃一眼闞峒。

闞峒茫然又無辜地看著他。

魏闕眉梢輕輕一挑，轉過身，繼續趕路。

闞峒再不敢胡思亂想。主子太過敏銳，做下屬的就連腹誹都得戰戰兢兢，真苦！

魏闕快馬加鞭趕回王府，正好在門口遇上風塵僕僕的柯大老爺。

「大舅。」魏闕拱手行禮，頓了頓，道：「您請節哀！」

柯大老爺勉強打起精神，對他點點頭。兩人雖是甥舅，卻委實陌生得很，打過招呼便分道揚鑣。

柯大老爺被守在門口的呂嬤嬤請走，魏闕則去茗湘院看梁王妃。

茗湘院裡頗為冷清，一眾女眷都因為米氏之事被看守起來，茗湘院裡便只有魏聞和幾個小兄弟在。

「三哥！」一見魏闕，魏聞猶如見到主心骨。大哥忙前忙後，祖母也沒出現，母親躺在這兒，父親也不在，他完全不知道自己該幹麼？

魏闕安撫地看他一眼，問：「母妃傷勢如何？」

柯嬤嬤含淚上前把府醫的話說了，傷倒不是大傷。可王妃的耳朵已接不回去，這叫王妃以後怎麼見人？縱然已經生兒育女，都是能做祖母的人，可女人無論年紀多大，沒有一個不愛美的，何況，梁王妃這般素來重視儀容。

魏闕上前，停在床榻三步外，低頭看著面容慘白的梁王妃。

魏歆瑤、魏閎，這一雙她最疼愛的兒女卻害得她躺在這裡，或者該說，是她自己害了自己。若不是一味嬌慣寵溺，兩人也不會如此為所欲為，釀成今日之禍。

柯嬤嬤瞧著魏闕面露哀戚之色，想著到底是親母子。她已經想到最壞的打算，若是魏閎因為此事丟了世子之位，接任的自然是魏闕這個嫡次子，魏闕對王妃感情越深，她們這些伺候王妃的人當然越放心。

「母妃用了麻沸散？」魏闕皺眉。他一進門就聞到一絲不對勁，靠近後更加確定。

柯嬤嬤拭淚。「實在是王妃疼得受不住，府醫就給開了麻沸散，王妃也是同意的。」

麻沸散是止痛的好東西，就是後遺症有些大，還有可能上癮，不過把握了用量就好。

魏闕叮囑。「用這東西，務必當心。」

柯嬤嬤連忙應了。

「母妃的傷是怎麼來的？」魏闕又問。梁太妃派來的人並沒有說得太詳細，只說梁王妃受傷，讓他回來。

見柯嬤嬤支支吾吾說不出話，魏闕眉頭一擰，也不追問，而是道：「大舅來了，我去祖母那兒見見大舅。」

一聽大舅二字，柯嬤嬤震驚地抬起頭。「舅老爺來了？」

「妳好生照顧母妃。」魏闕瞥一眼驚慌失措的柯嬤嬤，旋身離開。

「三哥，我跟你一塊兒去。」魏聞抬腳跟上。他心裡也是亂糟糟的，母親出事，幾位嫂嫂卻是面都不露，還有府內風聲鶴唳的氣氛，一件又一件都給他很不好的預感。

行至院中，兄弟二人遇見迎面走來的魏廷。

魏廷臉色很不好，他剛剛被梁太妃逮著訓了一通。

一群廢物！居然讓人抓到把柄，害得他被祖母罵得頭都抬不起來，更讓人心煩意亂的是，祖母警告他，要是她在外頭聽到一星半點有關魏閎的流言蜚語，就唯他是問。還說別想著扳倒魏閎，他要敢造謠生事，她死也不會讓他做世子。

造謠生事！他魏閎通姦弟妹、殺害表弟，難道不是事實？偏心，父王偏心，祖母也偏心，就因為他魏閎是長子嫡孫，哪怕他是個不仁不義的畜生，也能高居世子之位，老天何其不公！

一想自己精心佈置的局不能進行下去，魏廷就一陣胸悶氣短，還得擔心消息外洩，自己背了黑鍋，更是嘔得不行。再想梁太妃還要把他做的事告訴梁王，魏廷就越發暴躁，連讓梁太妃暴斃這樣大逆不道的想法都出來了，不過也只是想想，他還沒瘋！

心氣不順的魏廷一抬眼就看見魏闕和魏聞，斂了斂怒氣，一整臉色走上前。「三弟、九弟。」

兄弟三人就著梁王妃的傷勢說了幾句話，聽說魏闕要去見梁太妃，魏廷若無其事地苦笑。「祖母在招待大舅，恐不便見面，我才說沒幾句話，就被祖母趕出來。」

話雖如此，魏闕和魏聞還是打算去一趟寧馨院，果不其然吃了閉門羹。

望一眼飛簷斗拱的正房，魏闕想，梁太妃不知要如何說服柯大老爺嚥下這個啞巴虧？

此時，柯大老爺的嘴裡就像被塞了一把黃連，一直苦到心裡頭。兒子枉死，他不甘心，可他無能為力，以如今的柯家對上魏家，無異於螳臂當車，他不能為了自己這房的仇恨賠上整個家族。

兒子的仇，他報不了，甚至他不能怨、不能恨！

柯大老爺搖搖晃晃地出了屋，被外頭白花花的陽光一曬，眼前發暈，栽向一旁。

呂嬤嬤眼明手快地扶住柯大老爺，同情地看著瞬間蒼老十歲的他，默唸一聲作孽。

候在外頭的長隨趕忙上前接過自家老爺，驚疑不定地看著失魂落魄的他，竟發覺他的雙臂一直在抖。長隨張了張嘴，望著神情灰敗、雙唇緊抿的柯大老爺，卻說不上話來，只牢牢扶著他。

一直等候在外頭的魏闕、魏聞兄弟倆上前見禮時，魏聞也大吃一驚。不比魏闕，魏聞與舅家關係頗為親近，早幾年還在舅家住過大半年。

見狀，魏聞不禁上前扶住柯大老爺，溫聲道：「大舅，表兄已經去了，您保重身子。」

柯大老爺眼珠子動了動，看向面前的魏闕和魏聞，目光一瞬間變得複雜。

「大舅？」魏聞疑惑地出聲。

柯大老爺垂眼。「我沒事，沒事！」他拂開魏聞的手，啞聲道：「我去看看阿勳，你們進去吧！」

魏聞怔怔地看著深一腳、淺一腳離開的柯大老爺，突然間發現大舅的背彎了，頭上還多了幾縷白髮。他皺起眉頭，問魏闕：「三哥，你覺不覺得大舅有些……」

柯世勳死了，大舅固然傷心，可在大舅身上，除了傷心，更濃的是悲哀。

魏闕看他一眼。「先去向祖母請安。」

一兒一女兼命喪外甥之手，他不只不能報仇，還要幫著粉飾太平，甚至髮妻可能都保不住，豈能不悲哀？

魏聞忙點頭。目下他一腦門子官司，腸子都快愁得打結，明知什麼都不對，可他又說不上具體哪兒不對？

魏聞是個急脾氣，見了梁太妃，沒幾句話就切入正題。

滿目疲倦的梁太妃一下又一下地撚著佛珠，緩聲道：「你大舅母受不得喪子之痛，失了魂，發病時還咬傷你們母親。」

魏聞大驚，不敢置信地看著上首的梁太妃，似乎被這樣匪夷所思的事實震住了。

魏闕垂下眼簾，遮住眼底譏誚。這個結果，還真不出所料，這位老人家，看起來慈眉善目，觀之可親，每日都要誦經唸佛，佛珠更是從不離手。可當年梁王妃難產，在保大保小之間，她毅然選擇保小。他出生後，梁太妃認為他天生不祥，遂讓人將他送到香積寺出家，整整五年他都不曾踏入過魏家一步，若非遇見師叔，他大概還在香積寺做和尚。

常町院裡，杯盞瓷器的碎裂聲伴隨嘶吼聲響起，隨後是嗚嗚咽咽的哭聲，猶如杜鵑泣血，其間悲愴與怨恨，聽得人心底發涼，眼底發酸，漸漸歸為寂靜。

王府在梁太妃和魏閎的強壓下，也彷彿什麼都沒有發生過。

吃壞東西的米氏「病」了，一眾女眷被敲打過後也放出來，不管心裡怎麼想，嘴上是一個字都不敢多說。

便是心思最活絡的尚氏，得知魏廷做的事已經被梁太妃知道，梁太妃還警告魏廷，倘若消息洩漏，唯魏廷是問。尚氏又氣又恨之餘，還得求神拜佛，千萬不要走漏風聲。

然而這世上大多時候都是好的不靈，壞的靈。

秋高氣爽，金桂飄香，宋嘉禾拿了幾本書在花架下看，人卻是心不在焉。這幾日外頭流言滿天飛，尤其是柯夫人因為喪子得了失魂症的消息傳出來後，少不得她這禍水又被拉出來說一說。

家裡已經儘量壓制這流言，可流言就跟江水決堤似的，氾濫容易，堵住難，甚至越堵，下面人傳得越歡。

宋嘉禾摸了摸臉。算了，隨便他們去說，說她是禍水，起碼證明她美啊，一般人想做禍水都沒這條件呢！

「姑娘。」青書匆匆走過來。

宋嘉禾眉梢微抬，青書俯身在她耳邊低語起來。「外頭悄悄在傳，梁王世子通姦弟妹，溺殺表弟，逼瘋舅母。」

隨著她的敘述，宋嘉禾的眼睛一點一點地睜大。這消息怎麼傳出來的？不知怎的，眼前浮現魏闕的臉，可她記得上輩子沒這麼一齣啊！

「外頭傳得厲害嗎？」

「外頭不敢明目張膽地傳，但是知道的人也不少了。」到底牽扯到魏閎，下面的人心裡也打怵，不敢過分。然而內容過於曲折離奇，比戲臺上唱的還精采，說的人注定不會少。

此流言一出，柯世勳為姑娘殉情的說法不攻自破，她令人打聽了下，已經沒人在說這事，反而注意都全在梁王世子身上。

青書十分解恨。本就是他活該，明明是他不檢點還心狠手辣，倒叫她家姑娘背黑鍋，活該他醜事被人揭發，最好丟了世子之位才痛快！

「現下，梁王府怕是亂作一團吧？」宋嘉禾若有所思地摸著書冊邊緣，青書都打聽到了，梁王府不可能不知道。

梁太妃更早之前收到消息，當時一口氣沒上來就昏過去，嚇得一群人白了臉。

惱羞成怒的魏閎，打算派人把議論此事的人抓起來，殺雞儆猴。急趕回來的魏二老爺將他罵了一頓，才制住這個餿主意。

魏二老爺瞪著暴跳如雷的魏閎，滿心失望。平日瞧他還算個明白人，真遇上事竟然沒了章法。憶及流言，他心裡突了突。之前他是不怎麼信的，可魏閎的反應讓他心裡打鼓，不過再打鼓，他也不可能問魏閎是不是真的，這未免太自找沒趣。

「二叔，那我們就什麼都不做，由著那群人胡說八道？」魏閎赤紅著臉，英俊的面容看起來有些扭曲。從米氏懷孕，拔出蘿蔔帶出泥，事情就像滾雪球似的，越鬧越大，壓得他越來越喘不過氣。
魏二老爺也覺得棘手，一時也不知道該如何是好？
此時，一名下人小跑著進來。「王爺回來了！」
魏二老爺肩膀一鬆。誰的兒子誰頭疼去！
梁王大步邁進門，行走之間帶起一陣風，吹得下襬獵獵作響。
魏閎覺得那陣風彷彿穿過他的皮肉，鑽過骨骼，吹得他四肢百骸都發涼。
望一眼神情緊繃到極致的魏閎，魏二老爺十分識趣地找個藉口告退，臨走前還體貼地把門帶上。
啪噠一聲，魏閎忍不住一顫，額上滾下一滴冷汗。
既然敢做，怎麼就不敢當了？想想他做的那些荒唐事，再看看他這沒出息的樣子，梁王臉色更陰沈，怒從中起，抬腿一腳踹過去。
魏閎悶哼一聲，被踹倒在地，顧不得腰腹劇痛，他手忙腳亂地爬起來跪好。「父王，兒子知錯，請父王恕罪。」
面色陰沈的梁王指了指他。「我是哪裡虧待你了，要你這麼飢不擇食？」天下女人千千萬萬，環肥燕瘦，什麼樣他得不到，偏偏要和弟妹攪和在一塊兒，還弄出這麼一堆破爛事，弄得滿城風雨，簡直慾令智昏！
魏閎發白的臉突然脹得通紅，脊背伏得更低，惶恐求饒。「父王恕罪！兒子是鬼迷心竅鑄下大錯，兒子知道錯了！」

魏閎也知道這樣不對，可偷情背德的快感，又讓他欲罷不能。早知有今日，他肯定不會犯渾的，可現在說什麼都晚了，只求父親能饒恕他、保下他，他是真的不知道該如何是好了。

望著冷汗淋漓的魏閎，梁王恨不能再踹他兩腳，然而他忍住了。這節骨眼上把他踢傷，只會坐實流言；便不是為他，為了魏家，也絕不能承認這些事。外頭可不會因為承認，就不傳了，只會更盡情地嘲笑，魏家丟不起這人。

梁王壓了壓火，冷聲問他。「哪兒洩漏的消息，查到沒有？」

「尚未查到。」魏閎的頭伏得更低，說完就覺得，梁王落在他身上的目光更加刺人。難堪之餘，魏閎將那洩密之人又恨了一回，眼底浮現狠戾。若讓他知道是誰，定要他不得好死！

梁王沈吟不語，柯夫人那一鬧，不知多少有心人看在眼裡。他揚聲喚來下屬，命他們去查探。

吩咐罷，梁王點了點魏閎。「回頭和你算帳！」

跪在地上的魏閎為之一顫，心裡就像被人塞了一塊寒冰似的。不知父親要如何懲罰他？一想他就覺得喘不過氣來。

梁王再不看他，提腳離開，前去看望梁太妃。

梁太妃已經轉醒，見了梁王就捶著床榻罵魏廷。「老二這個混帳東西！怎麼就是見不得家裡好，他這是要幹麼，要扳倒阿閎，自己上位不成？」

先造謠柯世勳殉情，再是故意暗中傳消息給柯家，眼下這事，梁太妃毫不懷疑就是魏廷幹的。不是他還能有誰？這小婦養的，果然不是好東西！

梁太妃遷怒兒子。「就是你太慣著堇蘭院那邊，才助長他的野心，竟然妄想不屬於自己的東西。」她恨魏閎不爭氣闖下彌天大禍，可更恨魏廷這個搬弄是非的混帳東西，要不是他興風作浪，事情哪能鬧到這地步？

梁王默了默。「母親息怒，若是查明確是老二所為，我一定嚴懲。」

「不是他做的，還能是誰做的！」梁太妃聽這話頭不對勁，怒道。

梁王解釋。「柯夫人在院子裡鬧了一場，親見的人不少，其中保不定就有細作。」

梁太妃怒色稍減，又想起要不是魏廷挑撥，柯夫人怎麼會鬧？家門不幸，攤上這攪家精。

「就算這事不是他做的，那之前那兩樁呢？在外頭造謠柯世勳是為禾丫頭殉情，這事還是你舅母親自找上門來，我才知道的。」梁太妃抹了一把眼淚，悲從中來。「我這張老臉都給他丟盡了，以後還有什麼面目去見你舅舅？」

想起宋家，梁王也覺尷尬。「母親放心，我不會輕饒他的。」

梁太妃這才止了眼淚。「老二那邊，你得好好管一管了，這嫡庶相爭，歷來是亂家之兆。」

梁王頷首，梁太妃見他聽進去，也不再多說，而是將話題轉到魏閎身上。

「阿閎也是糊塗，不能輕饒，要不他不長教訓。吃了苦頭，這孩子也就長進了。」她若是攔著不許梁王教訓大孫子，梁王只會更惱魏閎，何況她也覺得魏閎這次荒唐太過，該吃點苦頭。

梁王應了一聲。「母親您莫要為此事再傷神，事情我會處理好。」

他發了話，梁太妃便安了心。

梁王服侍梁太妃喝藥，叮囑呂嬤嬤好生照顧後才離開。

一到書房，梁王就召幕僚前來商量對策。這種事越早處理越好。約莫一個時辰後，梁王派人去請柯大老爺過來。

二人在書房裡待了半個時辰，出來時，柯大老爺神情複雜難辨。

兩日後，梁王府兩個丫鬟、一個侍衛被推到集市上處以極刑，罪名是突厥細作，之前的流言就是三人在興風作浪，意圖敗壞王府名聲，擾亂人心。

隨後米家人開始哭訴，自家女兒因為這些流言蜚語已經病倒，外頭那些嚼舌根的人是要活生生逼她去死啊！

緊接著柯家扶著柯世勳的棺木離開梁王府，一些柯家舊識、前來送行的人，發現柯夫人雖然哀毀骨立，但神志清明。

柯大老爺還痛批那些以訛傳訛之人，利用一個已經亡故的人挑撥離間，其心可誅。如此一來，流言平息不少。慢慢地，有些人開始說，魏閎作為王府世子，什麼樣的美人沒有，何必要去招惹米氏，米氏又不是什麼傾國傾城的大美人。

魏閎到底有著多年翩翩君子、清雅貴公子的美名在，在坊間頗有名望。輿論一經引導，漸漸偏向他。

王府內的魏閎大大鬆了一口氣。這一關總算過了，他知道肯定有些人在暗中猜疑，然而他也無能為力，只能日後想方設法彌補此次損失的威望。魏家越顯赫，威望對他而言就越重要。

想起跌的這一跤，魏閎就咬牙切齒，很快地，他差點咬得牙齦都要出血。

這事得從京城說起。當今天業帝昏聵無能，親小人，遠賢臣，朝廷上烏煙瘴氣，以至於民不聊生，使得藩鎮割據的局勢越演越烈，到如今，已是號令不出京畿。在許多地方，朝廷成了擺設。

天業帝不以為然，或者該說知道無力回天，所以更加隨心所欲，窮奢極欲，朝政完全把持在俞家手裡。

這次事情就出在俞家身上。天業帝突然覺得京城不安全，北方群雄盤踞，還有突厥虎視眈眈，他想遷都南陽，幾年前便大興土木，耗數萬民夫，在南陽建了一座極樂宮。

天業帝不稀罕京城，俞家卻是稀罕的。京城除了充足的糧草兵械外，更寶貴的是其政治意義。奈何天業帝不為所動，執意要遷都南陽，朝中部分文臣武將也贊同。

俞家氣惱不已，結果就是天業帝暴斃，四歲的七皇子登基。這下子，各方諸侯可坐不住了，紛紛打出清君側、誅小人的旗幟，直奔京城。

這樣的機會，梁王自然不甘落於人後，魏閎也不想錯失這個建功立業的機會。攻下京城的功勞，足以挽回他此次失去的顏面，也能穩固他的地位。然而梁王拒絕他的主動請纓，美其名曰讓他坐鎮後方，可魏閎很清楚，這是梁王對他的懲罰。

魏閎去不得，魏闕卻是要去的，甚至還被委以重任。

魏閎內心五味陳雜。他讓父王失望，魏廷亦然。他已經查到米氏那邊是魏廷搗鬼，並且把證據交給父王，此次南下，魏廷也去不成，他們兩敗俱傷，瞧著是魏闕漁翁得利了。

魏閎知道自己這想法有些小人。魏闕對他向來恭敬，雖戰功赫赫，但是從不結黨，可他控制不住內心的不安。

魏閎不安，然而在魏闕面前，他熱絡地拍拍魏闕的肩頭，就像個對弟弟寄予厚望的好兄長。「我在家裡等著三弟凱旋歸來，此次出征，三弟務必留神，萬事以安全為上。」

「借大哥吉言，大哥放心，我曉得。」魏闕抬手一拱。

魏閎看著他，輕輕一嘆。「為兄實在羨慕三弟可以馳騁沙場，男兒當如此，可惜我無能啊。」

魏闕忙道：「大哥何必妄自菲薄，自古行軍講究的是兵馬未動，糧草先行。此次出征最終如何，還有賴大哥在後方調度。」

魏閎心下熨貼，面上笑意更濃。一場戰役，最出風頭的永遠都是衝鋒陷陣的將領，沒幾個人會記得後方輔助人員的功勞，卻不知若是沒他們供給調度，前方部隊寸步難行。

「三弟只管放心，缺了誰的，也不會短了你的，你只管在前頭立功，不必有後顧之憂。」

魏闕作了一揖，魏閎馬上扶起魏闕。

望著兄友弟恭的二人，猶帶著病容的梁王妃露出一抹欣慰的微笑。「兄弟齊心，其利斷金，你們兄弟倆好好的，我也就放心了。」

魏闕應景地笑了笑。

躺在床上的梁王妃招手讓魏闕過來，拍著他的手道：「此次出門，建功立業雖重要，但最要緊的還是你自己的安全。刀劍無眼，萬萬要當心了。說實話，我是寧可你不去冒險，安全待在我身邊的，這樣我才安心。可我知道你父王對你寄予厚望，你自己也有雄心壯志，所以我也不攔著你，只是你切記要保重自己。」慈母之心盡在話語中。

魏闕動容。「母妃放心，我會保重自己，您也要好生保重。」

梁王妃寬慰地點點頭，又問他行囊都收拾好沒？魏闕回說都收拾好了。

「你這屋裡沒個人，連個收拾行李的人都沒有。等我好了，得好生替你尋個名媛閨秀，你喜歡什麼樣的人？」梁王妃突發感慨。

「一切由父王、母妃作主。」魏闕淡笑道。

梁王妃看了看他，也笑道：「行，我會留意著。你要是遇上喜歡的，記得說出來，只要是家世清白的好姑娘，我總是依著你的。」

「多謝母妃。」魏闕作揖。

「這孩子，咱們母子倆還用得著客套嗎？」又說了幾句體己話，梁王妃便道：「出征在即，你怕是有一堆事要忙，且去忙吧，我這裡不用你操心。」

魏闕便行禮告退。

他走後，梁王妃臉上慈愛的表情一點一點地收起來。

梁王對魏閎無比失望，要不是流言剛剛平息，不想節外生枝，兒子少不得要脫一層皮；也正是因為不能動家法，王爺這口氣消不了，反倒梗在心裡。

原本她年初那會兒就跟梁王說好，下次再有戰役就讓魏閎帶兵出征。魏閎的確對行軍布陣這方面不通，可有那麼多經驗豐富的老將領在，魏閎掛個主帥之名，坐鎮帥帳，旁的事交給下頭人去辦就行，這都是司空見慣的鍍金手段。

魏閎作為嫡長子，沒有軍功到底是一大弊端，之前梁王猶豫再三也答應了。此次南征，多好的機會，可眼下都成了泡影。差可告慰的是，魏廷也沒討到什麼好處，弄得灰頭土臉，梁王並沒讓魏廷領兵出戰，於此，梁王妃是鬆了一口氣。兒子損了威望，要是魏廷再立功，此消彼長之下，魏廷必然氣焰高張，這是她無法忍受的。

可這樣一來，魏闕就脫穎而出了。他本就戰功彪炳，要是再立大功，無論是軍中還是民間的威望，都要更上一層樓。

這些年她冷眼看著，這兒子安分守己，一門心思都在打仗上，對旁的事都不上心，除了那幾個同袍，也沒拉幫結派，和文官那邊更是沒有來往。

即使這嫡次子，對她和魏閎也是恭敬有禮，可梁王妃的心裡還是不踏實，大抵是不親近的緣故吧。還是得給他找個親近自己的媳婦，如此也能讓他更死心塌地輔佐魏閎。

大軍開拔在即，宋嘉禾也忙活得很，這一次，宋銘和宋子諫也要出征。她知道兩人會凱旋而歸，可事關至親，哪能不擔心？且她還有層隱憂，那麼多事與她記憶中不同，生怕這裡也出個岔子。

放心不下的宋嘉禾就攛掇宋老夫人去瓏月庵求平安，這想法與宋老夫人不謀而合，祖孫倆當即就吩咐人套了馬車。

馬車即將出發時，被宋子諺撞了個正著。他被關好幾天不許出門，一看架勢，抓著宋嘉禾的衣襬就不撒手，他可憐巴巴地看著宋嘉禾，跟條小奶狗似的。

坐在馬車上的宋老夫人可見不得小孫子這可憐樣。「阿諺也一道去吧，給你爹和二哥祈福。」

宋子諺歡呼一聲，麻溜地爬上馬車，還朝下面的宋嘉禾招手。「六姊，妳快上來啊！」宋嘉禾搖頭失笑，踩著繡墩上了馬車。

求神拜佛後，宋嘉禾拿著明惠師太親手畫的平安符，帶著宋子諺心滿意足地離開，讓宋老夫人安心和明惠師太講經。

宋子諺仰頭看著宋嘉禾，眼神閃閃發光，就像是逃出牢籠的小鳥。「六姊，我們去哪兒玩？」

宋嘉禾背著手，彎腰看著他問：「你想去哪兒就去哪兒。」這可憐的孩子都被關傻了。

宋子諺雙眼更亮，激動得小臉發紅。「阿記說那個瀑布好玩，可以抓魚。」

宋嘉禾捏了一把他的嫩臉蛋，豪氣一揮手。「那走吧！」

宋子諺歡呼一聲，興高采烈地跑出去。

跑出一截後，宋子諺回頭一看，見宋嘉禾還站在原地不動，不由大急。「六姊！」

宋嘉禾挑眉，抬腳邁向反方向。「你走錯路了。」

宋子諺臉兒一紅，不好意思地抓了抓臉，趕緊跑回來。

一路上，宋子諺就問宋嘉禾會不會抓魚？宋嘉禾信口胡謅，把他唬得一愣一愣的。

走著走著，一陣難以描述的香味傳過來，宋嘉禾一下子就聞出來了。這味道，她嚐過一次，絕對忘不了。

宋嘉禾面露糾結之色。理智告訴她，她應該就此離開，可是她的腳不聽使喚啊！

宋子諺可比她誠實多了，小傢伙深深吸了一口氣。「好香，這是什麼味道，六姊？」

「應該是烤肉吧！」宋嘉禾裝模作樣地回答。

「什麼肉？」宋子諺垂涎欲滴。

宋嘉禾沈吟了下。「我哪知道，我又沒看見。」

青書和青畫默默地看著宋嘉禾。

「那我們去看看。」說著，宋子諺就拉著宋嘉禾，循著味道跑過去。

宋嘉禾心安理得地跟上，心裡盤算著，反正不是她要去，是宋子諺要去的。

片刻後，宋子諺驚喜地大叫。「三表哥！」他放開宋嘉禾，一個箭步衝過去。

被拋下的宋嘉禾望著空出來的手，很嚴肅地考慮一個問題。這小子這麼激動地跑過去，是因為魏闕，還是因為烤鹿肉？如果是後者，她覺得還是可以原諒這小子的。

飛奔過去的宋子諺煞不住腳，一頭撞進魏闕的懷裡，宋子諺嚇一跳，抬頭見他笑容溫和，頓時放了心，嘿嘿傻笑兩聲。「三表哥怎麼在這兒？」

走過來的宋嘉禾也在納悶。她看一眼周圍，只有魏闕一個人——哦，還有兩堆骨頭。

兩堆？所以說人是走了，能勞動他大駕的，難道是無塵大師？

果然就聽見魏闕低沈的聲音響起。「和我師叔約了見面。」

宋子諺連忙四處張望。「三表哥的師叔，是不是特別特別厲害？」

魏闕點頭。

隱在暗處的關峒面無表情地抽了抽嘴角。又拿無塵大師騙小姑娘，真不要臉。看在還沒消化的鹿肉分上，他就不揭穿他了。

「三表哥。」宋嘉禾走近後行禮。

因為宋子諺趴在他懷裡，故魏闕不便起身，他抱歉地朝宋嘉禾抬手回禮。

「無塵大師已經走了？」宋嘉禾隨口問道，目光不受控制地往架子上的鹿肉瞟去。雖然用了那調料後，她烤的鹿肉也很好吃，但是和眼前的鹿肉一比，她覺得自己做的就是垃圾。

魏闕心下感到好笑。「師叔剛走。」

又見宋子諺眼巴巴地看著剩下的半頭鹿，魏闕割了一片並用芭蕉葉盛裝，再遞給他，低頭叮囑。「當心燙。」

捧著肉的宋子諺笑逐顏開，大聲道：「謝謝三表哥。」

魏闕抬眼看向宋嘉禾，宋嘉禾笑得矜持又優雅。

「表妹要不要嚐一點？」魏闕含笑問她。

宋嘉禾努力讓自己的嘴角別翹得太高，道謝之後，在魏闕對面的木樁入座。吃著夢寐以求的美味，宋嘉禾簡直要幸福得熱淚盈眶。就是這個味！無數次回憶起來，可她就是做不出這個味道，越做不出便越想念，抓心撓肝地想念著，她都覺得自己要走火入魔了。

魏闕的眼角眉梢帶著淡淡笑意，間或讓二人吃些瓜果解膩。一旁的青書眉頭跳了跳，她隱隱覺得不對勁。魏三爺太體貼了，可看起來魏三爺照顧的是小少爺，她家姑娘倒像是沾了小少爺的光，又讓她覺得自己想多。

宋嘉禾吃了一瓣橘子。要不是場合不對，都想揉一揉肚子，好久沒吃得這麼心滿意足。她掏出袖子想擦拭嘴角，冷不防帶出之前求的平安符，眼看平安符要飛向火堆，她不由得驚叫一聲。

斜刺裡冒出來一隻手，將將在平安符落入火堆之前接住。

宋嘉禾緊張地看著魏闕。「三表哥，你有沒有燙到？」

「沒事。」魏闕嘴角彎出愉悅的弧度。他把平安符還給宋嘉禾，見她不放心地盯著他的手，遂在她面前翻了兩下手掌。「妳自己看。」

看著是沒事，宋嘉禾鬆了一口氣，留意到他手心處有道淡淡的疤痕，目光突然凝住，眉頭輕輕皺起來。她好像在哪裡見過，可一點都想不起來……

「六姊？」小嘴油膩的宋子諺，納悶地看著出神的宋嘉禾。

宋嘉禾回過神來，臉紅了下，掩飾地用帕子擦了擦嘴角。「沒事就好。」她低頭檢查手裡的護身符，完好無損，眉頭微微舒展。

肚子溜圓的宋子諺滿足地打了個嗝，瞄到宋嘉禾手裡的平安符，撲了過來。「六姊，三表哥也要去打仗，送一個給三表哥，菩薩是不是也會保佑三表哥平平安安了？」

話音未落，宋嘉禾就覺手裡一空，小東西已經抓著平安符去獻殷勤了。

誰說女生外向，男生更外向好不好！

宋子諺十分大方地把平安符塞到魏闕手裡，還合上他的手掌。「六姊說，這個符會帶來好運，」說著還扭頭看向宋嘉禾。「是不是，六姊？」

宋嘉禾笑著點點頭。他對他們姊弟有救命之恩，送個平安符自然應該，而她是不便送的，宋子諺送了正好。

魏闕看著躺在手心的平安符，道：「這是表妹替表叔和子諫表弟求的，給了我，不就少了？」

宋嘉禾搖搖頭。「表哥放心，我求了六個平安符，夠了。瓏月庵的平安符向來靈驗，尤其這還是明惠師太親自畫的，表哥帶在身上也好求個心安。」

她一共求了六個，每人三個，哪怕弄壞、弄丟了也不打緊。

「夠了，我們夠了！」宋子諺在一旁應和。

魏闕便笑道：「那我就收下了，多謝表妹、表弟。」

見他鄭重地收起來，不管回去後怎麼處置，起碼這一刻宋嘉禾是高興的，誰也不願自己一番好意被人視如敝屣。

見魏闕收下平安符，宋子諺比誰都高興，不知怎的想起自己正在練的槍術，便興沖沖地撿了一根樹枝做銀槍，要向魏闕炫耀自己的槍法。

宋嘉禾完全不懂他哪來的底氣。算了，他高興就好。

在宋子諺表演他那變形到不知哪個旮旯裡的槍法時，宋嘉禾突然想起梁王府那一攤子事，默默地坐過去一點。

魏闕以側臉看她。

宋嘉禾猶豫了下，小聲問：「三表哥，柯世勳的死……」

魏闕溫聲道：「是大哥做的。」

宋嘉禾覺得壓在自己心頭的那塊巨石終於被搬走。雖有懷疑，可到底沒有一個確切的答案，她心下難安。

想了下，宋嘉禾又厚著臉皮，期期艾艾地開口。「三表哥，世子做的事，王爺知道了嗎？」

以前宋嘉禾都是稱呼魏閎為大表哥，可自從撞破他和米氏的姦情之後，魏閎溫潤君子的形象在她心裡轟然倒塌，再知道他殺了柯世勳，她是一點都不想喊他表哥了。

「父王已經知曉。」魏闕道。

宋嘉禾心想，也是，她記得上輩子，魏閎參加了這次出征，並且還立大功。雖然知情人都知道，他就是乾坐著摘別人的果子，可不明真相的百姓不知道啊，還誇他文武雙全來著。這輩子魏閎可沒這好運了，且梁王肯定對他很失望，一想到此，她就覺得大快人心。

再看魏闕，宋嘉禾覺得越看越順眼。魏閎既無德又無能，還心狠手辣，這樣的人上位，豈不是禍國殃民？

於是，宋嘉禾鄭重其事地看著魏闕，拿起一旁的茶杯舉起來。「我先在這裡預祝表哥旗開得勝，功成名就。」

魏闕笑看一眼笑意融融的宋嘉禾，端起酒杯。「借表妹吉言，表妹隨意。」說著一飲而盡。

宋嘉禾喝了一口茶水，心想，她說的可不是什麼空話，都是事實。此次一戰的影響遠超眾人想像，等戰火結束，天下局勢也發生翻天覆地的變化。

宋嘉禾又喝了一口茶，突然有了一種眾人皆醉我獨醒的感覺，然而她只知道結果和幾次重大事件，旁的一無所知，所幸結果是好的，免得她又要糾結怎麼提醒長輩？

第二十二章

小小的宋嘉禾拉著少年的手，仰著嫩生生的臉認真地問：「你叫什麼名字？」

忽然之間察覺到手感有異，低頭一看，就見他寬闊的掌心處橫亙著一道凸出的傷疤，還泛著紅印，像是不久前才留下的。

「疼嗎？」小嘉禾眨眨眼，伸出右手的食指給他看。「肯定很疼，我被繡花針扎了一下，好疼好疼的，祖母說吹吹就不疼了。」

說著，小嘉禾鼓起腮幫子用力吹一口氣，吹完又吸一口氣，聞到讓人心安的松香。吹了好幾下後，小嘉禾一臉期待地看著他問：「是不是不疼了？」

「不疼了。」聲音裡含著淡淡笑意。

小嘉禾喜笑顏開，拉著他要往裡走。「我請你吃棗泥山藥糕，特別特別好吃。」

走了幾步卻發現，那人站在原地紋絲不動，小嘉禾委屈地癟癟嘴。「你不喜歡吃棗泥糕嗎？那你喜歡吃什麼，我讓他們給你做，我家廚子可厲害了。」

「妳到家了，我該走了。」

察覺到他收回手，嚇得小嘉禾一把抱住他的胳膊，可憐巴巴地瞅著他。「你還沒告訴我你的名字呢。」

她聚精會神，想聽清楚他的名字，可她什麼都聽不到，就連眼前的景象也猶如被投了石子的湖面，扭曲起來……

躺在床上的宋嘉禾張開眼，盯著床頂的海棠花紋，好不失落，她懊惱地拍了拍腦袋。關鍵時刻卻失了記性，簡直蠢死了。

他到底叫什麼什麼名字啊！

忽地，宋嘉禾身體一僵，直挺挺地坐起來。「我記得他的手……」

被嚇了一跳的青書、青畫掀開床帳一看，就見宋嘉禾鬱悶地抱著腦袋，可憐極了。

「姑娘，怎麼了？」

宋嘉禾耷拉下腦袋，垂頭喪氣地咬了咬指尖。只記得他的手，然後呢？她腦子裡只剩下一片空白。她生無可戀地倒回床上，重重摔在床褥裡。

又忘了，又忘了，又忘了！好氣喔！

宋嘉禾恨恨地捶了下床榻，大叫一聲。

青書和青畫面面相覷，不解姑娘是怎麼了？

青畫小心翼翼地追問。「姑娘，怎麼了？」

「我夢見小時候走丟那回，把我送回來的那人了，可是我一點關鍵的訊息都沒記住。」宋嘉禾哭喪著臉，語氣哀怨。

「也許下次就記起來了，姑娘別太耿耿於懷，好人定然會有好報的。」青畫安慰。

也只能這麼安慰自己了，可不能親自道謝，總歸遺憾。

宋嘉禾揉了一把臉，又坐起來。「待會兒我要吃棗泥山藥糕。」

棗泥山藥糕多好吃啊，香香甜甜的，他居然不想吃。

梳妝畢，宋嘉禾便去向長輩請安。林氏已經出了月子，不過氣色明顯不如小產前紅潤，看起來也不如之前年輕，這場小產生生讓她老了好幾歲。

沉香院裡的請安，向來是聽不到太多宋嘉禾的聲音，尤其眼下宋銘和宋子諫都不在，宋嘉禾的話就更少了，她和林氏是無話可說。

便是林氏自己也不知道該對宋嘉禾說什麼?在宋嘉禾面前，她有著難以言喻的膽怯。

幸好還有兩個弟弟，特別是宋子諺，小傢伙正是話最多的時候，有他在，就安靜不了。

片刻後，林氏帶著兒女們前去溫安院，就見宋老夫人手裡拿著一封信，心情很好的模樣。

宋嘉禾心念一動，笑咪咪地湊過去。「是不是父親和大哥來信了？」

宋老夫人嗔她一眼。「就妳聰明。」又拿兩封未開封的信件遞給林氏。「老二和子諫給妳的。」

林氏心頭一喜，黯淡的面龐瞬間亮起來，道謝後連忙接過，迫不及待地看起來。

宋嘉禾歡歡喜喜地問宋老夫人。「父親、大哥怎麼樣了？」

因都是些家常話，宋老夫人把信遞給宋嘉禾。「妳自己看吧！」

拿到信的宋嘉禾一目十行看下來，就知道宋銘報喜不報憂。

之前，她已把前世所發生的重要事情默記下來，防止時日久了自己忘記。這場仗的內容也記了幾筆，都是事後才聽來的。

俞家廢天業帝擁立小皇帝後，有逐鹿野心的諸侯都打著「清君側，正乾坤」的旗幟發兵京師。荊州王氏、揚州吳氏、徐州盧氏……一些小勢力還結黨連群組了個聯盟，一大群人聚在京畿周圍。

有實力攻城的一方，怕辛辛苦苦攻下京城後，讓人漁翁得利，所以按兵不動；實力不足的一方，私下串聯，煽風點火，希望別人去當那隻出頭鳥，亂糟糟一團。

倒是便宜了京城內的俞家，緩過一口氣來。京城城牆高而堅，糧草充足，耗上幾年都不成問題，然遠道而來的各路「義軍」可沒這運氣，每多待一天，所消耗的糧草都是驚人的數目。

僵持之下，陸陸續續有人撐不住，灰頭土臉地撤兵，深恨當時被京城這金光閃閃的招牌晃花了眼，腦子一熱就跑來湊熱鬧。

據小道消息，就是魏家內部都有人建議撤兵，不過梁王壓下了這種聲音。

宋嘉禾推算了下時日，這會兒軍營裡保守派和主戰派應該已經吵得熱火朝天，宋銘是主戰一派，可開戰勢必要傷筋動骨損元氣。然而撤兵，極有可能讓京城落在王家、吳家手裡，想奪回來可沒那麼容易。兩家兵精馬壯，可比俞家難纏多了，屆時王家或吳家就是正統大義，魏家則成了列土封疆的亂臣賊子。

宋銘此時的心情可想而知，不過，要不了多久，這個困局就能解開。

夕陽一點一點消失在群山之後，梁王望著晚霞下美輪美奐的京城，突然抬手指著那處。

「上次為父來京城還是十三年前，先帝駕崩，不知下一次進京會是何時？」

「明日。」魏闕聲平穩，神色如常，彷彿在說一件再尋常不過的事。

梁王直勾勾盯著他，目光壓迫；魏闕坦然回視，目光灼然。

「好好好！」梁王一改嚴肅之色，大笑起來，欣慰地拍著魏闕的肩膀。「吾得此佳兒，何愁不能橫行天下？」

魏闕垂下眼，抬手一拱。「定不負父王所望！」

「天色不早了，回去準備吧，為父等你的好消息。」梁王又拍拍他的肩膀。

魏闕行禮告退，回到營帳後，開始更衣，不經意間摸到胸口的平安符。

魏闕動作一頓，低頭看了半晌，忽地一笑，眉眼溫和。

平安符，保平安，他當然會平平安安。

冬天的夜晚總是來得特別早，天色一暗，魏闕便出現在神策軍的營地內。走入一營帳，只見地上有個能供三人經過的洞口。

魏闕望一眼那黑漆漆的洞口，拿著火把走進去，隨後不斷有神策軍進入。

這地道是這一個月挖出來的，直達京城。魏闕早年遊走江湖，身懷絕技的三教九流認得不少，這地道就是請一個朋友幫忙。此人連依山而造的皇陵都能挖洞鑽進去，京城更不在話下。

約莫一刻鐘後，魏闕出現在北城門附近一座普通宅院內，一名流裡流氣的青年走過去。

「稀客啊稀客！」

魏闕對他笑了笑。「有勞了。」

「好說好說，只要魏三爺將來拿下這京城後，封我個大官做就行，尚書、丞相什麼的我都不嫌棄。」

「回頭我會轉告我父王。」

「敢情你還作不了主啊！」青年沒好氣地白他一眼。「那你這麼拚命幹麼？你們魏家駐紮在北城門外，嚇得俞家派重兵把守，你這一出去可就是場苦戰，搞不好小命都丟了；就算打下京城，不也是替他人作嫁衣？」

聞言，一群人白了臉。這不是赤裸裸的挑撥離間嗎？這是來幫他們將軍還是來害他們將軍的？

其中一人目光閃了閃，又飛速低下頭。

魏闕不著痕跡地收回目光，不以為意地笑了笑。「一筆寫不出兩個魏字來。」

青年哼一聲，懶洋洋伸了一個懶腰。「行了，你去浴血奮戰吧，我得趕緊找個地方躲起來，我可不想年紀輕輕就英年早逝。」

魏闕鄭重地朝他作了一揖。「多謝，回頭請你喝酒！」

青年頭也不回地揮揮手，表示記下了。

魏闕笑了下。

宅院地方有限，故而只過來四百人，其他人在地道內整裝待命，隨時支援。

亥時，信號如期而至。

北城門的守衛見天空中炸開的煙火嚇一跳，正滿頭霧水，就聽號角鑼鼓聲奔襲而來，震耳欲聾。

城頭的守兵大驚失色，不敢置信地看著遠處的景象，覺得腳下的城牆都在搖晃，他們深吸一口氣，聲嘶力竭地高喊。「梁王攻城啦！」

見時機已到，潛伏在暗處的魏闕眼底迸射出駭人的精光，一箭射殺守城統領，在對方還沒反應過來之際，帶人殺了出去。眼下他腦海中只有一個念頭——打開城門，迎入大軍，控制京城，佛來斬佛，魔來斬魔。

旭日東昇，天亮了。

膽顫心驚了一宿的宮人，看著從門縫裡透進來的陽光，聽了又聽，確認廝殺聲、慘叫聲、呼喊聲已經消失不見。

有那膽子大的人，悄悄挪到窗口，躡手躡腳地打開一條縫，入眼的就是修羅地獄似的慘烈，乾涸的血跡無處不在，斷肢殘骸橫七豎八，濃郁的血腥味順著縫隙飄進來，幾欲作嘔。

他定了定神，壓下腹中洶湧，小心翼翼打量周圍，錯眼間，正對上屋頂迎風飄擺的旗幟，大大的梁字映入眼簾。

是梁王占領皇宮了嗎？

此時，梁王在紅牆黃瓦、朱楹金扉的太和殿前駐足半晌，激盪的心情久久不能平復。

十三年前他來過，他跪在殿下，剛登基的天業帝坐在龍椅上，居高臨下地看著他；十三年後，他又來了。

梁王闊步邁進大殿，直直看向高臺上金碧輝煌的金漆雕龍寶座，眼底迸射出強烈的野心。當年他就在想，他要將天業帝取而代之，嘔心瀝血十三年，這一天終於即將來臨。

「王爺！」一名親衛疾奔入內。

梁王將目光從龍椅上拉回來，看向跪在不遠處的親衛。「說。」

「右將軍擒獲俞廣和偽帝，尋到玉璽。」魏闕受命右領軍大都督，統帥右三軍。

梁王擊掌而笑。「吾兒大善！」俞家一敗塗地，就算讓俞廣帶著小皇帝跑了也不打緊，要緊的是玉璽。

見梁王欣喜，旁人便也對魏闕讚不絕口，紛紛道虎父無犬子。這話可不是恭維，這北城門是魏闕帶著他的神策軍打開的，因此大軍得以順利入內，以最快速度控制京城，避免其他諸侯趁火打劫，就連皇宮也是他帶兵攻下的。

這次能順利拿下京城，魏闕當得首功。

耳邊都是溢美之詞，梁王欣慰之餘又有一絲難以言喻的遺憾。若這功勞是魏閎立下的……梁王暗暗搖頭。罷了罷了，兄弟倆一文一武，正可相輔相成。

梁王深深望一眼那張象徵無上權力的龍椅，轉身離開。

他知道自己離那一天不遠了。

玉璽是關峒送來的，不見魏闕，梁王便問：「阿闕呢？他受傷了？」

關峒忙道：「將軍擔心王家，遂去了西城門，故命末將送來玉璽。」見了面，王爺頭一個關心的是他家將軍，這倒是個可喜的徵兆。

昨日他們攻城後，王家也開始攻城，不過到底錯失了先機，只能無功而返，眼下正駐紮在十里地外，不甘撤兵，又束手無策。

「這小子可真一刻不得閒。」放心的梁王笑道，目光落在玉璽上。就是這麼一塊石頭，引得無數英雄盡折腰。

梁王臉上的笑意越來越深，揚聲吩咐，召集隨軍的幾位文臣。

一個時辰後，一場簡單的登基大典在太和殿舉行。天業帝之第五子登基，年號元豐。新帝登基，當場下了兩道聖旨。第一道，問罪俞黨，歷數俞氏之罪狀——弒君作亂，謀朝篡位，黨同伐異，殘害忠良，魚肉百姓……罪行罄竹難書。整個俞家連同助紂為虐的黨羽，重則滿門抄斬，輕則下獄流放。

第二道聖旨帶著一車又一車的厚賞，送至盤踞在京城周圍的各路豪傑面前。新君在聖旨中，大肆褒獎各勤王之師忠君愛國，末了邀請眾諸侯進京拜見新君。

拿到聖旨的諸侯，嘴裡被人塞了一顆大鵝蛋，差點沒被噎死。傻瓜才進京，肯定是有去無回，魏家哪能放他們活著出來？就算要落個罵名，可比起殺了他們後能得到的好處，那點罵名算什麼？

眼前只剩下兩條路——撤兵和強攻。撤兵，意難平；可強攻……

魏家占據天時地利人和，兵強馬壯，遠非俞家可比，尤其是魏家還有梁州、雍州數十萬兵馬做後盾。只恨昨晚沒能順利殺進城，要不也不會落得這般進退兩難的地步。

這麼想的人不少，尤以王家為最。王培吉陰惻惻盯著遠處的城牆，恨得咬牙切齒。

昨晚梁王攻城的消息傳來，他們就立刻整兵，可正是人困馬乏的時辰，又是那麼多人，免不了要花上一點時間。等他們到達西城門下，京城內已經火光四起，殺聲震天，顯然魏家已經攻進城了。

王培吉心急如焚，下令加強攻勢，奈何守著西城門的是薛長庚，出了名的擅守城。最後倒是便宜了後來的宋銘，拿下薛長庚，並把他們拒之門外。

王培吉都快嘔死。差一點他就能攻下西城門，待他們王家入城，鹿死誰手尚且兩說，可現在一切都成了夢幻泡影。

王培吉的胞弟王培其失望無比地嘆了一聲。「機不可失，失不再來。昨日那麼好的機會，可惜大哥……」他搖搖頭，痛心疾首的模樣。

「不過也怪不得大哥，畢竟那薛長庚和宋銘都是身經百戰的名將，用兵如神。」王培其繼續拿腔作勢。

王培吉眼底浮現凶戾，盯著幸災樂禍的王培其。「少在這裡說風涼話，這次我是輸了，可總比連前線都不敢上的廢物好。」

王培其大怒。「你說誰是廢物？」

王培吉一把揪著王培其的衣領，把人提離地面，王培其嚇得一張臉瞬間褪盡血色，色厲內荏地叫囂。「你想幹麼？要是敢動我，父王不會饒你的！」

王培吉輕蔑地笑一聲，甩開王培其。「廢物！」

踉蹌好幾步才站穩的王培其，心有餘悸地扯了扯衣領，張嘴想罵回去，可一對上他陰冷如毒蛇的視線，便遍體發寒，到底不敢再觸他楣頭，只好悻悻地帶人離開。

打了敗仗就拿他撒氣，活該他輸了！

王培吉望著遠去的王培其，目光冰涼不帶絲毫溫度，慢慢地轉頭看向沐浴在陽光下的皇城，忽地心念一動，想起了遠在梁州的魏闕。

他是恨不得將王培其這廢物碎屍萬段，那麼魏闕又是如何看他這位屢立奇功的胞弟？

嘴角掀起一縷涼薄的微笑，王培吉抬手找來人，如是吩咐一通。

白駒過隙，忽然而已，這一年可用「兵荒馬亂，狼煙四起」八字來形容。

直到臘月，京城外的諸侯才全部撤走。一開始，城外的人不甘，幾次三番攻城，無一不是損兵折將，鎩羽而歸。一個月後，養足精神的魏家軍開始主動出戰，掃蕩城外不肯離開的諸侯，以逸待勞，自然勢如破竹。萬般無奈下，各地諸侯不得不狼狽離開。

至此，梁王並沒有停止征戰，過完年未出正月，他就派兵征討豫州境內的勢力。由於梁王不遷都，而都城位於豫州，臥榻之側豈容他人鼾睡？

在梁王忙著蕩平京畿周圍時，王氏、吳氏兩家也不甘落於人後，瘋狂擴張吞併，頓時硝煙瀰漫，戰火繚繞。

待到元豐二年秋，天下三分之勢已成，幾股夾縫中的小勢力也不過是苟延殘喘，朝不保夕。局勢進入危險的平衡中，雖然危險，也算是難得的平靜。

梁王派魏闕回武都接家眷進京，同時要進京的還有武都不少權貴，如宋家。

宋嘉禾看了看忙得熱火朝天、整理行囊的下人，安娘中氣十足地指揮全局。她慢慢站起來，就不坐在這兒添亂了。

出了院子，宋嘉禾發現路過的下人都是腳下生風、春風得意的模樣，不由好笑，還真應了「一人得道，雞犬升天」那句話。

宋老太爺剛過完年，就被梁王急召進京做了尚書令；宋銘去年打下京城時封侯，又在前不久被晉為齊國公。

主家蒸蒸日上，作為下人也更安心。

「六姊。」宋嘉淇興沖沖地走過來。

「這麼高興？」宋嘉禾揶揄地看著她。「這是遇上什麼好事了？」

「六姊還不知道？」宋嘉淇歪了歪頭，也不吊人胃口，歡喜之情溢於言表。「剛剛郡主送來帖子，說要在徑山辦一場馬會，就當是告別宴。」

這一年因為到處都在打仗，梁王府女眷帶頭節儉，連過年都一切從簡。上行下效，下面人哪敢鋪張浪費，故而這一年除了喪事還能辦得好一些，旁的宴會能少則少，女眷們最愛的花會、詩會也都銷聲匿跡。

如今終於可以辦馬會了，宋嘉淇哪能不高興。

宋嘉禾便問：「哪天？」

「十六。」宋嘉淇抱著宋嘉禾的胳膊，突然間愁眉苦臉起來。「想著再過十天就要走了，還怪捨不得的。」

宋嘉禾拍拍她的手背。生活了十幾年的地方，乍然要離開，當然捨不得，尤其還有好些一起長大的夥伴不能一道走。「京城有好多好吃的。」

宋嘉淇來了精神，睜大眼睛追問。「有什麼、有什麼？」

宋嘉禾忍笑，循著記憶給她說了一些，宋嘉淇什麼離情別緒都沒了，巴不得馬上進京。

到了十六這一天，宋家姊妹一大早就起來收拾，林氏亦是一大早就到錦繡院。

宋嘉卉前陣子回家後，當時母女倆抱頭痛哭，差點哭得昏過去。這半個月，林氏都有種活在夢裡的感覺，生怕一眨眼，女兒就沒了。

「娘。」宋嘉卉依戀地喚一聲。

林氏笑逐顏開，慈愛地詢問她昨晚睡得如何？得知她睡得好，笑意更濃。見她剛梳妝一半，便拉著她在妝鏡前坐好，替她張羅起首飾來。

宋嘉卉都十六了，再過幾個月便是十七，可婚事迄今都沒個著落，林氏哪能不擔憂？這次馬會不少青年才俊都會參加，林氏就盼著宋嘉卉能遇上情投意合的兒郎，也好了結她的一樁心事。

沉香院裡，宋嘉禾和兩個弟弟說話，詢問宋子諄的功課，又去問宋子諺的騎射。兩個弟弟一沈穩，一調皮，一好文，一好武，性子南轅北轍。

說到一半，林氏和宋嘉卉到了，姊弟三人便站起來。

林氏小心翼翼地瞄宋嘉禾一眼。原是算好時辰，不會讓他們等的，可不小心就忘了。

宋嘉禾面上掛著淺淺微笑，嫋嫋娉娉見禮。

宋嘉卉溜她一眼，觸及她精緻的面龐，覺得早上起來的好心情都沒了。經過謝嬤嬤一年多的耳提面命，宋嘉卉雖然知道自己不該鬧脾氣，可她一遇上宋嘉禾就控制不住自己。她想，自己和宋嘉禾肯定八字不合。

幸好不用一輩子都和她同處在一個屋簷下，否則宋嘉卉覺得自己一定會瘋掉。

泛泛說了幾句後，一行人就去向宋老夫人請安，片刻後，在老人家的殷殷囑託中，離開家門。

徑山腳下姹紫嫣紅，珠光璀璨，晃花了一干人的眼。

宋嘉禾的目光對著一眾年輕貌美的姑娘們一掃而過，心知肚明她們為何會這般興奮。梁王府放出風聲，今日魏闕會陪魏歆瑤過來，姑娘們這是醉翁之意不在酒。

也怪不得姑娘們如此激動。這一年來魏闕威名響徹九州，威望日隆，自古美人愛英雄。

不久後，眾人翹首以盼的魏家兄妹終於姍姍來遲，氣氛登時熱烈起來。

宋嘉禾忍俊不禁，趕緊拿帕子掩蓋了下，以眼角餘光看著壓抑激動的宋嘉卉。

一年多的別莊生活讓宋嘉卉變了不少，瞧著性子收斂許多。起碼她歸家這半個月，沒和誰吵起來過，也不會再眼高於頂地看人，見了她，還會淡淡打個招呼。不過眼下看來，她對魏闕的心意依舊沒改，一瞬間，宋嘉禾有那麼點同情她，少女情懷總是詩。

宋嘉卉的臉上透出一層紅暈，如落日時分天邊瑰麗的晚霞，一張臉都亮麗三分。她緊張地吞嚥一口唾沫，又不放心地扶了扶步搖，隨後驅馬出了林子，放柔聲音道：「三表哥。」

馬背上的魏闕看著微微紅著臉的宋嘉卉，頷首示意。

一旁的關峒溜一眼右邊，默默為魏闕掬一把同情淚。他覺得今兒狩獵的目標不是這滿山的獵物，而是他家三爺。這一路走來，他們避開多少姑娘，眼看著三爺要找到自己的「獵物」，半路卻殺出個程咬金來。

真是，太喜聞樂見了！關峒默默把翹上去的嘴角彎下來。

宋嘉卉壓抑著激盪的心情繼續上前，沒話找話。「三表哥獵到了什麼？」

不料，最後一個字化作尖叫消失在喉嚨裡。她的馬好巧不巧踩到一個坑裡，馬身一矮，馬背上的宋嘉卉一下子被甩下來。

遠處的宋嘉禾嚇一跳，正猶豫著要不要過去？宋嘉卉肯定不願意出醜被她看個正著，好不容易她消停了，宋嘉禾可不想刺激她，壞了這得來不易的清靜。可她要是受重傷，自己袖手旁觀就說不過去了。

見魏闕巋然不動，宋嘉禾立刻放了心。要是宋嘉卉情況嚴重，他肯定會過去查探。想到這裡，她目光輕輕一閃。就算情況不嚴重，到底親戚一場，一般人也會下馬看一看吧？何況他這樣外冷內熱之人，之前她遇上麻煩，他都幫了忙。

宋嘉禾擰眉，忽而恍然。宋嘉卉思慕他，他自然要保持距離。

被心上人冷眼旁觀，宋嘉卉的心都要碎了。她被護衛拉了一把，雖然摔了，卻沒摔傷，無動於衷的魏闕讓她傷心不已。

宋嘉卉忍不住輕輕啜泣起來，既哭自己關鍵時刻出糗，覺得無顏面對魏闕，更為他的冷酷無情哭泣。

「送你們姑娘回去看看可有受傷？」丟下這一句，魏闕拉著韁繩離開，臨走前，不著痕跡地望了一眼宋嘉禾的方向。

宋嘉禾揮揮手，算是打招呼，然後也驅馬走了。下人都很鎮定，可見宋嘉卉無大礙，她就不去湊熱鬧了。

宋嘉卉人雖沒事，估計心情十分不好。宋嘉禾覺得，魏闕和宋嘉卉大概八字不合，一遇上魏闕，宋嘉卉就要倒楣，簡直準得逆天，也不知宋嘉卉有沒有察覺到這一點？

搖搖頭，宋嘉禾把脫韁的思緒扯回來，握著弓箭開始尋找獵物。她都一年多沒打獵，技癢得很。冬天將至，她尋摸著打幾隻狐狸，做毛領子或者斗篷，至於做什麼就看自己打到多少。

這麼想著，宋嘉禾眼尖地發現灌木叢裡藏著一隻紅狐狸，登時心花怒放，趕緊張弓。然而不等她鬆弦，那小東西就跑了。

宋嘉禾鬱悶地放下弓箭，回頭，只見魏闕騎馬而來。霎時，那點被馬驚走獵物的不悅煙消雲散。若來者是他的話，她決定寬宏大量地原諒他。

宋嘉禾朝他招招手，又覺得太隨意，遂正兒八經地在馬背上行了個簡單的福禮。「三表哥。」

魏闕頷首，輕笑。「今日運氣不怎麼好？」

「我本來想打幾隻狐狸，可在林子裡走了半天，別說狐狸，就是兔子都沒打著。」宋嘉禾抱怨著，說話間，她打量了下魏闕的收穫，頓時有種難兄難友的欣慰。「三表哥運氣也不好。」

魏闕目光輕輕落在她白裡透紅，紅中透粉的面龐上，溫聲道：「是啊，今日運氣不佳。」

闕峒面無表情地在心裡呵呵兩聲，不著痕跡地端詳宋嘉禾。之前在山腳匆匆一眼看得不仔細，只覺得一年多不見，宋六姑娘出落得越發嬌豔動人；這會兒再看她，水藍色騎裝，纖腰束以雲帶，不盈一握，身姿婀娜。一頭青絲用玉蘭簪綰起，露出一段雪頸，泛著珠玉般的光澤，格外甜美清新。

那張漂亮精緻的臉蛋，讓闕峒想起那一句「芳澤無加，鉛華弗御」，洛神大抵也不過如此了。正感慨著，他忽覺脊背一涼，立即低眉斂目，不敢再多看一眼。

「兩個運氣不好的人撞一塊兒，互相抵消，也許就時來運轉。」宋嘉禾笑咪咪地異想天開。「待會兒我們就要忙不過來了。」

魏闕眉目溫和含笑。「那就借表妹吉言了。」

「好說好說。」宋嘉禾一本正經地揮揮手。

魏闕像突然想起一件事。「一直想感謝表妹和小表弟。」

宋嘉禾聽得一頭霧水，納悶地看著他，反問：「感謝我和阿諺？為什麼啊？」

望著她黑漆漆布滿疑惑的眼眸，魏闕眼底笑意更濃。「去年我出征時，表妹和表弟贈予我一枚護身符，表妹可還記得？」

宋嘉禾點點頭。記得啊，難道護身符顯靈了？

「我清剿弘農亂民時，這枚護身符替我擋了一枝暗箭，否則我此刻凶多吉少。」魏闕誠懇道。

宋嘉禾不敢置信地睜大眼，一時回不過神來。明惠師太做的護身符裡有一枚銅錢，說實話，她覺得這枚銅錢是為了壓分量的，萬萬想不到居然還能擋箭。這運氣！

關峒不忍直視地扭過臉。又騙小姑娘，真是越來越不要臉了。

好一會兒，宋嘉禾才消化掉這不可思議的消息，合了合手掌，道：「這是表哥福澤深厚，得菩薩庇佑。」

大抵菩薩也不捨得這麼好的一個將帥英年早逝。他手下神策軍所過之處，對百姓秋毫不犯，在民間聲望極好。

「還是要多謝表妹和表弟相贈之恩，改日我登門致謝。」魏闕認真道。

宋嘉禾驚了一下，忙道：「不用如此興師動眾。表哥對我和阿諺有大恩，贈送一枚平安符也是應有之義，機緣巧合下幫了表哥，也是表哥自己功德深重，得天庇佑。」

魏闕道：「一碼歸一碼。」

宋嘉禾摸了摸臉頰。再拒絕下去好像也不太好的樣子。

恰在此時，又是一陣馬蹄聲傳來，宋嘉禾舉目一看，正是宋嘉淇，老遠就嚷嚷開了。

「妳跑得真快，一會兒工夫就找不到——咦，三表哥好。」宋嘉淇終於看見旁邊的魏闕，她一改臉色，笑盈盈地問好。

宋嘉禾覺得好笑。自從梁太妃六十大壽那日，魏闕大敗王培吉後，宋嘉淇便崇拜起魏闕來，尤其這一年，他捷報頻傳，更是迷得不行。不過這種著迷，十分純粹，就像喜歡一朵漂亮的花、一棵挺拔的樹。宋嘉禾覺得，其實很多姑娘對魏闕的喜歡，只是對強者的崇拜或是美好事情的追逐，而不是非君不嫁的愛戀。

「好巧啊，三表哥也在這兒？」宋嘉淇狐疑的目光在宋嘉禾與魏闕身上來回繞，模模糊糊地冒出來一個念頭。

宋嘉禾沒好氣地翻了個白眼。「是啊，正好遇見三表哥。」

正好啊！宋嘉淇不知怎的有點喪氣。

宋嘉禾不懂她情緒為何變得如此迅速，小姑娘的臉猶如六月天。

宋嘉禾懶得理她，對魏闕道：「那我們先走了，三表哥自便。」想了想又加一句。「祝三表哥滿載而歸。」

魏闕對她微微一笑。「同祝。」

宋嘉禾笑顏如花，握了握拳頭，歡喜道：「肯定會的。」

拉起韁繩正要走，又聽到一陣馬蹄聲，聽動靜還不小。宋嘉禾不由循聲望過去，就見一群人浩浩蕩蕩小跑而來，領頭者乃魏歆瑤。

自然，他們也不好離開了，總要打個招呼的，順便她得瞅瞅魏歆瑤身邊的護衛。隨著梁王的青雲直上，魏歆瑤的地位也水漲船高，不管是為了安全還是威嚴，她出行的陣仗也越來越大。

每回遇見她，宋嘉禾都忍不住要打量她的護衛，甚至見到梁王妃和魏閎，都會不由自主觀察一番，奈何至今都沒個線索，宋嘉禾都要懷疑自己找錯人。可除了魏歆瑤這邊，宋嘉禾實在猜不到，有誰會恨她欲死，並且有能力、有膽量派出刺客來殺害她？

不想起來還好，一想起來就是一陣心塞，這事就是一把懸在她頭上的利劍，時不時嚇一嚇人。

一直留意宋嘉禾的魏闕，目光微微一閃。

「三哥。」魏歆瑤上前見禮。

與魏歆瑤一道來的燕婉細細喚了一聲。「三表哥。」

宋家姊妹倆向魏歆瑤見禮一番。

魏歆瑤笑道：「兩位表妹不必多禮。」

見到魏闕和宋嘉禾那一瞬，魏歆瑤還慌了下，發現宋嘉淇也在，才鬆了一口氣，他們應該只是巧遇。

憶起母妃說，三哥和宋嘉禾那事是羅清涵淫者見淫，可她總歸存了疑慮。尤其眼下，三哥戰功卓著，以至於很多人只知梁王有子魏闕，不知世子魏閎。

對此，母妃輾轉難眠，她豈能毫無所覺，甚至一些事，母妃都不再特意瞞著她，譬如她發現母妃不喜三哥，這種不喜並非因為沒養在自己身邊，所以見不得他好的那種不喜，而是厭惡。

她對三哥倒沒什麼惡感，一定程度上還驕傲於有如此厲害的兄長。然而比起自小一塊兒長大的大哥，她自然更親近大哥，絕不會希望三哥威脅到大哥的地位。尤其她去年利用羅清涵設計過魏闕，雖然這事最後大事化小，小事化了，可母妃說了，三哥心裡可是門兒清。

即便三哥對她與從前無異，可魏歆瑤到底心難安。她很清楚，大哥得勢和三哥掌權，哪個情況下，她這個妹妹更自在。

隨後，宋家姊妹倆又與燕婉互相見禮。

說來不少人與宋嘉禾提過，她們覺得燕婉和她有五分像，就連宋嘉淇都說下半張臉特別像，可宋嘉禾覺得她們也就臉型像，旁的一點都沒看出來哪兒像了。燕婉生就一雙大杏眼，霧濛濛，有煙雨空靈之美，柳眉輕蹙，眉含輕愁，我見猶憐。

這大概與她身世有關，幸福美滿的家庭毀於一旦，孑然一身存活在世，開朗不起來也是正常的。

燕婉之母是梁王妃的胞妹。燕家也是豫州豪門，梁王清剿豫州勢力時，燕家是支持梁王的，本是想打開城門迎接魏家軍入內，不想還沒等來魏家軍，就等來襄城內另一世家的偷襲，等魏闕帶兵趕到時，燕家只剩下身受重傷的燕婉。之後燕婉被送回武都交由梁王妃照顧，養了大半年才痊癒，週年祭後，才偶爾出來走動。這世道人命如草芥，守孝不再嚴苛到不近人情。

「這小狐狸真可愛。」宋嘉淇見燕婉抱著一隻小狐狸，不禁伸手摸了下，忽然發現牠後腿被包紮著。「妳包的？燕姑娘真善良。」說著默默收回手，她突然想起來自己好像打了一隻狐狸。

燕婉不好意思地笑了笑，溫柔地撫著懷裡的小狐狸，憐惜道：「這狐狸看著也沒多大，太可憐了。」

「下次打獵我是不敢帶著表姊來了，」魏歆瑤無奈地搖搖頭。「表姊心太軟，見不得人傷害動物，我這一天都沒開過弓，這狐狸還是從別人那兒救下的。」

想著打狐狸做圍脖的宋嘉禾，不自在地撓撓臉，只能道：「燕姑娘真心善。」

他們打獵有規矩，不打懷孕的母獸，餵奶的要避開，太小的也會手下留情，不過總有看走眼或不守規矩的人。

「可不是？表姊最是心善不過，她出門見到乞兒必要給銀子，就是那些流浪的貓兒、狗兒都會餵食，一些受傷的還會帶回家處理傷口，母妃都說，表姊菩薩心腸。」魏歆瑤一邊誇著燕婉，一邊留意魏闕的神色。

母妃的意思是，撮合三哥和燕婉，這次出行，就是為了二人。

見魏闕神色如常，甚至是冷淡，魏歆瑤不免感到洩氣。母妃說，大多男人都喜歡那些溫柔如水、楚楚可憐的女孩，可以滿足虛榮心和保護慾。可依她看來，這大多數男人並不包括她三哥。

魏歆瑤打起精神來。「我們要去別莊，三哥和兩位表妹要不要一道去？」

母妃說到了別莊她自有安排，雖然不知道具體安排，反正依言行事就對了。

「好啊！」宋嘉淇正好累了，想起那座吊橋，更是回答得興高采烈。

她既然答應，宋嘉禾也不會掃她興頭，遂也點點頭。

這般，魏闕當然也不會拒絕。

第二十三章

一行人前去別莊，路上遇到好些人，便結伴而行。

前往別莊有兩條路，最近的那條要經過一座十丈長的吊橋，橋下是一條河，可說是徑山一絕，膽小的人根本不敢走。

宋嘉禾是沒這負擔的，而宋嘉淇還在說服自己不懼高，無奈小姑娘高估了自己的膽量，事到臨頭後悔了。

宋嘉禾一腳踩上吊橋，微微搖晃的感覺刺激著人心，她往下看了看平靜的水面，要是水流湍急，恐怕還得嚇退一群人。走了兩步，察覺有異，她扭頭一看，就見魏闕站在她身後，頓時覺得安全感迎面而來，踏實不少。雖然不害怕，可還是有那麼點小忐忑的。

宋嘉禾抿唇一笑，梨渦淺露。要不是後面有人站著，尤其宋嘉卉也在，她真想奉送一枚大大的笑臉，雖然大笑沒有，但是小小微笑還是可以的。

魏闕的嘴角弧度更大了些。

轉過頭後，宋嘉禾走得更放心大膽，冷不防，吊橋劇烈一晃，她趕忙抓住繩索。耳邊都是尖叫，不乏男聲，還有幾道不合時宜的笑聲。

魏闕不著痕跡地收回手臂，目光沈沈地看向前頭。

抓著繩索的魏歆瑤瞪著前面的魏闡，壓著火道：「你要幹麼？」

她身後的燕婉已是花容失色，雙手緊緊地抓著繩子，語帶哭腔。「九表哥，求求你不要晃了！」

好幾個正在橋上的女孩紛紛開口，然而魏聞並沒有收斂。

宋嘉禾磨了磨牙。魏聞這人就是賤骨頭，你越求他，他越來勁，依她的經驗來看，最好的辦法就是不理他，或者上去跟他打一架，求他只會讓他變本加厲。

果不其然，吊橋搖晃的幅度越來越大，宋嘉禾轉頭看向魏闕，示意他：你弟弟你不管管？

錯眼間，就見宋嘉卉煞白著臉，雙腿發軟地跪在吊橋上，還有比她情況更糟糕的女孩，都趴下了，簡直作孽。

「九弟，」魏闕揚聲輕斥。「不要胡鬧！」

魏聞到底有些怕這威嚴的哥哥，悻悻地打算停下搖晃的動作時，冷不防幾人連滾帶爬地往回跑，引得吊橋劇烈搖晃，突然之間整個翻起來。

一橋上的人猶如餃子般，撲通撲通爭先恐後地往河裡下。

幾十人在水裡翻滾尖叫，讓岸上的人驚得目瞪口呆。

在一瞬間的震驚之後，關峒立刻吩咐隨行親衛下去救人，這時候也顧不上男女大防。又是一陣落水聲，除了將士還有一些丫鬟、婆子跳入湖中救人，甚至還有一些男子入水打算英雄救美。

「有人沒掉下去！」好幾人驚喜交加地叫起來，看幸運者一般地望著掛在橋上的兩人，看清之後登時愣怔當場。

魏闕單手拉著側翻的吊橋，另一隻手抱著宋嘉禾。兩人姿態十分親密，親密到岸上一眾少男少女都冒酸水了，一時間想法詭異地同步——倘若我是魏闕（宋嘉禾），那該多好！

宋嘉淇重重吐出一口氣來，拍了拍胸口。嚇死她了，還好六姊沒事，雖然宋嘉卉掉下去，不過人總是有親疏之分的。

放心之餘，宋嘉淇的目光在橋上的兩人身上來回打轉，越轉越亮，猛地拍了拍腦袋。之前她就有種說不上來的感覺，這下子也算是能說明白了。

英雄美人，男俊女俏，六姊和三表哥簡直絕配！

懸在空中的宋嘉禾覺得腿軟，她顫巍巍地抬起頭，生怕動作一大，自己就和一橋的夥伴落得同樣下場。但他入眼便是魏闕稜角分明的面龐，修眉高鼻，眼神深邃。

宋嘉禾的目光不由被他的睫毛吸引，第一次發現他的睫毛竟然那麼長，油然而生一股扯一扯的衝動，幸好，她忍住了。

「三表哥？」心有餘悸的宋嘉禾，小心翼翼地喚一聲，隨後杞人憂天。「你還堅持得住嗎？」

雖然她會泅水，不怕被淹死，但是絕不表示她願意在眾目睽睽之下鳧水。岸邊除了姑娘們外，還有不少男子，她一點都不想丟這個人，更不想茶餘飯後被評頭論足。如是一想，再看魏闕，她差點就要忍不住熱淚盈眶。

三表哥果然是她的福星，金光閃閃的那種。

魏闕眼皮微垂，覺得輕顫的睫毛一下一下似撓在心上，又酥又癢；他目光下移幾分，不經意間望到她雪白柔膩的細頸上，氣息就這麼亂了一分。

驚魂未定的宋嘉禾覺得腰間一緊，猛然意識到兩人現在的姿勢，煞白的臉一點一點紅起來，透出一層淡淡的粉色。無論是橫亙在她腰間的手臂、近在咫尺的胸膛、呼吸間強烈的男性氣息，無一不加劇著這種不自在感。宋嘉禾輕輕垂下眼，濃密捲翹的睫毛搧了又搧，猶如受驚的黑蝶。

「別怕，」魏闕將目光移到她粉嫩的臉上。「我帶妳上去。」

說著他氣息一提，眨眼間就帶著宋嘉禾出現在岸邊。

宋嘉禾還沒想明白他要怎麼帶自己上去時，只覺眼前一花，雙腳已經踩在實地上，直到被激動的宋嘉淇撲住，她都還有些回不過神來。

回不過神來的人豈止是她，一群人看著傾斜的吊橋，估計下那距離，再看看舉重若輕的魏闕，目光頓時變成仰望。

「六姊、六姊，妳沒事吧？」宋嘉淇搖著宋嘉禾的胳膊問。

「本來沒事，快要被妳搖出事來了。」宋嘉禾沒好氣地推開興奮的宋嘉淇，對幾步外的魏闕福了福。「多謝三表哥搭救之恩。」

宋嘉禾低著頭，有那麼點不好意思直視魏闕。

魏闕淡淡一笑。「舉手之勞，表妹不必掛懷。」

好些姑娘默默點頭。肯定是舉手之勞，宋嘉禾就走在魏闕前頭，出了事，他救宋嘉禾那是天經地義的事，要是她們也走在宋嘉禾這個位置，魏闕肯定也會救她們的。就是這麼一回事！這般想一想，心情登時陰轉晴。

望一眼岸邊張頭探腦的人，魏闕皺眉，沈聲吩咐關崢。「讓閒雜人等都離開，尤其是男子，不用留情面。」

即便秋天穿得多，姑娘家濕了衣裳到底不雅，保不定有些齷齪的男子生事。

關崢領命而去。其實他已經派人去驅散不相干的人，奈何這些公子哥兒和千金磨磨蹭蹭的，他也不好過分，眼下有了魏闕的話，他心裡便有了底。

很快閒雜人等被趕到樹林裡，落水的男子也被轉移到其他地方，避免了不必要的麻煩。

且說落水之人，宋嘉卉就在其中，她先是被一侍衛救起，又交給了會水的婆子帶到岸邊。

渾身濕透、狼狽不堪的宋嘉卉，瑟瑟發抖地坐在岸上，覺得冷意從骨頭縫裡滲出來，凍得她渾身血液都快要凝固。

被甩出去那一瞬間，她不自覺地喊了一聲三表哥，並朝魏闕伸出手。她已經抓住他的衣襬，可他卻毫不猶豫地撲向宋嘉禾，那片衣襬硬生生自她手中抽離。

在下墜那一瞬間，她看見了魏闕抱著宋嘉禾的神情，那是後怕，他怕宋嘉禾掉下湖，是不是？

「二姊，妳沒事吧？」宋嘉淇擔憂地看著埋首在膝上的宋嘉卉。

宋嘉卉慢慢地抬起頭來，她的臉色極為蒼白，可因為暈染著胭脂眉黛，又顯出幾分滑稽來。

宋嘉禾被她發紅嘴唇上的牙印吸引，微微瞇了瞇眼，忽然間捕捉到她眼底一閃而逝的怨毒。

宋嘉禾怔了怔，瞬息之間又反應過來，心下冷笑。

因為她得救，還是被魏闕所救，而宋嘉卉自己沒能倖免於難，怨上她了。那只怪她做人太失敗！

宋嘉禾慰問幾句，盡了姊妹情誼，就去查看不遠處的青書、青畫。兩個丫頭跟她一塊兒上吊橋，卻沒她好運，只好在水裡撲騰一回，幸好都是會鳧水的，並無大礙。見宋嘉禾過來，還能笑道：「姑娘放心，奴婢們一點事都沒有。」

只要姑娘沒事，她們做丫鬟的落個水又算什麼？

觀她們氣色神態，宋嘉禾便放了心。恰在此時，一道高亢尖細的哭嚎聲直衝耳際，她驚得心裡一突，趕緊循聲轉頭。

就見對岸處一丫鬟聲嘶力竭地哭喊。「姑娘、姑娘，您醒醒啊！」

魏歆瑤正滿肚子火，聞聲嚇了一大跳，抬頭一看，燕婉面白如紙地躺在那兒，毫無動靜，霎時她心頭一悸。「表姊！」

一名婆子心急如焚地按壓著燕婉的胸口，幾次都不見反應，慌得將她扛在肩上用力顛簸。

岸對面的宋嘉禾都忍不住捏一把冷汗。這燕家滿門可就只剩下這麼一根獨苗。

魏歆瑤比宋嘉禾更緊張。燕家也說得上是一門忠烈，母妃將燕婉接過來，一來是心疼外甥女，二來是為了名聲。善待功臣遺孤，說到哪兒都是長臉面的事，要是她有個三長兩短，怎麼跟外人交代？再說，帶頭胡鬧那人可是她九哥。

要不是魏聞等一干男子為了避嫌已經離開，魏歆瑤都想踹死這混蛋。多大的人，還如此沒分寸！可眼下說什麼都是虛的，只盼著燕婉命硬一些。

「咳」這一聲落在周遭人耳裡，無異於天籟之音。

滿臉痛苦的燕婉被小心翼翼平放在地，魏歆瑤激動地走過去。「表姊，妳哪兒不舒服？」

燕婉扶著喉嚨劇烈咳嗽起來，好像要把心肝脾肺都咳出來，咳得一張血色的臉透出不祥的紅色，魏歆瑤趕忙給她順氣。

好不容易止住咳嗽，燕婉驀地哭起來，又馬上拿手去擦，卻是越擦越多。

魏歆瑤見她哭，心頭不忍，放柔聲音安慰。「表姊，妳別哭，回頭我告訴母妃，讓母妃好好教訓九哥。」

燕婉立時搖頭，張嘴欲言。

「表姊就別替他求情了，他就是欠教訓。」魏歆瑤磨了磨牙。害這麼多人落水，魏聞肯定要脫一層皮，虧得沒出人命，要不看他怎麼收場？

燕婉還要再說，魏歆瑤已經去安慰其他委屈得直啜泣的姑娘們。

安慰一圈後，魏歆瑤看向對面，一眼就找到宋嘉禾。一橋的人，也就她和三哥倖免於難，三哥身手了得，自然不會落入狼狽的境地，可宋嘉禾……算她運氣好，正好走在三哥前面。

道理都知道，可魏歆瑤心下還是有些不得勁。她攏了攏肩上的披風，轉過身，選擇了眼不見為淨。過一會兒，去取東西的下人已經回來，她便招呼人開始收拾。

片刻後，宋嘉禾這邊也收到帷幔和乾淨的衣裳，便拉起帷幔，好讓姑娘們能夠盡快的更衣。

換好衣服後，很多人都鬆了一口氣，覺得活過來了，紛紛下山。出了這種事，誰還有心情繼續玩？

一偏僻的水潭邊，燃著一堆又一堆的篝火，一排排軍裝和赤條條的身體，組成一幅奇特的情景。

這些都是剛才下水救人的親衛，他們救人之後，一上岸就趕緊溜了，生怕刺激了被救的女子，隨後就找了這麼個隱蔽的地方烤乾衣裳，順手還打了幾隻獵物，邊吃邊等。

吃得滿嘴油的張山，見李石杵在晾起來的衣裳前紋絲不動，就像是被定住了，不由好奇，隨手撿了一根雞骨頭扔過去。「石頭，你幹麼呢，難道是藏在衣服裡的銀票泡爛了？哥哥我早就跟你說過攢什麼錢，錢就是拿來喝酒、吃肉用的，你們說是不是？」

「是！」一眾人異口同聲，哄笑著看李石。

李石心頭一跳，看一眼手裡精緻的草綠色荷包，趕緊塞回衣服裡，然後若無其事地把衣服翻了翻，罵罵咧咧地走回去。「衣服這麼晾著得等到什麼時候才乾？你們這群人就想乘機摸魚，別以為我不知道。」

「哎喲，居然被你看穿了！」一群人七嘴八舌地打趣起來。

說著說著，就鬧著要讓李石請客喝酒，理由是他運氣好，救了魏歆瑤。

一個娃娃臉的士兵，眉飛色舞地描述經過。「一個賊眉鼠眼的公子哥兒游向郡主，我一看那人就不懷好意，正想過去阻止，就見他猛地變臉，一臉被人搶了媳婦的悲憤。扭頭一看，哈，李哥已經捷足先登救下郡主，那公子哥兒氣得臉都歪了，還想繼續游過去，看架勢是要截胡，你們覺得我能袖手旁觀嗎？當然不能。我就把他救上岸，你們是沒看見他那表情，逗死人了。」

一眾人哄堂大笑。

張山裝模作樣地拍拍李石的肩膀。「你救了郡主，立了頭功，回頭將軍肯定賞你。」

「不賞也值了，那可是郡主。」有人擠眉弄眼地怪叫起來。救人時他們不敢多碰、不敢多看，可一些觸碰在所難免。都是血氣方剛的男人，美貌如花的姑娘對他們笑一笑，都足夠他們傻樂三天，更不用說當時那情景了。

一圈人也都開始怪笑。當兵三年，母豬賽貂蟬，尤其魏歆瑤那樣高貴又美豔的郡主，對他們而言，那真是天仙一樣的存在，在場不知多少人羨慕李石好運呢！

李石古銅色的皮膚爬上暗紅，粗著嗓子道：「胡說八道什麼呢，傳到將軍耳裡，看將軍關不關你們禁閉！」

「哎喲喲，我好怕啊！」張山笑嘻嘻地回一句，不過到底沒繼續說下去。剛才也就是調侃。他箍著李石的脖子，和一干憤憤不平的同袍敲詐了一頓酒，才放過李石。

李石揉了揉脖子，悄悄吐出一口氣來，又覺得渾身說不出的燥熱，可能是篝火太旺了！

回宋府未久，梁太妃跟前的呂嬤嬤攜帶厚禮而來，是奉梁太妃替魏聞賠禮道歉的。「還請舅老太太息怒，太妃已經罰九爺去跪祠堂。」

宋老夫人笑道：「少年人總是調皮些，阿聞也不是故意的。」

魏聞是被寵壞了，小兒子麼，上頭有兩個出色的兄長頂著，不免放縱了些。可都十六了，還這麼沒輕沒重就有些過了，可她這個做舅婆的也不好多說。虧得魏家家大業大，問鼎是指日可待，他只要不太荒唐，這輩子都能這麼肆無忌憚，這就是命啊！

呂嬤嬤笑了笑，發現宋嘉卉不在，不由關切。「二姑娘可是身上不舒服？」

「沒事，已經著府醫看過，不要緊，只是有些累，便回去歇著了。」

呂嬤嬤一副大鬆一口氣的模樣。「太妃一直懸著心，如此老奴回去也能和她老人家交代了。」

略說幾句，呂嬤嬤提出告辭，她還要去別家送賠禮。

宋老夫人便讓珍珠送她出去，隨後又命人將屬於宋嘉卉的賠禮送到錦繡院去。

若這禮物不是梁太妃著人送來，宋嘉卉都想砸個稀巴爛。要不是魏聞，她怎麼會丟那麼大的臉，魏闕又怎麼可能救得了宋嘉禾？

現在外頭肯定滿城風雨，嘲笑她們這些人落水，議論著宋嘉禾和魏闕。宋嘉禾被魏闕又摟又抱，除了嫁給他還能怎麼辦？

「魏闕會娶宋嘉禾」這個念頭一冒出來，宋嘉卉就覺得一隻手抓住她的心臟，使勁地揉捏。

一見女兒面色如雪，眼淚撲簌簌地往下掉，林氏覺得五臟六腑都揉成一團，不住安慰。「妳別胡思亂想，這事牽涉那麼多人，就連安樂郡主都包括其中，外人不敢胡說八道的，妳別自己嚇自己。」

勸了半晌，宋嘉卉眼淚越流越凶，林氏跟著紅了眼。「卉兒，妳莫要哭了，妳這樣豈不是生生挖我的心？」

「娘，」宋嘉卉往林氏懷裡鑽了鑽，無助地看著林氏。「三表哥在眾目睽睽之下抱了六妹，他……他是不是要娶六妹？」

林氏愣住。卉兒怎麼會這麼想？要按這說法，當天被人救上來的姑娘是不是要嫁給岸上的少爺，還有救她們的人？非常時刻行非常之法。

「怎麼可能？那是事急從權。」

宋嘉卉泣不成聲，幾乎哭成一個淚人兒。「可是娘，我害怕，六妹至今都未許人家，三表哥前程似錦，萬一家裡動了聯姻的心思怎麼辦？」

一想到那畫面，她就覺得喘不過氣來。宋嘉禾不可以嫁給魏闕，誰都可以，就不能是她！

「娘，這般讓我如何面對六妹？我知道以前是我任性，對不起六妹，我正想著如何補償她，可她和三表哥在一起後，讓我情何以堪？」

這次的意外，不足以讓魏闕娶宋嘉禾，但他有這個心，她看得明明白白，他對宋嘉禾是不一樣的。宋嘉禾生得那麼美，有幾個男人不喜歡？以魏闕的能耐，還怕不能得償所願？

林氏開始六神無主。卉兒愛慕魏闕，要是魏闕娶了小女兒，姊妹倆可真就尷尬了。姊妹倆本就不睦，再這麼一弄，這輩子都得形同陌路，作為母親，豈願看到這一幕？

「卉兒，妳想多了，這根本是沒影兒的事。我聽妳祖母的意思，是要給暖暖尋個書香門第。」宋嘉禾都近十五了，婚事也沒定下，林氏這個做母親的少不得要問一問。

宋嘉卉心下略略一定。祖母沒這心思是好事，可架不住魏闕動心，若他來提親，便是祖母不答應，祖父、父親會不答應？

為今之計，只有讓宋嘉禾趕緊嫁出去，一了百了。

「娘，外祖家不正是書香門第，不是有好幾位表哥正當齡？」

林氏倏爾怔住了。

「哈啾。」宋嘉禾突然打了個噴嚏。

宋嘉淇嘲笑。「妳這個沒落水的也得風寒了？」

宋嘉禾摸了摸鼻子，翻了個白眼，沒好氣地看著她。「有話快說，說完我要去沐浴。」

宋嘉禾瞭解宋嘉淇的性子，折騰大半天，不趕緊回去休息，反而跟著她回降舒院，肯定沒好事。

宋嘉淇甜甜一笑，捧著臉，特別天真無邪地看著宋嘉禾。
宋嘉禾溜她一眼。「別這麼笑，笑得我寒毛都起來了。」
宋嘉淇依舊笑得十分討好。「六姊，我問妳個事啊！」
「說。」宋嘉禾言簡意賅。
「妳覺得三表哥怎麼樣？」宋嘉淇眨眨眼，決定稍微迂迴一點。
然而這迂迴，只是她自己以為的，宋嘉禾差點沒被自己的口水嗆到，推了推她的腦袋。
「妳這腦袋裡整天想什麼，亂七八糟的。」
宋嘉淇不服氣地鼓了鼓腮幫子。「怎麼就亂七八糟了？」開門見山接著道：「我就是覺得三表哥和妳很配啊！」
宋嘉禾不可思議地看著她，反問：「哪裡配了？」
「從頭髮絲配到腳後跟。」宋嘉淇扳著手指開始細數。「三表哥的本事有目共睹，模樣沒得挑，我就沒見過比三表哥更好看的男人，家世就更不用說了。人品麼，六姊不是比我還清楚？三表哥都幫妳多少次了。最重要的是，我覺得三表哥對妳特別好，妳看他在別人面前都挺嚴肅，可和妳在一塊兒時就挺和氣的。這麼好的三表哥，六姊，真的不考慮嗎？」
魏闕的優秀，宋嘉禾當然知道，但是所謂對她特別好，她可不敢苟同。她覺得若是把自己和宋嘉淇換個位置，魏闕也是會出手相幫的。歸根究柢，還是自己麻煩他太多次，以至於宋嘉淇有此誤會，人家可是有心上人的。
宋嘉禾清了清嗓子。「對我和氣，對妳難道就板著臉了？三表哥就是這麼外冷內熱的人，跟他熟一些，他就會親和很多。」

宋嘉淇歪頭想了想，好像是有那麼點道理。

宋嘉禾繼續道：「換作妳遇上我那樣的險境，妳覺得三表哥會不會出手幫妳？」

應該會吧？宋嘉淇可不想承認自己做人這麼失敗。

宋嘉禾聳聳肩。「所以啊，這些有的沒的完全是妳異想天開，我知道妳崇拜三表哥，但是也不能把妳姊姊我往前推，有本事妳自己上啊！」

宋嘉禾斜睨宋嘉淇。

「可我怕啊！六姊，妳好像不怕三表哥呢？」宋嘉淇氣短，沒出息地承認，期期艾艾地湊過去。

宋嘉禾一愣。自己之前是怕魏闕的，他氣勢太強，尤其她還對他有那麼點偏見，可現在，她好像一點都不怕他了，甚至看見他會覺得格外安全踏實。

這種轉變是什麼時候開始的？宋嘉禾已經記不起來。

「六姊？」宋嘉淇狐疑地喊一聲。

「他又沒長三頭六臂，有什麼好怕的？」宋嘉禾開始逐客。「這大半天又驚又嚇的，快累死了，妳精力旺盛不需要休息，我是不成的，要玩去別處，別在這裡給我搗亂。」

宋嘉淇吐了吐舌頭，不是很心甘情願地走了。

她一走，宋嘉禾立刻鬆了一口氣，去淨房沐浴，隨後便上床休息，離晚膳還有好一會兒，她打算睡一覺養養精神。

大抵是真的累了，宋嘉禾很快就進入夢鄉，然後她作了一個夢。

夢裡春光明媚，鳥語花香。

「高一點，再高一點。」坐在鞦韆上的宋嘉禾嬌聲催促，可鞦韆還在不疾不徐地晃著，她不悅地轉過頭，嗔道：「你用點力氣啊，難不成中午沒吃飽？」

季恪簡好脾氣地笑了笑。「妳抓緊了，飛出去，別找我哭鼻子。」

「我要是飛出去，你不會接住我啊，你要是接不住我，」宋嘉禾轉了轉眼珠子，十足十刁蠻。「我就不要你了！」

話音未落，鞦韆蕩得老高，宋嘉禾歡快地笑起來，突然間，笑聲戛然而止，被甩出去的宋嘉禾驚叫一聲。

一旁做著針線活的青書就聽見一陣尖叫，連忙跑到床邊，只見宋嘉禾瞪大雙眼，又驚又嚇，神情複雜難辨。

「姑娘，您作惡夢了？」

宋嘉禾心有餘悸地擦了擦額上冷汗。如果沒有最後那個神轉折，她覺得自己作了一個圓滿的美夢。

剛才夢裡，正當她驚恐萬分時，季恪簡準確無誤地接住了她；而驚魂甫定的她還有心思乘機捏了捏他的臉，手感棒極了，正想再捏兩把壓壓驚。

眼前清雋優雅如同白玉雕的面容，突然間變成截然不同的模樣，立體而又硬朗，英氣逼人……

這可把宋嘉禾給活生生嚇醒了，她捂著胸口，感覺到劇烈的心跳。她拍了拍臉，片刻後，覺得紊亂的心跳終於趨於平靜，臉也不燙了。

她覺得自己作這個夢肯定是因為之前太過凶險，以至於餘驚未了。鞦韆對應吊橋，所以救她的人才變成那人……

宋嘉禾左手重重一捶右掌心。就是這樣子。

「我餓了，給我做碗麵條來。」

青書聽她聲音中氣十足，活力滿滿，人也不復方才的如臨大敵，頓時鬆了一口氣，歡快地應一聲。

驚了人家美夢的罪魁禍首，此時正在寧馨院裡回話。

魏闕之所以現在才回來，是為了調查吊橋傾翻的原因，結果證實只是場意外，繩索在經年累月的風吹雨打下已經老化，哪裡禁得起魏聞毫無節制地搖晃。

梁太妃簡直不知道說什麼才好？這小孫子還真被寵壞了，多大的人，還這麼不知輕重。

梁太妃懶得說他，反正他已經在祠堂跪著，只對魏闕道：「跑了一趟，辛苦了吧。」

魏闕道：「這都是孫兒應該做的，不辛苦。」

梁太妃欣慰地點點頭。小孫子不成器，幾個大孫子都是成材的，可有時候成器的孫子太多，似乎也不全是好事。

梁太妃抬眸看著身姿挺拔、氣勢過人的魏闕。外頭的風言風語，她也聽到了，魏閎的不安，她更是看在眼裡。有個戰功赫赫的弟弟，任誰都要不安，所以她才會在年初的時候，要求梁王把魏閎接到身邊，一來磨練，二來立威。即便這次讓魏闕來接人，也是她要求的。京城正是百廢待興，是拉攏人才、樹立威望的好時機。

老三是不錯，可老大才是正兒八經的長子嫡孫，尊嫡重長，那是老祖宗傳下來的規矩，萬萬亂不得，否則是要釀成大禍的。

梁太妃將話題轉移到宋家剛送來的禮物上，和顏悅色道：「你舅婆派人送了重禮，謝你救了禾丫頭，我著人送到你院裡了。」說話時，她不著痕跡地觀察魏闕的神色。

魏闕恭聲道：「舅婆太客氣了，表妹就走在我前頭，我哪有不救的道理。」又露出微微的遺憾之色。「可惜七妹離得遠，我沒能救下她。」

見他神色平靜如常，梁太妃心想，大概是自己思慮過多。這麼些年，也沒見他對禾丫頭不同尋常，該是湊巧罷了，如此，她也就能安心。

他威望已足，若再得一門顯赫姻親，豈不是烈火烹油？

就算魏闕安分守己，梁太妃也怕下面那些人動了不該有的心思。古往今來多少兄弟情分，都是被身邊人攛掇壞的。

梁太妃笑起來。「這事你大可不必自責，都是阿聞這混帳胡鬧。累了一天，你好生回去歇息吧。」

魏闕也道：「那孫兒就不打擾祖母了。」

在他走後，梁太妃臉上的笑意漸漸淡了，末了，她輕輕一嘆。

「太妃這是怎麼了？」呂嬤嬤詫異。

梁太妃輕輕撚著佛珠。「老三年紀也不小了，可這婚事還是沒個著落。戰場上刀槍無眼，他要是有個三長兩短，豈不是斷了血脈？」

呂嬤嬤靜了靜，斟字酌句道：「老奴瞧著，王妃倒是中意燕姑娘的樣子。」

梁太妃一聲冷笑。梁王妃還以為自己瞞得緊，當誰看不出她那點小心思。

「一個無父無母的孤女，整天病病殃殃苦兮兮的，虧她也拿得出手。」

到底是親孫子，早年虧待了他，這些年又為魏家立下汗馬功勞，梁太妃也不想太委屈他。她雖不希望魏闕迎娶高門貴女，但想替他找個家裡老實本分、品貌也出色的姑娘，甚至若魏闕不是這般出色，梁太妃都不介意撮合他和宋嘉禾，也能讓兩家更親近些。

「在武都尋不到適合的，到了京城保不定就有合意的姑娘了。」呂嬤嬤寬慰梁太妃。

梁太妃無奈地點頭。「但願如此。」

不只武都權貴要搬到京城，整個北地不少人都要過去，選擇範圍可比武都大多了。

且說魏闕剛回到南山院，下人就迎上來，躬身稟報，梁太妃著人將宋家的謝禮送來了。

聽到宋家二字，魏闕目光輕輕一閃，想起當時懷裡柔軟溫香的觸感，粉撲撲的臉蛋猶如三月桃花，嬌豔動人。

一年多不見，小姑娘長開了不少，站在人群裡，猶如鶴立雞群，不自覺吸引周遭人的目光。

喬遷是件十分麻煩的事，哪怕宋嘉禾有一屋子的下人也不例外。這也不捨得、那也不捨得的結果，就是她整出了十幾個箱籠。虧得宋家有自己單獨的船，要是和人併船，少不得要縮減一二。

整理空檔之際，宋嘉禾使人留意外頭的消息，果然沒有關於那次落水亂七八糟的流言，也沒有關於她和魏闕的風言風語。

畢竟牽涉的人不少，還有魏歆瑤在裡面，何況這世道民風開放，姑娘家落水濕身固然不雅，可也沒到被人看一眼就非君不嫁的地步，那天的事完全就是個意外和事急從權，較真的人才是傻的。

轉眼就到了出發日，大隊人馬上船，趕赴京城，雖然陸路更近，然這隊伍裡有不少梁太妃、宋老夫人這樣的老人家，故而為了安全起見，選擇更平穩的水路，反正他們也不是很趕時間。

行船的日子並不無聊，因為同行之人眾多，今兒在你家船上釣魚，明兒去我家船上作畫，宋嘉禾十分忙碌。

「嘉卉的身體，今兒好些了嗎？」宋老夫人詢問林氏。

從徑山回來的當天夜裡，宋嘉卉發了急熱，拖到現在都沒好索利，連上船都是被抬上來，倒是應了她之前身子不好、靜養的說法。

林氏嘴裡發苦。卉兒這是鬱結於心，才把一個小小的風寒拖成這樣。想起憔悴的女兒，一顆心都疼起來。「略微好了一些。」

宋老夫人看她一眼。「讓下人伺候得精心點，這路上不比家裡，要是小病轉大，那就麻煩了。」

林氏垂首應是，動了動嘴唇，她慢慢開口。「母親，這幾日好些人朝我打聽暖暖。」說起這事，林氏又是一苦。宋家蒸蒸日上，她又有兩個待嫁的女兒，多的是人來打聽，可泰半是衝著宋嘉禾來的，那些打聽宋嘉卉的條件也遠不如前者。

宋老夫人掀了掀眼皮，語氣有些冷。「暖暖的婚事，老早就說好了，我來作主。」婚姻大事，父母之命，媒妁之言，然宋老夫人可不放心林氏這個做母親的。要真由她作主，天知道她會把暖暖嫁給什麼人？

之前林氏問過，她說她自有主張，林氏便再沒問，今兒這話頭怎麼像是已經有中意的人選了？

林氏為宋老夫人話裡的涼意為之一顫，她抿抿唇角，道：「兒媳不是那個意思，只是兒媳這兒有個人選，想說來給母親聽聽，最後如何，自然是由您作主。」

宋老夫人掃了一眼不自在的林氏。「哪家兒郎？」倒要看看她能挑中個什麼樣的？

「是兒媳外甥承禮，這孩子去年來過的。」林氏說道。

卉兒的病不見好，她也是走投無路，只能依著她了，不過將娘家姪兒換成外甥季恪簡，嫁到林家，小女兒是低嫁，她於心難安，但季家就不同了，季恪簡無論人品、家世還是能力都無可挑剔。

季家帶著冀州歸順梁王，這一年來季恪簡也立下無數功勞，梁王十分看重季家，不比宋家差。

宋老夫人心裡一動。宋嘉禾雖然這一年沒再提起季恪簡，可她覺得這丫頭可能還沒放下，這一年她看中的人，總能讓孫女挑出毛病來。宋老夫人自然想讓孫女稱心如意，可季家的態度呢？

「是季家給妳透意思了？」宋老夫人問。

林氏搖搖頭。「是兒媳覺得承禮這孩子和咱們暖暖般配，所以來問問母親，您要是也覺得好，我這就去信和我大姊說說。」

宋老夫人垂了垂眼。八字還沒一撇，去年季恪簡委婉拒絕了，怎麼可能今年就改變主意？林氏去問季夫人，無異於自取其辱。

「季家這孩子是個好的，只不過年紀忒大了些，怕是和暖暖說不到一塊兒去。」宋老夫人慢悠悠道：「暖暖還小，且不著急，倒是卉兒，馬上就要十七了，耽擱不起，妳多上點心。」

提及宋嘉卉，林氏便覺得心頭發鈍。「年歲大些更會心疼人，承禮精通六藝，暖暖也是琴棋書畫皆通，兩人怕是有說不完的話。」

宋老夫人笑了笑，不接她的話，反問：「這次妳娘家也要搬到京裡去，我記得妳有好幾個姪兒正當齡，可有定人家？要是沒有，正可替卉兒籌劃。暖暖的事妳就別操心了，好生照顧卉兒就行。」

林氏登時就像被人塞了幾把黃連，一直苦到心裡頭。早年她就在信裡和母親提過這事，可母親從來都不正面回應，還委婉提點她莫要太寵著卉兒。她再遲鈍也知道，母親覺得卉兒過於驕縱任性。

宋老夫人溜一眼她那苦瓜臉，知道這是被拒絕了。雖然被拒絕的是自己的孫女，然這一刻她竟然有那麼點詭異的痛快。

宋嘉禾可不知林氏被宋老夫人堵得嗓子眼發酸，她正和同伴們在甲板上釣魚，旁邊的鐵架上嗞嗞地冒著令人食指大動的香味。

宋嘉禾撐著下巴，百無聊賴地盯著魚漂。她的胃口已經被養刁，那點美味完全不能吸引她。

除卻巫山不是雲，曾經滄海難為水，宋嘉禾心裡一嘆，突然之間有點悲憤，因為自己失去了人生一大樂趣。

正鬱悶著，魚漂劇烈下沈，宋嘉禾轉悲為喜，快速拉起魚竿。盯著光禿禿的魚鉤，她磨了磨牙。

現在的魚都成精了！

猝不及防之間，她對上了乘坐小船巡視周圍的魏闕，宋嘉禾悚然一驚，毫不猶豫地背過身。看見魏闕，她腦子裡不可自抑地冒出夢裡的畫面。

她捏著魏闕的臉，她竟然捏魏闕的臉，簡直嚇死人了！

本想嘲笑宋嘉禾是來餵魚不是釣魚的宋嘉淇，此時一臉詫異，定睛一看，就見一艘富麗堂皇的畫舫駛過，從船艙內傳出來的靡靡之音清晰可聞。

船上的姑娘們悄悄撇嘴。這些公子哥兒還真會享受。

宋嘉淇卻注意到站在窗口、臉色陰沈的魏聞，頓時了然。小時候，魏聞逮著她六姊就欺負，那會兒她只當魏聞可惡，仗勢欺人，後來才隱約琢磨過味來。敢情這混蛋是喜歡她六姊啊！因為喜歡妳所以欺負妳，活該他被討厭。

就這麼討厭他，一眼都不想看他嗎？

魏聞臉色泛青，捏著酒杯的手上青筋畢現，忽然之間又覺得荒涼滑稽。小時候不懂事，只會欺負人，宋嘉禾越是避著他，他就越生氣，越想捉弄她，以至於宋嘉禾見了他就繞道。後來明白過來時，他已經訂親了。

魏聞仰頭，用力灌下杯中酒，又覺得越喝心裡越火，轉身去屋裡拿起酒壺直接灌起來。

畫舫後的小船上，魏闕不覺輕輕一笑，想著宋嘉禾剛才那心虛之中混雜著尷尬的模樣，雙眼瞪圓，好像受驚的貓，若是有毛，肯定渾身炸開了。

傍晚時分，船隊就停泊在岸口不走，隨著月亮越升越高，燈火也一盞一盞熄滅，逐漸歸於寂靜。

正當人們打算就寢時，突如其來的喧譁聲打破這份寂靜。

剛上床的宋嘉禾感到奇怪，聽動靜還不小，甚至越來越大，不禁好奇，讓青畫去打聽。片刻後，青畫回來，神色古怪，弄得宋嘉禾更納悶。

「出什麼事了？」

青畫紅著臉，小聲道：「魏九爺喝多了，遇上在甲板賞月的燕姑娘，對人又親又抱，好多人都看見了。」

嚶嚶嚶的哭泣聲，哭得梁王妃煩躁不已，只覺得心裡一把火在燒。她壓了壓火，放緩聲音，安慰哭得不能自已的燕婉。「阿聞這孽障，喝了幾口貓尿就不知道自己在做什麼，婉兒放心，這事我一定會給妳一個交代的。」

聞言，伏在丫鬟懷裡痛哭的燕婉哭得更大聲，淒淒切切，聽得一眾人都心裡發酸。

這交代哪是好給的，不同於之前落水的意外，事急從權，沒人說三道四，這次魏聞切切實實把人給親了，還是在眾目睽睽之下。那會兒不少巡邏的侍衛和賞月的人都看得一清二楚，根本沒法一條大被蓋過去。

出了這樣的事，哪還有好人家願意娶燕婉？若是魏聞沒有婚約在身，娶了燕婉還能交代過去，可偏偏魏聞早就訂親。

梁王妃口裡說了交代，心裡也不知道這個交代要怎麼給？讓魏聞娶燕婉，她自然不樂意，納燕婉為妾也行不通。她是功臣之女，又是她嫡親外甥女，於情於理都沒做妾的道理，何況錯的是魏聞。

不能娶又不能納，那麼又該如何處理？梁王妃頓覺棘手，只想把魏聞狠揍一通。這孽障，竟然耍酒瘋，還耍到燕婉身上！

「妳們好生照顧表姑娘。」梁王妃對兩個丫鬟使個眼色。她怕燕婉想不開自尋短見，又對燕婉道：「婉兒妳好好睡一覺，姨母定然會給妳一個說法。」

回應她的只有哀婉淒絕的哭泣聲，梁王妃受不住，逃也似地離開了。

離開後的梁王妃去了另一船艙，一進門就見魏闕也在裡面，眼底閃過一絲遷怒。出了這事，燕婉再嫁魏闕就沒了可能。她都計劃好了，只差東風，就能讓魏闕娶燕婉，萬不想被自己小兒子壞了計劃，她深恨兒子不爭氣，更恨魏闕。

魏聞耍酒瘋時，魏闕正好經過，是他上前控制住胡鬧的魏聞。他要是早點經過，哪能發生後面的事？

「母妃。」魏闕上前行禮，態度一如既往恭敬。

梁王妃對他點點頭，笑容有點勉強，隨後扭頭看向不遠處的魏聞。見他額角兩鬢頭髮濕漉漉，胸前也是濕的，顯然被人潑了水。這屋裡除了魏闕，還有誰敢用潑水的方式讓魏聞醒酒？

魏聞縮了縮脖子，吶吶地喊了一聲。「母妃。」

見他這模樣，梁王妃又恨又怒又心疼，板著臉斥責。「你這混帳東西，看看你做的好事！」

魏聞的頭低得更低了，他記得自己做了什麼。「都是兒子的錯，母親息怒，別氣壞了身子。」

「息怒，你讓我怎麼息怒？這事已經鬧得人盡皆知，你說說，你讓我怎麼收場？」一想起來，梁王妃就覺得頭疼欲裂，忍不住按了按太陽穴。

魏聞抬眼，一副豁出去的模樣。「我娶她就是！」反正要娶人，娶個順眼的也好。

「你說什麼？」梁王妃不敢置信地盯著他，彷彿不敢相信自己的耳朵。

「我毀了她的清譽，我負責！」開口後，魏聞索性也不怕了，抬高聲音道：「若是表妹願意，我就娶她；她要是不願意，要殺要剮我也隨她處置。」

魏闕看了魏聞一眼。這弟弟雖然胡鬧也天真了些，不過還算有點擔當。

梁王妃怒不可遏。「你是有婚約的，怎麼娶她？曾家那邊怎麼辦？」

「退婚就是，雖然退婚，可外人都知道退婚原因在我，也不會說曾姑娘的不好，可我要是不娶表妹，她還能嫁給誰？」

梁王妃一噎，忽然間瞄到一旁的魏闕，怒從中起。「是不是你攛掇阿聞說這些的？你就這麼見不得……」

「王妃！」柯嬤嬤駭了一大跳。王妃這是怎麼了，怎能對三爺說這些話？

再看梁王妃瞳孔微縮，鼻翼微張，心裡咯噔一響。王妃這是發病了。

柯嬤嬤慌道：「王妃老毛病犯了，老奴帶王妃回去吃藥。」話音未落，就招呼丫鬟扶著梁王妃趕緊走。

魏闕抬腳似乎想追上去，被眼明手快的魏聞攔住。「三哥不要過去。」

魏闕愕然地看著魏聞。「母妃到底怎麼了？我這次回來就發現她身體虛弱許多。」

魏聞張了張嘴，難以啟齒的模樣。

「你不說，我自己去問。」魏闕沈下臉來。

「不要！」魏聞一把拉住魏闕，面露掙扎之色，最後狠了狠心，道：「母妃對痲沸散上了癮。」
魏闕一愣，像是才知道一般，半晌才道：「這東西對身體損害極大，你們怎麼能由著母妃一直服用？」
魏聞嘴裡發苦。「我們當然知道，我和大哥都勸母妃戒了，可母妃根本戒不了，多說兩句，她就要發脾氣，這一年母妃脾氣壞了許多。所以三哥，你別生氣，母妃發病那會兒她都不知道自己在說什麼？」
「九弟想多了，我怎麼會生母妃的氣，」魏闕皺著眉頭。「可母妃這樣下去，也不是個事，長此以往，身體會垮的。」
魏聞道：「之前祖母強行讓母妃戒過，那次母妃差點沒挺過來。眼下只能讓府醫替母親控制藥物分量，慢慢地減少。」
魏闕默了默，似乎在消化這個震驚的消息，片刻後他道：「也只能如此了。」
魏聞苦笑一聲。
「燕表妹的事，處理得越早越好，否則流言蜚語會越來越多，九弟還是先去和祖母商量下解決方法為好。」魏闕提議。
魏聞心裡沒底，忐忑地看著魏闕。「三哥，你覺得我該不該娶表妹？」
「大丈夫立世，仰不愧於天，俯不怍於人。」魏闕拍拍魏聞的肩膀。「你覺得怎麼做讓自己良心更安，便怎麼去做。」
魏聞心中頓時坦蕩，對魏闕鄭重地點點頭。「三哥，我明白了，我先去找祖母。」說罷，向魏闕作了一揖。走出幾步，他突然轉過身，一臉小媳婦樣，期期艾艾地看著魏闕。

「三哥，我要是提退婚，曾家會不會答應？」

魏聞有此一問，那是因為他知道，魏闕與他未來岳父和大舅子一起圍剿過豫州，據悉，魏闕和曾千里交情頗好。

望著緊張的魏聞，魏闕心道，曾家十有八九會答應。

曾家對魏聞的紈袴並不大滿意，然婚約已定，他們也莫可奈何，而這些都是他無意中得知的。眼下有這麼一個千載難逢的機會，可以光明正大地退婚，而且還讓魏家欠他們一個人情，曾家大概求之不得吧。

說實話，就是魏闕對此變故也是始料未及。他知道梁王妃盤算著把燕婉推給他，他也打算將計就計，反將一軍；沒想到魏聞捅出那麼一個妻子，壞了梁王妃的計劃，真是讓人不知道說什麼才好？

「這我也不知。」魏闕愛莫能助地搖搖頭。

魏聞不由垮了肩膀，最後握了握拳頭。「我先去見了祖母再說吧。」

魏闕朝他輕輕點頭。

第二十四章

梁王妃可不知道她心愛的小兒子打算氣死她，她正在飄飄欲仙，舒服得今夕不知是何年。

柯嬤嬤看著躺在榻上一臉享受的梁王妃，眼睛又酸又脹。自從染上這東西，王妃日漸消瘦，臉色灰暗，一副重病未癒的憔悴模樣。對外，王府也宣佈梁王妃一直在養病，甚少見客，管家權早就給了世子夫人。

好半晌，梁王妃才回過神來，小丫鬟趕緊端過去一杯茶。

梁王妃喝一口茶，潤潤乾燥的喉嚨。

見她三魂七魄都歸位了，柯嬤嬤便說起正事來。「王妃之前對三爺說的話有些重，老奴想著，王妃要不要找機會和三爺說一說？」

梁王妃眼底浮現厭色。「不是他攛掇，老九怎麼會想到娶婉兒？怕是他知道我想撮合他和婉兒，故意設套害老九。」

柯嬤嬤著急。王妃以前不喜三爺還能做做表面工夫，可自從她吃了那藥以後，性情大變，想法越來越左，這可不是什麼好事。

「王妃想岔了，三爺待您一片孝心。您看，這一年三爺雖不在武都，可得了什麼好東西，哪一次不是第一個孝敬您？」柯嬤嬤覷著梁王妃的臉色緩緩道。

梁王妃臉色稍霽。她也知道自己遷怒，據查並無貓膩，只怪魏聞和燕婉運氣不好。

柯嬤嬤見她聽進去，便想接著勸兩句。這當口推開了魏闞，只會對世子不好，剛張口，就被人打斷。

小丫鬟進來稟報。「老太妃請王妃過去一下。」

梁王妃眼皮一跳，急忙趕過去。見魏聞也在裡面，梁王妃當即咯噔一下，等梁太妃宣佈讓魏聞娶燕婉負責的消息後，梁王妃炸了。

「那曾家怎麼辦？退婚豈不是害了曾姑娘，也寒了曾家的心？」

曾家乃雍州大族，叔伯兄弟都在軍中身居要職，這樣的親家，梁王妃哪捨得放棄。

梁太妃橫她一眼。「不娶燕婉，難道不是害了燕婉一輩子，不是寒了天下有功之士的心？」

若燕婉只是梁王妃外甥女，大不了抬進門，可燕婉是功臣遺孤。魏家正在開創盛世基業，豈能寒了天下人心？兩害相較取其輕！這是梁太妃經過深思熟慮後的結果。

「可曾家那兒怎麼交代？」說來說去，梁王妃還是捨不得這麼有用的好親家。

梁太妃嘴角下沈。眼皮子淺的東西，只看到眼前那麼點東西，她就惦記著曾家那點兵權，怎麼不想想這天下人心？

「曾家那邊我會親自寫信跟他們說，錯在我們，這也是不得已而為之，若有適合的，咱們再給人家尋個好婚事，甚至認個乾親都無妨。誠心誠意道歉，想來曾家也是能諒解的。反倒是妳外甥女，阿聞輕薄了人家，我們若是不給個說法，天下人都得戳著我們的脊梁骨，罵我們苛待功臣之後，孰輕孰重，妳還不明白？」

道理她都明白，可梁王妃意難平。家世顯赫的兒媳婦突然變成無依無靠的外甥女，這一時半會兒，她哪裡接受得了？「可萬一外人懷疑阿聞和婉兒早就有染，聯合起來演戲退婚呢？」

梁太妃定定看一眼梁王妃，看得梁王妃心慌氣短，梁太妃輕輕一哼。「這世上哪有十全十美的好事，妳既然不捨得曾家這門親事，倒是給我想個兩全其美的法子來。」

梁王妃脹紅臉。她不甘心，可梁太妃句句在理，她就是想反駁也找不到理由，頓覺腸子都打結了。

「祖母和母妃不要再爭了，我做錯事，就該負責。」魏聞抬頭看著梁王妃，道：「母妃，是我輕薄了表妹，是我對不起曾家姑娘，我會向二人道歉的。」

梁太妃暗暗點頭。雖然這小孫子混帳了點，起碼不像他娘糊塗到底，思及此，梁太妃剜一眼梁王妃，覺得這兒媳婦是吃藥吃壞腦子了。

恰在此時，呂嬤嬤疾步進來。「燕姑娘懸梁，幸好被及時救下來。」

梁太妃一驚，忍不住唸了一句阿彌陀佛。要是燕婉有個三長兩短，這形勢就太惡劣了。

梁太妃跨出一步，見梁王妃杵著不動，喝斥一聲。「還不趕緊去看看！」又恨鐵不成鋼地瞪魏聞一眼。「你趕緊跟我去請罪。」

躺在床上的燕婉背對著眾人，輕輕啜泣，肩膀一抽又一抽，好不可憐。

「好孩子，讓妳受委屈了。」梁太妃幽幽一嘆，輕輕拍著她脊背。「都是小九這個孽障該打，竟然如此荒唐，他雖非故意，可大錯已經鑄下，是我們魏家對不住妳！」

燕婉身體一顫，哭聲大了一些。

梁太妃撫著她的背，溫聲道：「老婆子明白，說再多對不起也彌補不了對妳的傷害。妳要是願意，我們魏家就用八抬大轎將妳迎娶進門，給妳一個名分；妳要是不願意，有什麼要求只管提出來，但凡老婆子能做到，我都答應妳。」

燕婉哭得渾身哆嗦。

梁太妃一邊哄她，一邊給梁王妃使個眼色，梁王妃只得上前道：「婉兒，姨母知道妳受了委屈，可事已至此，人還是得朝前看。妳放心，小九會好好待妳的，妳進門萬不會受丁點兒委屈。說來妳嫁給別人，姨母還不放心，這般我也就安心了，咱們正可長長久久在一塊兒。」

長長久久在一塊兒，這話何其耳熟，只是換了對象。梁王妃不止一次暗示過她，要促成她和魏闕的婚事，可她一點都不願意嫁給魏闕。

她怨，魏闕為什麼不來得早一點，她家人就不會死了，她就不會孤零零地活在這世上。可她不敢違逆姨母，如今寄人籬下，哪有她說不的權利？

她去甲板上賞月就是為了散心，因為白天姨母又提起這話題。哪承想會遇見醉酒而歸的魏閳，他見了她，滿心歡喜，一聲表妹，情意綿綿。

她愣怔當場，然後魏閳就衝上來，緊緊抱著她，如同抱著一件珍寶。落水那一次，也是魏聞把她救上來的，他牢牢地抱著她，一直到岸上才放開她。

耳邊全是梁太妃和梁王妃情真意切的勸說，背對著她們的燕婉輕輕點頭，幅度極小。見狀，梁太妃鬆了一口氣。這事總算能交代過去了。

魏家放出意欲明媒正娶燕婉以負責的口風，不一會兒，整個船隊該知道的都知道了，這個結果在很多人的意料中。魏家若是不想落下一個欺凌功臣遺孤的惡名，那麼只能迎娶燕婉，並且還得善待她。

燕婉一介孤女，嫁進魏家，日後一個王妃之位跑不了，婆婆還是親姨母，也算得上是因禍得福。

整件事最可憐的就是和魏聞訂親的曾家姑娘，攤上一個退婚的名聲。不過曾家門第顯赫，這事錯不在她，影響也有限。

這麼一看，目下這結果是最好的了。

宋嘉禾去外面轉一圈，聽了一耳朵八卦，光魏聞負荊請罪那一幕就有三個不同版本。她覺得果然大家還是太閒了，只能開始編故事打發日子。

說來上輩子去京城的路上可沒發生這事，就連燕婉這個人她也是從來都沒見過，在那一世，燕家滿門都殉了難。

宋嘉禾拍拍自己的臉，提醒自個兒，這輩子已經有很多事情變了。

「姑娘？」青畫愕然地看著拍臉的宋嘉禾，一臉不解。

宋嘉禾僵了僵，若無其事地收回手。「有點兒睏了，我醒醒神。」

「那姑娘睡一會兒？左右也無事。」青畫提議。
宋嘉禾當然拒絕。她一點都不睏，哪裡睡得著？遂一本正經道：「現在睡了，晚上就睡不好。」想了想，她道：「妳去看看祖母有空否？要是閒著，我就過去陪祖母說說話。」
青畫應聲告退，剛出了屋，正好遇見宋老夫人派人過來請宋嘉禾。
宋嘉禾笑道：「我跟祖母還真是心有靈犀。」說著出了房間。
宋老夫人見了宋嘉禾便笑逐顏開。
「祖母。」宋嘉禾甜甜叫了一聲。
宋老夫人臉上的笑意更甚。「有個好消息要告訴妳，妳聽了肯定高興。」
宋嘉禾配合地露出好奇之色，追問：「什麼好消息？」
「我也要聽好消息！」同樣被叫過來的宋嘉淇一進門就聽到這一句，趕緊湊熱鬧。
宋老夫人瞋她一眼。「等阿晨來了，一塊兒和妳們說。」
宋嘉晨很快就到了，船就那麼點大。
宋老夫人笑咪咪道：「過兩天就到臨州城，剛剛太妃說了，船隊在臨州休整一天，做個大補給。妳們幾個呢，可以上岸走走透透氣，可憐見的，在船上待了大半個月，悶壞了吧。」
宋嘉淇已是心花怒放，差一點蹦起來；宋嘉禾也高興得很，這大半個月她覺得就跟坐牢似的。饒是老成的宋嘉晨也滿臉掩不住的喜色。
見三個孫女鮮花似的臉龐喜氣洋洋，宋老夫人自己心裡也跟喝了蜜一般甜，不過沒忘了叮囑。「到了岸上，可不許亂跑，傍晚就得回來。」

三姊妹點頭如搗蒜。

「祖母和我們一塊兒上岸散散心好不好？咱們去嚐一嚐這臨州城裡好吃的。」宋嘉禾開始攛掇宋老夫人。

宋嘉淇和宋嘉晨忙不迭附和。

孫女的話讓宋老夫人心裡十分熨貼，然她一大把年紀，早就對這種事沒興趣，遂道：「我可不是妳們，一身精力無處使，我還是更喜歡在船上和老姊妹打打骨牌、聽聽戲。」

聞言，宋嘉禾姊妹幾人也就沒再勸，反而開始鬧著讓宋老夫人贏錢，給她們買花戴，宋老夫人笑呵呵地應了。

大抵是因為有了期盼，所以覺得兩天時光過得格外漫長，漫長得讓人度日如年。

宋嘉淇每天都要叨叨上七、八回，聽得宋嘉禾耳朵都生繭子。終於在她的嘮叨中，兩天過去了。

這天出去透風的人不少，放眼看過去都是年輕的公子、姑娘，也就他們有這份閒心了。相比很多人還不知道要去哪兒打發時間，宋嘉禾目的十分明確。昨晚船靠岸後，她就派人上岸打聽城內有哪些美食，一下船就拉著志同道合的同伴們找美食去。

稍晚一些，魏歆瑤也和燕婉下了船。自從出了那事，燕婉就以淚洗面，好不容易才略微好些，梁太妃就吩咐她帶著燕婉下去散散心。

「表姊要去哪兒走走？」魏歆瑤詢問燕婉的意見。

燕婉細聲細氣道：「我對此地不熟，還是表妹作主吧。」

魏歆瑤想了想。「那我們去這臨州城最有名的坊市走一走。」

燕婉溫柔一笑。「好的。」

她從來不會反駁和質疑魏歆瑤的決定，所以姊妹倆從來都沒鬧過矛盾。燕婉很早就發現，這個表妹容不得別人違逆她。

魏歆瑤笑了笑，挽著燕婉往前走，走著走著，兩人發現街上的乞丐漸漸多起來，其中不乏一些瘦骨嶙峋的小孩。初冬的季節卻衣不蔽體，露在外面的肌膚發青、發紅。

這些與其說是乞丐，更該說是難民。天災人禍不斷，無數的人流離失所，浪跡街頭。見她們經過，有幾個大膽的難民，或是餓得已經奄奄一息的人，對她們磕頭。「姑娘行行好，給口吃的吧。」

一名老嫗抖著手，摸著懷裡的孫子。「孩子快熬不下去了。」

扭頭一看，魏歆瑤就見燕婉眼底泛起淚花，眼眶都紅了，便知道她又動了惻隱之心。

「表妹，這些人太可憐了，我們給他們買些吃的吧。」燕婉期盼地看著魏歆瑤。

魏歆瑤自然不會反對，正好看見旁邊有個賣炊餅的，便讓丫鬟去買了炊餅分人。得了炊餅的難民對二人感恩戴德，不住磕頭感謝。「兩位姑娘就是救苦救難的觀世音菩薩顯靈……」

魏歆瑤聽得啼笑皆非。她還真沒被人這麼誇過，見燕婉一臉欣慰，怪不得這表姊愛發善心，這感覺還真不賴。

「表妹，這些東西怕是不夠。」燕婉憂心忡忡看一眼越來越多的難民。「要不再讓人去買一些食物來？」

魏歆瑤點點頭，又讓人去準備食物。

護衛見人越來越多，勸著將事情交給下人去做就行，請魏歆瑤和燕婉離開。

魏歆瑤卻不大想走。她還是頭一次親自做善事，感覺挺新鮮，又看燕婉也不願意離開的模樣；然而這兒味道委實難聞，這些人也不知多久沒收拾自己了。她張望一圈，發現不遠處有一酒樓，便對燕婉道：「表姊，我們去那兒坐一坐。」

燕婉自然無不答應。

未到用膳的時辰，酒樓裡頗為冷清，姊妹倆上了三樓，點了幾樣小吃食，看著那邊的情況。

難民在護衛的維持下，井井有條地領取自己的食物。雖然隔著一段距離，依舊能聽到隱隱約約的感激，還有人朝她們這兒指了指，大概是介紹恩人是誰。

消息一傳十、十傳百，聚過來的人越來越多，可食物卻是不夠了，附近能買的都被買光。然而沒吃飽的難民哪肯就此離開，也不知誰帶的頭，喊了一聲。「酒樓裡有的是吃的，兩位好心姑娘肯定會讓我們吃的。」

一呼百應，對餓極的人來說，禮義廉恥又算得了什麼。

樓上的魏歆瑤和燕婉就見一群人衝過來，神情瘋狂，彷彿要將人拆入腹中吞吃。兩人駭了一大跳，不敢置信地看著眼前瘋狂的一幕。

酒樓裡的小二一看就要關門，可晚了，難民已經衝進來，樓下頓時一片嘈雜，驚叫聲、咒罵聲交織在一塊兒。

隨著魏歆瑤出來的護衛，在人海中顯得格外無助。這些都是手無寸鐵的百姓，他們也不好下狠手，傳出去有損魏家名聲，可一般手段根本震懾不了一群餓瘋的人。

包廂內的魏歆瑤和燕婉隔著門，聽著外面的混亂聲，臉色難看至極。

「一群刁民！」魏歆瑤重重一拍桌子，咬牙切齒怒罵。

燕婉淚盈於睫，泣不成聲地道歉。「表妹，都怪我，都是我的錯！」

魏歆瑤煩上加煩，哪還有心情去安慰她，直盯著顫動不休的房門，心懷一絲僥倖，覺得那些刁民應該沒這膽量闖進來吧？

留在屋裡的護衛可沒她這麼樂觀，探身看了看窗外，黑壓壓一片都是人，不禁懷疑全城的難民是不是都聚過來了？破門而入是早晚的事，屆時會發生什麼事就說不準了。這一會兒工夫，他就留意到有兩個分發食物的丫鬟，被幾個人拖進巷子裡。

不是所有難民都是好人，一些人的人性早在磨難中泯滅，只剩下獸性。

「郡主，屬下先帶您離開。」

「好。」魏歆瑤想也不想地道。

萬一這些人衝進來，想想那畫面，她就覺得渾身雞皮疙瘩都起來了，她心裡發狠。回頭她一定要讓三哥派兵收拾這群刁民。

「砰」一聲，大門應聲而破，幾個護衛連忙上前阻攔，這下可無法顧及下手狠不狠，直接亮出了刀。

那護衛眼見不好，道了一聲得罪，單手抱著魏歆瑤跳上窗口。

望著門口餓狼撲羊一般衝進來的人，燕婉放聲尖叫，連滾帶爬往後退，哭喊著：「表妹、表妹……」她一把抓住魏歆瑤的小腿。

那護衛動作一滯，恰在此時，帶著寒光的飛鏢正中他後背。瞬息之間，他便七竅流血，沒了氣息，帶著魏歆瑤一起從窗口摔下去。

失重的魏歆瑤不敢置信地尖叫起來。可沒迎來設想中粉身碎骨的劇痛，反被一個溫暖有力的懷抱取代。

魏歆瑤愣愣地看著抱住她的季恪簡，望入他深邃平靜的雙眸中。

一落地，季恪簡就放開魏歆瑤。「得罪了，請郡主見諒！」話音未落，人已經提劍遠去。

魏歆瑤還有些回不過神來，呆愣地立在原地。

「砰」一聲落下的屍體震得搶紅眼的難民一愣，這時候有人喊一聲。「官兵來了！」失去的理智瞬間回籠，人群頓時作鳥獸散，哪怕是在混亂中受傷的人，也忍痛跑路。

抓著燕婉的人躲在三樓死角處瞪著季恪簡，將匕首抵在燕婉脖子上。「別上來！再上來我殺了她！」

抖如篩糠的燕婉大哭起來，哭得渾身打顫，膝蓋發軟，她嘴唇顫抖，似乎想說什麼，可又說不出來地無助。

「你有什麼條件？」季恪簡開門見山。他辦事回京經過臨州，聽說梁太妃等人也在，便想過來請個安，沒承想遇見這樁麻煩，遇上了總不能袖手旁觀。

「先放了我的人！」

魏家護衛手裡抓著幾個難民，是混亂中發現的可疑人物。

季恪簡沒說話，畢竟那是魏家護衛，不是他季家人，他只能看向魏歆瑤。

「表妹，救我！」燕婉語氣發顫，哀哀地看著魏歆瑤。

剛才燕婉抓著她的腳時，也是這般可憐無助，若不是她運氣好，現在已經成了一灘爛泥。魏歆瑤眼神微微一厲，又想起什麼似的，飛快壓下去。

「放了你的人之後，你若是不放我表姊怎麼辦？」

那人盯著魏歆瑤。他帶人假扮成難民，混在其中煽風點火，如此大費周折本是為了趁亂捉她，以作為籌碼換回他大哥。結果抓了這麼個丫頭，也不知身分夠不夠，想到這兒他就窩火，抬手在燕婉手臂上劃了一道，燕婉失聲慘叫，直刺耳際。

「你放不放？我說到十，再不放，下一刀就不是胳膊而是臉了。一、二、三……」

痛得眼前發黑、發暈的燕婉，氣若游絲。「救我，救我……」

魏歆瑤恨不能親自劃花她的臉，但是她不能，所以只能道：「放人！」

聞言，護衛們放開手中的人。

「你要怎樣才會放了我表姊？」

「放了我大哥郭英東，我就……」說到一半，郭英南聽見下屬慘叫一聲，不自覺探了探身子，馬上就意識到危險，立刻縮回去，可已經晚了。

一枚細箭射在他左肩上，郭英南身子一晃，暈了過去。

魏歆瑤就見眼前一花，季恪簡竟已經踩著窗臺一躍，上了三樓。進屋一看，果然沒其他人，他觀察好一會兒，有七成把握屋裡沒有他的同黨，才敢用袖裡箭。

劫後重生的燕婉癱軟在地，連道謝都沒顧上，只是在那兒嚎啕痛哭。

魏歆瑤在護衛的簇擁下上樓。

「他只是昏過去，一個時辰後會醒。」以為郭英南已經死的護衛，趕忙將躺在地上的郭英南捆起來帶走。

燕婉被人抬下去包紮，魏歆瑤猶豫了下，走到季恪簡面前，福了福身。「多謝季世子仗義出手。」

季恪簡抬手還禮。「舉手之勞，郡主言重了，在下先去追拿逃脫的嫌犯。」說罷，他拱拱手，闊步下樓。

望著他的背影，魏歆瑤抿抿唇。

季恪簡下樓，隨口問了一句人跑哪兒去？就在他上樓那一瞬間，郭英南的同黨乘機跑了，大多都被當場拿下，其中一個僥倖逃跑，已經有人去追了。

回話的人見季恪簡追出去，覺得這位季世子當真是古道熱腸。

且說僥倖逃出的郭家下屬，如沒頭蒼蠅般在街頭亂竄，只聞後面腳步聲越來越近，頓時萬念俱灰，遍體冰寒。忽然之間，天降熱湯，還伴隨著撲鼻的濃香，他整個人被燙得嗷了一嗓子，跳了起來，眼睛也被辣得睜不開。

這一耽擱，就被追兵抓住。

那緩過勁來的郭家下屬仰頭，就見二樓窗口站著一名漂亮的小姑娘，那姑娘還對他莞爾一笑，沈魚落雁。

古道熱腸追來的季恪簡，望著笑顏如花的小姑娘，也輕輕笑了下。

保持微笑的宋嘉禾在想，他應該沒看見自己把一整盆鍋子潑下去的樣子，要知道他會過來，自己肯定會潑得溫柔一點。

魏闕姍姍來遲。他在臨州城內有一好友，便約其飲酒，見街上突然亂起來，得知緣由後，一邊命人去調集人馬，一邊趕過來。

剛出了拐角，正好目睹宋嘉禾拿起銅火鍋往下潑的一幕，整個動作無比流暢，又快又狠又準。正中目標後，她還得意地握了握拳頭，粲然一笑，卻又在瞬息之間變了神色。

魏闕的目光落在遠處的季恪簡身上。去年他便有所懷疑，如今看來自己懷疑不假，不想過了一年多，小姑娘還念念不忘，他輕輕嘖了一聲。

季恪簡也看見了魏闕，待他走近一些後才拱手。「魏將軍。」

「季世子。」魏闕還禮。

那滿身湯湯水水的郭家下屬被帶到一邊，魏家的護衛上前見過魏闕，隨後言簡意賅地將事情經過說一遍。

下樓的宋嘉禾腳步一頓，聽見季恪簡救了魏歆瑤，不知怎的忽然就不安起來。這一樁又是不曾發生過的事。

「六姊。」宋嘉淇見宋嘉禾停在樓梯上，詫異地喚一聲。

宋嘉禾對她笑了笑，穩下心神繼續往下走。

「多謝季世子救了舍妹。」魏闕抱拳向季恪簡道謝。「要不是世子出手相救，兩位妹妹的後果不堪設想。」

季恪簡笑道：「將軍言重，不管是誰遇見這種事都會幫忙的。」

宋嘉淇望著街頭寒暄的兩人，津津有味地欣賞起來。一個溫潤如玉，令人如沐春風；另一個英氣風發，讓人望而卻步。

留意到她的眼神，宋嘉禾拉了拉她的手，示意她適可而止。「三表哥、季表哥。」

宋嘉淇與一道前來的姑娘們也見過二人。

「此地混亂，不如我先派人送各位姑娘回船上？」魏闕道。

宋嘉禾等人自然點頭。她們所在的這間酒樓也遭到難民哄搶，不過運氣好，人數不多，所以被護衛鎮壓下去，店家又快速關門，官兵也來得及時，故而情況並不嚴重，可到底受了驚嚇，哪有心情繼續遊玩？聽聞魏闕派人護送，她們還感激不盡呢。

正要走，就見魏歆瑤被人簇擁著從街口走來。

「三哥、季世子。」魏歆瑤朝魏闕和季恪簡福了福身。

宋嘉禾不著痕跡地打量魏歆瑤，心沈了沈。也不知是不是她敏感多疑，她覺得魏歆瑤對季恪簡的態度不同了。

看來這次英雄救美，讓魏歆瑤提早動心了，並且讓她第一時間看清自己的心。

宋嘉禾忽然想到，有沒有一個可能，當年魏歆瑤可能早在她自己不知道的時候，就喜歡上季恪簡，幾次三番的捉弄，只是一種不自知，且為了吸引季恪簡注意的幼稚手段。待季恪簡與她訂親後，魏歆瑤才明白自己的心意，於是開始針對她，無所不用其極。

結合眼下情況，宋嘉禾覺得自己的猜測八九不離十。莫名地她覺得有些累，說不出的疲憊。

「三哥，那些亂賊著實可惡，你一定要把他們的同黨一網打盡，繩之以法。」魏歆瑤無比委屈地看著魏闕。

魏闕頷首。「妳放心。」又問：「妳有沒有受傷？」

魏歆瑤搖搖頭。「我沒事，幸得季世子出手相救，要不我凶多吉少。」說著又朝季恪簡福了福身。

季恪簡少不得又謙虛一番。

掃一眼魏歆瑤，魏闕的目光微閃，他安撫了魏歆瑤幾句，再問：「燕表妹情況如何？」想起燕婉，魏歆瑤就一肚子憤懣。這一年她是怎麼待她的，可這狼心狗肺的東西，差點害死她。然而一來她沒證據，二來時機尷尬，燕婉剛和魏閩出了事，若她戳穿燕婉，很多人會想到是他們魏家要逃避責任，所以只能吃了這個啞巴虧。

魏歆瑤垂眼道：「皮肉傷，不甚嚴重，已經讓人送回船上讓府醫瞧瞧。」

魏闕便點點頭。「那妳也趕快回去，祖母和母妃肯定著急。」

魏歆瑤應了一聲。

「季世子是要……」魏闕詢問地看著季恪簡。

季恪簡溫文一笑。「我本是想去給幾位長輩請安。」

於是季恪簡當起了護花使者，護送一眾姑娘們回船上。這一路他都帶著人，不近不遠地走在姑娘們身後，不曾上來攀談，十分正人君子。

宋嘉淇還悄悄感慨，宋嘉禾卻是默默翻了個白眼。

他這是在保持距離，省得沾上麻煩，而自己在他眼裡也是個麻煩，想想也怪沒意思的。宋嘉禾低頭扯了扯帕子，長長吐出一口濁氣來。

回到船上，小顧氏、林氏和宜安縣主都在宋老夫人那兒，她們都聽說難民鬧事，見幾個孩子平平安安回來，不由鬆了一大口氣。

季恪簡躬身向幾位長輩請安，寒暄幾句後，宋老夫人就善解人意地讓他去魏家船上。他過來一趟，沒有不去拜見梁太妃的理，季恪簡便告辭了。

宋老夫人溜一眼宋嘉禾，孫女瞞得了別人，瞞不了她，心道一聲。真是冤孽啊，暖暖這丫頭怎麼就著相了！

且說季恪簡，他正受到梁太妃熱情招待。看他彬彬有禮，斯文俊秀，老太妃滿心遺憾。去年她就十分中意他，想招他做孫女婿，可魏歆瑤過失害死柯玉潔的那樁事，被季恪簡親眼目睹後，老太妃就歇了這心思。這哪是結親，這是要結仇的。

本來兩人門當戶對，郎才女貌，季恪簡救了魏歆瑤，正好上演一段佳話，可都被那丫頭給毀了。

「要不你和我們一道回京城？」梁太妃建議。

季恪簡道：「您的好意，晚輩心領了，只公務有些緊急，晚輩不得不盡快趕回去。」

梁太妃理解地點點頭。「那你用了晚膳，在這兒歇一晚再走。你救了阿瑤，總是要感謝你一番。」不給他拒絕的餘地，梁太妃又道：「到時候把你姨母一家請來，你們姨甥也能敘敘舊。」

如此一來，季恪簡只好恭敬不如從命。「那晚輩就打擾了。」

魏歆瑤的眼底閃過一絲竊喜，稍縱即逝，卻分毫不差地落在對面梁王妃眼裡，當下她心裡就是咯噔一響。

好不容易熬到可以告退，梁王妃拉著魏歆瑤回房，開門見山問：「妳怎麼回事？」

魏歆瑤臉一紅又心怯，開始告狀。「娘，您不知道，我今日差點被燕婉給害死。」

梁王妃果然被岔開了注意，沒有什麼事比女兒性命更重要，她臉色一沈。「她怎麼害妳了？」

魏歆瑤便把酒樓裡的事情添油加醋一說。

梁王妃氣得一佛出世，二佛升天，咬牙怒罵。「養不熟的白眼狼！」

梁王妃本就因為燕婉要嫁給魏閳這件事，對燕婉窩了一肚子邪火；再聽這事，差點沒咬碎一排銀牙。枉她平時那麼疼燕婉，她竟敢害魏歆瑤，虧得女兒運氣好。

要不是她，女兒就不會遇險，更不會被季恪簡所救，她也是那年紀過來的，哪裡看不出魏歆瑤動了凡心？

到底是小姑娘，哪裡抵禦得了英雄救美那一瞬的心動，尤其季恪簡還俊美無儔，卓爾不群。可季恪簡當年目睹女兒和柯玉潔的那樁事，他們之間是不會有結果的，作為母親，豈願女兒越陷越深。

「阿瑤，妳和季恪簡是沒結果的。」梁王妃艱難地開口。女兒長這麼大，第一次對一個人心動，她到底不忍心，可再不忍也得潑這盆冷水。

見魏歆瑤臉色一僵，血色一點一點退下去，梁王妃心如刀割，握著她的手，道：「好孩子，妳莫傷心，為娘會給妳找個比季恪簡更好的兒郎。」

魏歆瑤咬著下唇，臉色來回變幻。更好的嗎？

望著她殷紅的嘴唇，梁王妃心疼不已，安慰女兒。「妳日後會是公主，金尊玉貴的嫡長公主，這天下男人都任妳挑選，還怕找不到文武雙全的好駙馬？」

既然天下男人都供她挑選，為何不能是季恪簡？

魏歆瑤從來都不是那麼容易放棄的人，她要的東西，就會想方設法去得到。

「我知道娘在擔心什麼，當年的確是我年幼無知，鑄下大錯。」

梁王妃心頭一刺，拍著她的手背，道：「都過去了。」

魏歆瑤慘然一笑。「可我真不是故意的，我是無心之失。」

「娘知道，娘都知道。」

魏歆瑤紅了眼眶，哽咽道：「我會努力讓季世子也知道那是一場誤會的。精誠所至，金石為開，若是我竭盡全力，他還是不能釋懷，我會放手的。娘，您就讓我試一試吧。」
梁王妃躊躇。這感情投進去哪是那麼容易放手的？要不她也不會跟後宅那群妖精鬥了這麼多年的氣。
「況且，娘，要是成了，這對大哥也是一大助力不是嗎？季家背後是整個冀州，若他們支持大哥，父王只會更看重大哥。」
聞言，梁王妃心神劇烈一顫。

「六姊，妳說有些人的嘴巴怎地這麼壞！」
正在剝石榴的宋嘉禾望著氣鼓鼓走來的宋嘉淇，好笑道：「她們說什麼惹著妳了？」
宋嘉淇鼓了鼓腮幫子，在宋嘉禾面前的椅子上坐下。「她們說燕姑娘沽名釣譽，今兒受傷那是偷雞不著蝕把米。」
也就是魏歆瑤身分高，那些人不敢嘴碎，所以只敢說燕婉。人都受傷了還要落井下石，這些人也不怕下拔舌地獄。
宋嘉禾望著氣惱的宋嘉淇，不知情的人還以為她和燕婉關係多好，所以打抱不平。可實質上宋嘉淇和燕婉關係平平，她這妹妹生就熱心腸，嫉惡如仇，她認為燕婉接濟難民是好事，所以見不得別人因為這事詆毀燕婉。
「什麼叫沽名釣譽，沽名釣譽說的是不正當的手段獲取名譽。真金白銀花出去救濟災民，怎麼就不正當了？雖然出了亂子，但是緣由又不在她身上，是郭氏餘孽從中作梗。」

宋嘉淇氣沖沖道：「她們說燕姑娘救濟是虛情假意，只是為了贏取好名聲。」

「真情也好，假意也罷，好事是實實在在做下了，難不成偷偷摸摸不讓人知道才是真情？就算假意又如何，有人花錢買華服美飾取悅自己，有人花錢買名聲取悅自己，誰比誰高貴了不成？」

宋嘉淇重重點頭。「就是，又沒花她們家的錢，酸個什麼勁，就算為了揚名又怎麼了，總比她們一毛不拔好。」

「所以啊，妳跟那群人置什麼氣？她們就是嫉妒，嫉妒燕姑娘能因此事得美名，她們自己不願做好事，就見不得別人發善心。跟這麼一群人計較，妳也不怕失了自己的格調。」宋嘉禾不覺得這事上，燕婉有什麼可指摘的。便是假意，她一介孤女，無依無靠，經營一個好名聲加重自己的身分，又沒傷害其他人，無可厚非。

不過宋嘉禾覺得，有些人會說得這麼難聽，大概還有燕婉和魏聞那樁事的因素在裡頭。魏聞雖然是個紈袴，可架不住人家出身好、皮相好、嘴又甜，在姑娘們中還是很有市場的。少不得有些人覺得燕婉一個無父無母、處處不如她們的孤女，憑什麼嫁給魏聞啊？

宋嘉淇噗哧一聲樂了。六姊說話真毒。「我這麼有格調的人，才不會跟她們計較呢。」

她剛剛去看望一個在混亂中受傷的小姊妹，沒幾句話，有兩個人就開始聲討燕婉，她那小姊妹還一言不發地聽著，宋嘉淇心都涼了，隨便找了個理由就回來。

宋嘉禾忍俊不禁，撿了一顆石榴扔過去。

宋嘉淇接住，往嘴裡一扔。「真——」最後一個甜字被她嚥下去。「季表哥好。」

宋嘉禾一愣，轉頭一看，就見季恪簡出現在身後。

「季表哥好。」愣怔之後，宋嘉禾連忙站起來，對窗外的季恪簡屈膝一福。

立在窗外的季恪簡眉眼含笑，二人頷首一笑。「兩位表妹好！我要去向姨母請安，先行一步。」

「表哥慢走。」宋嘉禾和宋嘉淇異口同聲。

季恪簡便抬腳離開。

他來了，他又走了，毫不停留，只留下鼻尖淡淡的松香，一陣江風吹過，連這點松香味也煙消雲散。

宋嘉禾低頭看著手裡晶瑩剔透的石榴，覺得心裡說不上的空落落。

第二十五章

林氏見了季恪簡十分高興，噓寒問暖一番，末了又歡喜道：「這麼多年沒見你母親，可算是又能見面了。」

季恪簡微笑。「聽說要搬去京城，母親也很高興，說是終於能見一見親人了。」

「可不是。」林氏擦了擦眼角的淚水。娘家親人她都五年沒見過了。

說了幾句話後，林氏把話題轉到季恪簡的婚事上，委婉地開始打探，可她的委婉在季恪簡這邊一點掩飾性都沒有。雖然林氏年紀比季恪簡大了不少，但人情練達上還真遠不如這個外甥。

沒幾句話，季恪簡就摸透她的意思，不由啼笑皆非。去年他來時，姨母想把大表妹說給他，今年過來，姨母改說小表妹了，季恪簡有點頭疼。可他對兩個表妹真沒什麼超乎兄妹之外的感情，季恪簡再次委婉地拒絕林氏。

林氏眉頭輕蹙。當初季恪簡拒絕宋嘉卉，她心裡明白，卉兒嫁給季恪簡的確高攀一點，季恪簡拒絕了，雖遺憾，可也理解；然而小女兒被拒絕，她就想不明白。宋嘉禾花容月貌，在船上這一陣子，每天都有人來打探，季恪簡怎麼還瞧不上？

季恪簡笑容不改。「姨母，您好生休息，我先去向表姑請安。」

季恪簡有個表姑嫁到武都，也在船隊之中。

林氏張了張嘴，想說什麼又不知道能說什麼，只好道：「那你去吧。」

季恪簡一走，林氏整個神色都垮了，愁眉不展。

季恪簡不想娶小女兒，這可怎麼辦？想起臥病在床的宋嘉卉，她又一陣頭疼。

「夫人別太擔心，咱們六姑娘品貌俱全，想娶她的人從城東排到城西，還怕找不到如意郎君？」斂秋上前安慰。

老夫人都說了，她覺得季恪簡年紀略大了些，夫人陽奉陰違傳到老夫人耳裡，老夫人少不得要生氣。然而這話她又不好直說，只能婉轉著來。也不知夫人怎麼就開竅了，突然對六姑娘的婚事上心起來，這倒是個好兆頭。這兩年，她看得明明白白，因為夫人偏寵二姑娘，委屈了六姑娘，老夫人和老爺都對夫人有所不滿。

林氏發愁。「可條件如承禮這般一個都沒有。」

不是她偏袒自己親戚，而是季恪簡委實出色。

斂秋沈默了。季恪簡條件是好，只是再好，他不稀罕六姑娘啊。與其這樣，還不如嫁一個稀罕六姑娘、把她當心肝寶貝捧著的姑爺好，哪怕條件差一點也是可的。

「京城人傑地靈，說不得夫人就能發現適合的人家，反正六姑娘年紀也不大。」

林氏心念一動。是啊，京城，到時候她可以和大姊親自說說。

略晚一些，宋家一行人到了魏家船上。

魏歆瑤心不在焉地坐在椅子上，有一下沒一下地望著門口，終於等來了那個人。

寶藍色錦袍，襯得他玉樹臨風，俊秀英挺的五官在橘黃色的燈火下，格外溫柔雅致，嘴角的微笑讓人如沐春風。

魏歆瑤不由自主握緊手裡的錦帕，覺得一顆心跳得厲害。

察覺到那一縷讓人難以忽視的目光，季恪簡目不斜視，若無其事地跟宋家人向梁太妃請安。

梁太妃笑咪咪地問了他幾句話，隨後就讓人帶他去了隔壁房間。這兒到底都是女眷，季恪簡不宜久留。

魏歆瑤一陣失望，在宴會上都有些無精打采。

「阿瑤是不是哪兒不舒服？」梁太妃終於發現孫女不對勁。

魏歆瑤斂了斂神色，道：「我沒事，就是上午受了驚嚇，有些胃口不濟。」

「可憐的丫頭！」想起孫女從三樓那麼高的地方摔下來，梁太妃就是一陣後怕，更是感激季恪簡，不免感慨。「多虧了季家這後生，要不阿瑤凶多吉少，我真是不知道怎麼感謝他才好。」

「季世子什麼都不缺，就缺個世子夫人。」尚氏笑盈盈開口。她看出小姑子的幾分心思，遂樂得賣一個好。

雖然當初在王培吉求婚時，魏歆瑤撂下「文勝魏閎，武贏魏闕」的條件，然今時不同往日，稍加運作下輿論，還是可以照常嫁人的。

此話一出，不少人不約而合看向魏歆瑤。

魏歆瑤心跳漏了一拍，竭力保持鎮定，可臉還是微微紅了下。

梁太妃瞇了瞇眼，瞋一眼尚氏。「就妳機靈。」

梁王妃覷一眼梁太妃神色，趕忙轉移話題。

宋嘉禾戳著碗裡的魚肉，食不知味。果然不是自己多疑，而是魏歆瑤真的動了芳心。

「六姊，妳沒胃口？」宋嘉淇盯著她碗裡看不出原貌的魚丸，小聲道。

宋嘉禾苦著臉。「之前石榴吃多了。」

宋嘉淇幸災樂禍一笑，哼哼唧唧。「讓妳少吃點，妳倒好，吃了五個，每個都比拳頭大，虧妳吃得下。」

宋嘉禾唉聲嘆氣。她那是化悲憤為食慾，不識人間愁苦的小姑娘哪裡會懂，她羨慕地看宋嘉淇一眼。

宋嘉淇被她看得莫名其妙，一臉警惕。「我臉上有東西？」

「牙縫裡有蔥。」宋嘉禾壓低聲音提醒。

宋嘉淇大驚失色，慌忙摀住嘴，拿帕子用力擦兩下，然後看著帕子，沒有蔥，繼續擦，一旁的宋嘉禾看得樂不可支。

後知後覺的宋嘉淇終於反應過來自己被耍，大怒。

「別鬧啊，吃飯呢！」宋嘉禾一本正經地提醒。

宋嘉淇磨了磨牙，給她一個「要妳好看」的眼神，宋嘉禾無所謂地聳聳肩。

用過膳後，長輩們聚在屋裡說話，姑娘們則被打發出去玩。

前腳剛出門，後腳宋嘉淇就撲過來，早有防備的宋嘉禾一溜煙就躥出去，冷不防有兩人從另一間房內走出來。

魏闕帶著幾個弟弟招待季恪簡，相談甚歡。季恪簡生得風度翩翩，十足的貴公子，然行軍布陣這些也都不在話下，可謂是文韜武略。

因季恪簡明早還要趕路，遂宴會提早結束，不想一出門就瞥見一個人影直衝過來。

魏闕本想避開，可在看清來人之後，腳步一頓。

與此同時，季恪簡已經往旁邊跨出一大步。去年他鬼迷心竅一回，惹出不小的麻煩，他可不想再重蹈覆轍。

眼看著又要撞上，宋嘉禾怕明日再傳出什麼亂七八糟的流言蜚語，雖然之前在吊橋上那些事，沒人敢在她面前說什麼，但是不少人看她的目光帶刺。

誰讓她們愛慕魏闕呢，她可不想被當成公敵。

大抵人的潛力真是無限，宋嘉禾胡亂扒拉，真叫她抓住窗櫺，煞住了腳。

望著幾步外的魏闕，宋嘉禾大鬆一口氣，剛呼出半口氣，突然變成倒抽一口冷氣。

「禾表妹？」魏闕垂眼看著捂腰的宋嘉禾，按下上前的慾望。

驚呆的宋嘉淇慢三拍跑上來，見宋嘉禾皺著臉，忙問：「六姊，妳怎麼了？」

扭到腰的宋嘉禾深吸一口氣，緩了緩，咬著後槽牙道：「我沒事。」

扭到腰這麼丟人的事能說出來嗎？

宋嘉淇狐疑地看著她，後來看她還能起來就放心了，還有心情嘲笑。「六姊，妳剛剛停下來的姿勢真漂亮！」

這當然是反話，她都想仰天大笑三聲，報應啊報應！

宋嘉禾凶巴巴橫她一眼，真想把旁邊的菊花塞到她嘴裡。

「禾表妹要不要去讓府醫瞧瞧？扭著腰可大可小。」魏歆瑤也走上來，關切地看著宋嘉禾。

魏歆瑤心情不錯。她剛剛留意到了，季恪簡特意退後一步避嫌；三哥雖然沒有退開，卻也沒有出手幫忙，果然之前在吊橋上救宋嘉禾是形勢所致。

宋嘉淇陪宋嘉禾下去檢查，魏歆瑤便問魏闕。「三哥，你們要去哪兒？」

「去甲板上賞月。」魏闕回了一句。

魏歆瑤道：「今日是十五，我們也正想去賞月。」

於是，一群人都去了甲板上，那裡已經擺好桌椅和各色瓜果水酒，還有幾個伶人拿著樂器待命。

魏歆瑤大大方方尋了季恪簡說話，先是又感謝一番救命之恩，隨後便問起冀州風土人情來。

她自幼要強，不肯落於人後，經史子集、天文地理都有所涉獵，不肯讓自己有一短處。她資質好，肯刻苦，梁王府又不缺名師，說不上滿腹經綸、學富五車，畢竟才年近十五，可其才學在同齡人中，絕對是個中翹楚，季恪簡說上一點，她就能引經據典地擴展。

季恪簡有心迴避，又不好太刻意，下了魏歆瑤的臉面，只好端著客套的微笑應對。

旁人瞧著，都十分有眼色地沒有湊上來。這兩人門當戶對，郎才女貌，倒也是天生一對。

魏聞朝魏闕擠眉弄眼，小聲道：「女大不中留喔！」

畢竟兩人是自小一塊兒長大，魏歆瑤眼珠子一轉，他就知道她打什麼鬼主意，裝得一本正經，還不是看上人家季恪簡了。

魏闕笑了下，沒說話。想起離開的宋嘉禾，也不知她傷得如何？

且說宋嘉禾，腰倒是沒瘀青，就是有點發疼，找了醫女過來稍微按了下，就緩過勁來了。

打發走醫女後，宋嘉淇捧著下巴，一副我很不開心的模樣。

「妳這又是怎麼了？」宋嘉禾沒好氣地問她。要不是這丫頭鬧她，她哪用得著遭罪，完全無視罪魁禍首是自己的事實。

宋嘉淇唉聲嘆氣一回，開始碎碎唸。「三表哥剛才都沒有救妳！」

他不該再一次英雄救美的嗎？救著救著，感情就來了嘛！

宋嘉禾簡直敗給她，匪夷所思地看著她。「妳怎麼還惦記這事，不早就說了，那都是妳瞎想，上次事急從權，無奈之舉，這次的情況當然要避嫌。」

摔一跤又不會出事，宋嘉禾覺得魏闕不出手是天經地義，同樣的，季恪簡不幫忙也在情在理。可再合情合理，宋嘉禾都沒法欺騙自己，看見他後退那一刻，她心涼了下。

宋嘉淇沈痛地點點頭。之前她還不信，眼下她信了，三表哥對她姊真沒意思。

「白長這麼好看了！」宋嘉淇打量宋嘉禾，鬱悶道。

宋嘉禾用力翻了個白眼。「我長得好看，我高興，妳嫉妒也沒用！」

「不要臉！」宋嘉淇用力哼一聲。

宋嘉禾滿不在乎地聳聳肩，對著鏡子理了理衣襬。「走吧！」

姊妹倆來到甲板上時，眾人正圍在一起看姑娘們投壺。最出風頭的無疑是魏歆瑤，十枝能中八九。

拿著箭的魏歆瑤見她走過來，眼底的笑意微微淡了。「表妹要緊嗎？」

宋嘉禾不好意思地笑了笑。「多謝郡主關心，並無大礙。」

「那就好。」魏歆瑤一副放心的模樣。「表妹要不要玩一下？」

「我今日使不上勁，就不玩了。」宋嘉禾一直都覺得和魏歆瑤玩最沒勁了，得控制尺度不能贏她。

魏歆瑤又問宋嘉淇，宋嘉淇倒是點點頭。

宋嘉禾便站在一旁看她們玩，發現魏歆瑤投中的時候，會不著痕跡地看季恪簡一眼，季恪簡笑得十分客套溫和。

「禾表妹，妳沒事吧？」

聽到這聲音，宋嘉禾暗叫一聲倒楣。

望著眼前亭亭玉立的佳人，魏闈一顆心又酸又澀。那天她對他避如蛇蠍的態度，深深刺痛了他，以致借酒澆愁，又誤將燕婉當成了她，一時情難自禁才釀成大錯。

這一陣子，魏闈忍不住會想，如果那人真的是她，他們是不是就能在一起了？

若宋嘉禾知道他心裡想的是什麼，肯定會回他一句：想得美，她寧可出家也不會嫁給他。

「我無事，多謝九表哥關心。」宋嘉禾微笑道，看一眼周圍。「阿諺不知道跑哪兒瘋去了，我去看看。」說著她朝魏聞福了福身。「表哥自便，我先走一步。」

望著娜娜娉娉離開的宋嘉禾，魏聞嗓子眼堵得難受。他知道兩人不可能，可他就是放不下，若是他小時候不那麼混帳，現在肯定是另外一個局面了。

離開的宋嘉禾在東邊找到宋子諺，和他在一塊兒的人，除了宋子記外，還有魏闕。

宋嘉禾腳步頓下來，又想起自己捏魏闕的臉那一幕，怪驚悚的，簡直留下陰影了。

「六姊！」宋子諺十分眼尖地發現在不遠處的宋嘉禾，興高采烈地招呼她。「六姊，妳快來啊，我們在抓魚。」

宋嘉禾猶豫一下，硬著頭皮走過去。就著燈火，她看見兩個小傢伙手裡都抓著一張網，她探了探身子往外看。「這樣真的能抓到魚？」

「小心掉下去。」魏闕溫聲提醒小半個身子探出去的宋嘉禾。

宋嘉禾赧然地摸摸鼻子。講真的，她還沒這麼近距離見人用網捕過魚呢，有點好奇。

「能的、能的，」宋子諺一連說了兩次以示肯定，末了道：「三表哥說可以的。」說罷，眼巴巴地望著魏闕。

魏闕摸摸他的頭頂。「能抓到。」

宋子諺心滿意足地轉過頭，繼續盯著水裡的漁網。

「表妹可要嘗試下？」魏闕含笑看著宋嘉禾。

月光下，他眉眼格外溫和，語調裡似乎也帶著蠱惑，宋嘉禾差點就要鬼使神差地點頭，幸好她意志堅定，抵擋住了誘惑。

魏闕笑了笑，打量她一圈。「表妹無礙吧？」

宋嘉禾無所謂地擺擺手。「沒事，我哪有這麼弱不禁風。」

盯著湖面的宋子諺扭過頭來。「我姊厲害著呢，一點都不弱，之前我躲到樹上，她都能把我抓下來！」

魏闕嘴角彎起一個愉悅的弧度。

宋嘉禾臉紅了下，用力按了按宋子諺的腦袋。「你給我閉嘴。」

宋子諺看著魏闕，一副「你看我姊多凶」的模樣。

宋嘉禾心塞地瞪著宋子諺，宋子諺縮了縮脖子，屁股往魏闕那兒挪了挪。

魏闕低頭輕笑，笑聲低沈悅耳而富有磁性，順著風傳到人耳朵裡，帶起酥酥酥麻麻一片。

宋嘉禾第一次發現他的笑聲如此勾人，趕緊默唸色即是空，覺得自己需要離開，冷靜一下。

「那你們在這兒捕魚，我先走了。」她朝魏闕屈了屈膝。

魏闕的目光落在她隱在髮間那微微泛紅的耳垂上，輕輕一點下顎，溫聲道：「表妹慢走。」

望著她的背影，魏闕品出了幾分落荒而逃的滋味，眼底笑意逐漸加深。

到了戌時末，眾人都散去，季恪簡跟著宋家人回船。道別後，各自回房安歇。

這一夜季恪簡沒有睡好，他作了一個十分光怪陸離的夢。

大雪初霽，天地之間銀裝素裹，披著雪白狐裘的少女嬌俏地抱怨。「梅花的樹幹我總是畫不好。」

季恪簡看見夢裡的自己，眉目溫和，眼神繾綣，覺得那樣的自己陌生極了。

夢裡的他慢慢走到少女身後，細細與她講解，時不時提筆示範。

「還是不明白，我是不是太笨了？」那看不清面容的少女跺了跺腳，很苦惱的模樣。

「他」看了看她，忽然握著她的手，帶著她慢慢畫起來。

自然畫出來的東西更加不堪入目，可兩人像是都毫無所覺一般，專心致志地繼續畫著畫。

季恪簡慢慢地睜開眼，看著自己的手掌，似乎還殘留著那溫軟細膩的觸感。他輕輕將手按在胸口，直到現在，他還能體會到夢裡的那個自己，那股滿足與歡喜，彷彿擁有整個天地，一顆心異常充盈。

季恪簡皺緊眉頭，怎麼也想不起夢裡那少女的面容，心突然空落落起來。

他閉上眼，想趕走這種情緒，可過了好一會兒，夢裡的畫面時不時在他腦中閃現，攪得他睡意全無。

季恪簡坐起來，穿上衣服，推門出了房間。

宋嘉禾也作了一個夢，同樣的皚皚大雪，八角涼亭，白茫茫的天地間只有她和他。季恪簡握著她的手，帶著她一筆一畫描著老梅枝，他專心致志，她卻是心猿意馬。鼻尖都是他身上清冽的松香，背後是他溫熱的胸膛，宋嘉禾覺得一股難以言喻的熱度穿過厚厚的狐裘襲來，越來越燙，燙得她指尖都抖起來。

「累了，連筆都拿不動了？」清潤溫柔含著淺淺笑意的聲音自耳後傳來，呼吸間帶出來的熱氣噴灑在她耳垂上。

宋嘉禾一張臉都燙起來，外強中乾地辯說：「誰、誰累了？」

季恪簡輕輕笑起來，笑聲愉悅。

宋嘉禾被他笑得惱羞成怒，扭頭命令道：「不許笑！」

可他笑得更高興了，似乎被她羞窘的模樣給取悅。

宋嘉禾氣急，拿著手裡的筆就想在他臉上畫一道。

奈何季恪簡識破她的小心思，眼明手快地握住她的手。

宋嘉禾不甘心，誓要在那張風度翩翩的臉上畫一隻王八。鬧著鬧著，她整個人都撲進他懷裡，紅撲撲的臉上沾著幾點墨跡，意識到姿勢太曖昧的她一張臉越脹越紅，手忙腳亂地要離開。

季恪簡輕輕壓著她的背，不讓她離開，細細擦著她臉上的墨點。目光寵溺，動作溫柔，彷彿捧著一件無上珍寶。

「馬上就要開春了。」

開春，她就要嫁給他了，他們會在季家祖宅內舉行婚禮。有時候宋嘉禾會想，若是婚禮在京城舉行，她是不是就不會慘遭毒手？不過也有可能她逃得了這一劫，逃不過另一劫。

那這輩子她能逃過這一劫嗎？

宋嘉禾心裡沒底，她連仇人是誰都尚且不能確定，從來都是明槍易躲，暗箭難防。

聽著床內翻來覆去的聲音，青畫想起宋嘉禾的腰，怕她有暗傷，低聲道：「姑娘，您是不是哪裡不舒服？」

「我沒事。」宋嘉禾懨懨地回了一句。「給我端杯水過來。」

青畫應了一聲，拿了小火爐上的熱水，又兌了些涼白開進去。用手背試了試溫度，覺得適合才端過來。

宋嘉禾喝了一口水，繼續躺回去，輾轉半晌，終於放棄逼自己睡覺的念頭，又坐起來。

「姑娘？」青畫疑惑地出聲。

「我睡不著，想去外面走走。」宋嘉禾撩起床帳，很是心氣浮躁，她一點睡意都沒有，反而越躺越難受。

聞言，青畫伺候她穿衣裳，想著深夜的江風傷人，還翻了一件冬天的大狐裘出來。覺得太誇張的宋嘉禾拗不過青畫的碎碎唸，只好把自己裹成一個白白胖胖的圓球。

此時已經過了三更，萬籟俱寂，除了守夜的婆子和巡邏的侍衛，再無他人。

宋嘉禾立在船頭，放眼望去，首尾相接的船隻上透著淡淡的燈火，就連夜夜笙歌的畫舫都黯淡下來。

天大地大，就她一個被夢給攪和得失眠，宋嘉禾都覺得自己可憐了。

曾經那麼美好，所以她念念不忘，可現實如此殘酷，他避她如蛇蠍，讓她連靠近的勇氣都沒了。

宋嘉禾承認，她膽怯，她害怕面對形同陌路的季恪簡。見不著時，她還能自欺欺人，時機未到；但見了面，信念劇烈動搖起來。這個時機真的會到嗎？那麼多事情已經悄然改變，憑什麼這一點不會變？

涼涼的江風吹來，颳得臉生疼。

宋嘉禾攏了攏領子，輕聲道：「回吧！」

轉身的宋嘉禾，在猝不及防下，正對上季恪簡難掩驚訝的雙眸，他彷彿看到了什麼不可思議的東西。

宋嘉禾納悶地回頭看了看，空無一人，只有平滑如鏡的水面。

那是什麼能讓向來泰山崩於前而面不改色的季恪簡露出震驚之色？總不能是她吧？

宋嘉禾揉了揉鼻尖，心想，他就算避著她，也不至於看見她嚇成這樣吧？她又沒對他死纏爛打。

季恪簡的確受到不小驚嚇，船頭上披著白色狐裘的少女，與他夢裡那女子嚴絲合縫地重合起來。

這一刻季恪簡分不清，是因為兩人都穿了狐裘，所以他將宋嘉禾的臉代入到夢裡那姑娘身上，還是她們就是同一個人？

怎麼可能？他怎麼可能夢見這小丫頭，還是那樣的情形！

季恪簡心亂了，覺得匪夷所思至極。

宋嘉禾被他看得渾身不自在，好像她有三頭六臂似的。若是往日撞見他，她少不得要心花怒放，可這會兒她忽然發現自己好像也沒那麼激動了。

宋嘉禾低頭揪了揪蓬鬆柔軟的狐狸毛，她到底是介懷之前的事。道理都清楚，可感情上控制不住地失落和難過，若是能控制感情，她就不會這般糾結難過了。

噔噔的腳步聲在悄無聲息的夜裡分外明顯，一雙玄色錦靴出現在她視野內。

宋嘉禾福了一禮。「季表哥。」

「禾表妹。」季恪簡收斂異色，望著幾步外的宋嘉禾。淡淡的月華灑在她身上，襯得她精緻昳麗的面龐格外晶瑩，泛著瑩潤的光暈。

「表妹也睡不著？」季恪簡含笑詢問。

宋嘉禾輕輕點頭，雪白的狐裘隨著她動作輕輕晃動，讓季恪簡想起夢中那柔軟的觸感，暖洋洋、毛茸茸，令一顆心都溫暖起來，讓人忍不住想抱在懷裡揉搓一番。

季恪簡的目光落在她臉上，想不明白自己怎麼會作那樣一個荒誕的夢，莫不是年紀大了，思春了？可怎麼會是這小表妹？誠然，她生得國色天香，是難得一見的殊色，可他從不曾對她有過非分之想。

季恪簡委實想不明白。「外頭夜深露重，表妹早些回去安歇。」

「季表哥也早些休息，明兒還要趕路。」宋嘉禾也道。

季恪簡笑了下，宋嘉禾便帶著青畫回去了。

她走過時，季恪簡聞到一陣淡淡的馨香，說不上什麼味，似花又像果子，淡淡淺淺的，卻又回味悠長，與夢裡那陣香味重合起來。

季恪簡望著宋嘉禾的背影，眉峰慢慢皺起來。

一步一步往回走的宋嘉禾如芒刺在背，心跳情不自禁亂起來。

他這麼看著她，什麼意思？

回去後，宋嘉禾還是沒睡好，輾轉難眠，她有些不知道日後該怎麼辦了？

同樣沒睡踏實的人還有季恪簡。一會兒眼前是夢裡那看不清面容的少女，一會兒是甲板上如同月下精靈的宋嘉禾，忽然間兩個身影交織層疊，又霍然割裂，漸行漸遠。

天微微亮，他才勉強瞇了一會兒，時辰一到便起身。

以冷水洗了一把臉來醒神的季恪簡，依然神采奕奕，風度翩然。到底年輕又自幼練武，行軍時三天三夜不睡都照樣精神抖擻，一夜未眠自然不在話下。

用過早膳後，季恪簡去向宋家長輩辭行。沒看見宋嘉禾，他並未多想，去年他小住在宋家時亦是如此。宋家長輩盡可能減少二人見面的機會，皆是一片拳拳慈愛之心。

「路上當心，莫要為了趕路就不顧惜身子。」宋老夫人語氣和藹，如同在叮囑自家晚輩。

季恪簡笑容恭順。「老夫人放心，您自個兒也保重身子。」

宋老夫人笑咪咪地點點頭，林氏又叮囑幾句，季恪簡便告辭離開。剛走出房門，就遇上一個略有些眼熟的丫鬟進來，腳步匆忙，眼含焦急。

瞬息之間，季恪簡想起來，在宋嘉禾身邊見過這丫頭，不由自主地腳步一頓。

「老夫人，姑娘發熱了。」

隔著門簾，小丫鬟著急的聲音清清楚楚地傳入耳中，季恪簡心頭沒來由一緊。是昨晚在船頭冷著了？

意識到自己的擔心之後，季恪簡的眸色變深了。

一覺醒來，宋嘉禾覺得頭痛，嗓子也疼，用手一摸，頓覺不妙。

「青畫……」說完了，宋嘉禾被自己沙啞的聲音嚇一跳。

青畫大吃一驚，探手一摸，大急。「姑娘發熱了，肯定是昨晚涼著了。」

青畫後悔不迭，自己就不該由著她的小性子胡來。她一邊派人去請府醫，一邊讓人去稟報宋老夫人。

安娘聞訊趕過來，也心疼得不行，得知緣由後，不捨得訓宋嘉禾，便將青畫好一通罵。

宋嘉禾強打起精神，道：「奶娘，青畫勸了，是我沒理她。」

安娘知道她心疼這丫鬟，只得放過青畫，一邊餵宋嘉禾喝水，一邊碎唸她任性，這上了年紀的人難免嘮叨些。

頭疼欲裂的宋嘉禾想，光安娘這嘮叨勁，她以後可不敢輕易生病了。

為了不被唸得頭大，宋嘉禾露出一個可憐兮兮的表情，眼睛濕漉漉地看著安娘。「奶娘，我好睏。」

宋老夫人一行人就是這時候進來的，正好目睹宋嘉禾撒嬌這一幕，嬌嬌軟軟，讓人見了就滿心愛憐。

還有精神撒嬌，再觀她氣色，宋老夫人便知她無大礙，略略放心，然依舊問了一番哪裡不舒服？

宋嘉禾揚著笑臉，道：「祖母別擔心，我就是有點發熱，吃點藥睡一覺就好了。」

「生病這事萬萬馬虎不得，一不小心就拖成大毛病。」宋老夫人想起小毛病熬成大毛病、養了一個月情況都沒好轉的宋嘉卉。

「府醫怎麼還不來？」

話音剛落，府醫就來了，把脈一看，說是邪風入體，吃幾帖藥發汗便好。

宋老夫人放了心，令人趕緊下去抓藥，接著板起臉來訓斥她。「大晚上的不睡覺，亂跑，妳看妳，生病了吧。」

宋老夫人一早就被告知昨晚的事，真是不知道說什麼好？依她對自家孫女的瞭解，自然不會覺得兩人是約好的。在宋老夫人看來，兩人大半夜不睡覺都去甲板上透氣，還能遇著，也是孽緣了。

至於孫女的病，八成是昨晚吹風又鬱結於心，所以病倒了。

宋老夫人又心疼又恨鐵不成鋼。君既無心我便休，以孫女的品貌、家世，還怕尋不著如意郎君？可這丫頭怎麼就一根筋通到底，認準季恪簡了，這才見了幾面啊！

宋嘉禾吐了吐舌頭討饒。「祖母，我知錯了，下次再也不敢了。」

「還想有下次！」宋老夫人瞪她。

「六姊，妳跑去甲板上幹麼啊？」跟著一塊兒過來的宋嘉淇好奇追問。

宋嘉禾沈下臉。「看星星、看月亮，思考人生。」

見宋嘉淇重重地翻白眼，宋嘉禾心中無奈。說了真話又不信，那問她幹麼？

「還能鬥嘴，可見病得不重，母親就放心吧。」宜安縣主揶揄宋嘉禾。

下人來報時，大夥兒都在宋老夫人那邊請安。宋老夫人親自過來，旁人自然沒有落下的道理，何況宋嘉禾人緣好，眾人也樂得來看望她。

宋老夫人看她雖然懨懨的，但心情還不錯，便道：「早膳吃了嗎？」

「還沒呢。」

斂秋推了一把不知道想什麼出神的林氏。自從進門，夫人這個做母親的一句話都沒問，成何體統？

林氏恍然回神。「暖暖想吃什麼，我讓人去做。」

「沒什麼胃口，就吃些白粥吧。」宋嘉禾對林氏彎了彎嘴角，道：「讓母親擔心了。」

林氏心下一疼。對著她，宋嘉禾收起孺慕依戀之色，她不可自抑地想起小時候的宋嘉禾，也是這般親暱和依戀她，生病了會拉著她的手撒嬌，要她哄著她吃藥，可時至今日，她們之間不像母女，倒像是普通親戚。

宋嘉禾豎起一道無形的屏障，宋老夫人她們甚至奶娘都在她自己那一頭，而她和宋嘉卉被隔絕在另一頭，想靠近都沒機會。

宋嘉禾似乎沒發現林氏神情中的黯然，她笑道：「我就是點小毛病，倒累得祖母、母親、大伯母和七嬸專程跑一趟，是我的不是。」

「知道是妳不對就好，下次可得當心些了。」宋老夫人嗔怪。

宋嘉禾點頭如啄米，又道：「我喝了粥再睡一覺，起來喝個藥，再躺著發發汗就好了。祖母不用在這裡陪我，省得過了病氣，否則就是我的罪過了。」

風寒這毛病是最容易過人的。

如此，宋老夫人叮囑她好生歇著後，帶著人離開。

原本應該早就離開的季恪簡卻還停留在船上，他尋了個藉口耽擱一會兒工夫。今日的江風特別大，吹得他衣袍獵獵作響，不少姑娘有一眼沒一眼地看過來。玉樹臨風、迎風而立的男子，恍若謫仙，絕代風華。看著看著，不少姑娘悄悄地紅了臉。

不一會兒，季恪簡的小廝泉文回來了，低聲回道：「六姑娘只是普通風寒，仔細將養著便可。」

泉文面上一本正經，心裡早就鑽了二十五隻耗子，百爪撓心。

世子讓他打聽表姑娘病情，聯繫前因後果，他能不能得出一個大膽的結論？比如說，世子喜歡表姑娘？

那真是再好不過了！表姑娘家世、才貌沒得挑，性子瞧著也挺好的。泉文差點被自己的猜測喜得蹦起來。

季恪簡也覺得自己的行為有些莫名其妙，可就這麼走了，他又真的放心不下，看來自己果然被那個夢給影響。他覺得自己需要好好冷靜下來，想一想這件事，便沈聲吩咐。「走吧！」

「季世子。」魏歆瑤出現在對面船上。

下人趕緊拿了艞板在兩船之間搭好路，魏歆瑤輕移蓮步，緩緩來到宋家船上。

今日的她顯然刻意妝扮過，身著玫瑰金廣袖錦衣，一襲絳紅色曳地望仙裙，她五官明豔華麗，如此一打扮，明麗耀眼得如同冉冉昇起的朝陽。「季世子要走了嗎？」

季恪簡微笑道：「正要離開。」

魏歆瑤看著他，神情目光都十分平靜，讓她有種前所未有的挫敗感。她撫了撫頭上的七寶珊瑚步搖，讓自己平靜下來。「那祝季世子一路順風。」

「多謝。」季恪簡客氣地回道，不著痕跡地看泉文一眼。

泉文不好意思地開口。「世子，時辰差不多了，要不今晚可能趕不到坪洲城。」

季恪簡歉然道：「恕季某不能奉陪，郡主自便。」

「季世子隨意，我正要去找幾位表妹。」魏歆瑤忍著失落與他道別。

季恪簡便帶著人下船，騎馬而去。

他一走，魏歆瑤面上的笑容就垮了。她在季恪簡的笑容裡只發現禮貌和疏離，他想和她保持距離。

這讓被人追捧慣的魏歆瑤十分沮喪。她身邊那些男人，哪個不跟蜜蜂、蝴蝶似地圍著她，殷勤曉意，只有季恪簡例外。

不過若是季恪簡和那些人一樣，魏歆瑤想，自己可能就不會喜歡他了。她咬了咬下唇。到底橫亙著當年那麼一件事，季恪簡那般反應也在情理中，當務之急，她得想辦法拔掉季恪簡心裡那根刺。

只要他不介懷那事，魏歆瑤相信，她肯定能得償所願。如是一想，她又笑顏如花，明豔不可方物。她梭巡一圈，目光所過之處的姑娘們心下一凜，唰地一下把腦袋縮回去。

魏歆瑤理了理被風吹亂的裙襬。找宋家姊妹自然是幌子，只是話都說了，她又到了宋家船上，沒有不去拜見長輩的道理。

聽聞宋嘉禾病了，魏歆瑤還表示要去探望。

宋老夫人笑呵呵道：「等她好了，妳們再一塊兒玩吧。」

魏歆瑤自然不會強求。她和宋嘉禾關係也並沒那麼要好，隨著年紀越大，關係越平淡，大抵是一山不容二虎吧，她不喜歡宋嘉禾瓜分屬於她的注意。

宋老夫人也正是因為知道這一點。人老成精，她也算是看著魏歆瑤長大的，哪裡不知道這女孩的脾氣，唯我獨尊，享受萬眾矚目，喜歡別人以她為中心。

魏歆瑤的確也有這個本事，只是在宋老夫人看來有些過了。凡事過猶不及，好強到容不得別人比她優秀，這就是心胸問題了。

宋老夫人還記得暖暖十歲那回，兩個丫頭比劍術，本只是個樂子，可魏歆瑤在逐漸落下風後，招式有意無意凌厲起來，冷不防一下打在暖暖臉上，幸好只是木劍，要不後果不堪設想。

至此，宋老夫人便開始讓宋嘉禾避開魏歆瑤的鋒芒。真等出了事，說什麼都晚了。

「那我等表妹好了，再來看她。」魏歆瑤笑道。

宋老夫人笑咪咪道：「妳有心了。」

略坐一會兒，魏歆瑤便起身離開。

在她走後，宋老夫人笑意轉淡，想起昨兒在魏家宴廳裡的那一幕。看來魏歆瑤對季恪簡萌動了春心，那麼，她就更得讓暖暖和季恪簡保持距離，魏家這丫頭可不是個寬容的人。

病來如山倒，病去如抽絲。

宋嘉禾的風寒拖拖拉拉了十天，總算好得差不多。宋老夫人怕她舊疾復發，壓著她不許串門子，讓她在屋裡好索利了再說。

宋嘉禾抗議無效，索性也就認了，就當囤膘。

連著好幾個陰天後，這一天難得暖陽高照，宋嘉禾拿了幾本書坐在窗口的羅漢床上。

對面的青畫熟練地剝著石榴，紅豔豔的石榴放在白玉盤子裡，格外鮮豔欲滴。

宋嘉禾抓幾顆石榴看一眼書，吃得津津有味。再次伸手去拿石榴的時候，卻摸了個空，她頭也不抬，只當自己方向錯了，便挪了挪位置，還是抓了空。

宋嘉禾詫異地抬頭，就見宋子諺一手拿著白玉盤子，另一隻手捂著嘴憋笑，憋得臉都紅了。

見宋嘉禾看過來，宋子諺放開手，吸了一口氣，隨後指著她大笑。「六姊真好玩！」

宋嘉禾佯怒，掄起書本作勢要砸宋子諺，宋子諺往後跳一大步，怪叫道：「三表哥救命！」

宋嘉禾一驚，才發現幾步外的魏闕。她是有多眼瞎，居然那麼大一個人都注意不到。

「三表哥怎麼來了？」說完，唯恐自己的話語被誤解為不歡迎人家，宋嘉禾趕緊又補充道：「阿諺，是不是你又去麻煩三表哥了？」

也不知怎麼回事，宋子諺喜歡魏闕喜歡得不得了，成天往他身邊跑，怎麼說都沒用。魏闕也是脾氣好，就這麼慣著他，弄得這小傢伙越發得寸進尺。

一開始外人也好奇，魏闕怎麼會對宋子諺如此有耐心，畢竟他長得也不像慈祥的表哥。而這個疑問，魏闕曾經當著眾人面前解開，原來是去年宋子諺送他的護身符，救了他一命。

一個是好人有好報，另一個是知恩圖報，倒成了一段小佳話。就連梁太妃都打趣過，宋子諺可是魏闕的小救命恩人，讓宋子諺開心得不得了。

魏闕含笑道：「今日我休息，過來看看表弟槍術練得如何？」

「難得休息日，表哥合該好生歇一歇。阿諺，不許這麼麻煩三表哥。」

宋子諺委屈地癟癟嘴。「三表哥自己說要教我的。」

宋嘉禾看著魏闕，覺得他將來肯定是個慣孩子厲害的人。

「教他不累，」魏闕摸了摸宋子諺的腦袋。「跟小表弟在一塊兒很有趣。」

宋嘉禾心裡一動。小孩子單純天真，相較於爾虞我詐的成年人，的確有趣，她大概知道魏闕為什麼那麼喜歡宋子諺。這小東西雖然鬧起來讓人恨不得揍一頓，可乖巧起來又讓人愛得不行。

魏闕看她神色來回變幻，不知腦補出什麼，嘴角弧度不覺加深。

宋子諺的臉色從陰轉晴，小下巴都抬高了，得意洋洋地看著宋嘉禾，像是在炫耀魏闕喜歡他。

宋嘉禾忍俊不禁。「那你乖乖聽話，好好跟三表哥學，你要知道，多少人作夢都想拜三表哥為師。」

比方說她，宋嘉禾還惦念著他那神乎其技的內家功夫。差一點，宋嘉禾就要拜託三表哥讓她入門算了，幸好，她臉皮還不夠厚，強忍住了。

大受鼓舞的宋子諺用力點頭，板著小臉一本正經，道：「六姊，我長大了會像三表哥一樣厲害的，將來誰敢欺負妳，我就揍他！」他還比了比小拳頭，以示決心。

看了看有些感動又有些想笑的宋嘉禾，魏闕拍拍宋子諺稚嫩的肩膀，低笑道：「志氣不錯！」

宋子諺突然臉紅了下，竟然不好意思起來。

宋嘉禾樂不可支。「看在你定了這麼偉大的目標，這盤石榴賞給你了。」

她東張西望了下，發現好像只有石榴能拿得出手，於是拿起一顆足有兩個拳頭那麼大的紅石榴遞給魏闕，眉眼彎彎。「阿諺就拜託三表哥了，小小心意不成敬意！」

魏闕挑眉，目光落在她捧著石榴的纖纖細指上。大紅色的石榴，襯得一雙手白皙無瑕如美玉。

「我還是頭一次收到這麼別致的心意。」魏闕笑著接過石榴，不經意一般，碰到了她的指尖。

「千里送鵝毛，禮輕情意重。」宋嘉禾聲音一頓，繼續道：「況且我這石榴可比鵝毛重多了。」

宋嘉禾若無其事地收回手，藏在小几下，輕輕蜷了蜷手指，感覺哪裡怪怪的。

十月底，武都一行人抵達京城碼頭。

梁王帶著一群人等候在碼頭上，見船靠岸後，親自上岸恭迎梁太妃。

站在另一艘船上的宋嘉禾覺得，現在的梁王比起去年見到時，更多了些帝王之氣，也不知是不是她心理作用？

錯眼間發現魏闕也看過來，宋嘉禾嘴角一揚，朝他打招呼，魏闕也輕輕笑了下。

這時候，宋銘和宋鑠帶著子姪上船，熱熱鬧鬧地一番見禮。

「一路走來，讓母親受累了。」宋銘恭聲道：「父親正在家裡等您。」

宋老夫人滿眼慈愛，欣慰地看著一年不見，越發成熟穩重的兒孫。「累什麼，整天都在享福，倒是你們幾個，都瘦了。」

七老爺宋鑠笑嘻嘻道：「這是惦記您老人家給惦記瘦的。」

宋老夫人作勢要打他。「一大把年紀了還油嘴滑舌！」

「兒子這是彩衣娛親嘛！」

聞言，宋老夫人無奈地搖頭。

寒暄過後，眾人簇擁著宋老夫人下船，徑直上了一旁的馬車。一行人浩浩蕩蕩地回了位於永昌坊的宋府。

這座宅邸是梁王所賜，這一年宋家人都住在這兒。宋銘的齊國公府就在隔壁平康坊內，目前還在改建中。

見了宋老太爺又是一番見禮，寒暄畢，宋老太爺讓眾人下去休息，養足精神參加晚上的家宴。

宋老夫人與宋老太爺互相關切一番後，宋老夫人說起正事。「老二的府邸快建好了吧？」

宋老太爺含笑捋鬚道：「再一個月就能竣工。」

兒子建功封爵，光宗耀祖，老爺子豈能不滿意，眾多兒子裡面，最有出息的就是老二。

看著宋老夫人，宋老太爺豈不知道她想問什麼，溫聲道：「過完年就分家，沒有讓老二放著公府不住的道理，單單把他這房分出去也不像話。只是這麼一來，這個家可就要冷清不少。」

宋老夫人微笑。「橫豎人還在京城，況且阿謙幾個慢慢長大，成家立業，生兒育女還怕熱鬧不起來？」

想起大孫媳婦抱著白白胖胖的曾孫子，宋老太爺便笑起來。

「倒有一事想和老爺子說。分家後，我想把暖暖留在身邊，這丫頭是我一手養大的，我離不得她。」宋老夫人可不放心把宋嘉禾交給林氏照顧，還不知孫女要受什麼窩囊氣？

宋老太爺哪不知道她的心思，他對林氏所為也知道一些，而且長房到底不是宋老夫人親血脈，再孝順親近也隔了一層，宋老夫人想留個親孫女在身邊，合情合理。

宋老太爺點頭道：「要不也讓嘉淇留下，她們姊妹幾個正好作伴。」

「給她留個院子，讓她時不時來住一住就好，長住的話，她娘可捨不得。」宜安縣主就養了這個女兒，當作心肝寶貝疼的。

晚上的家宴，因為眾人舟車勞頓的關係，所以結束得頗早。

宋嘉禾在宴席上喝了兩杯果酒，有些發熱，回去一覺睡到天明。

第二天起來，坐在梳妝鏡前，鄭重打扮起來，今日她要隨林氏去拜訪外祖林家。

林家早幾個月搬進京，府邸離宋府不遠，坐馬車也不過一盞茶工夫。

林氏和宋嘉卉同坐一輛馬車，林氏本想招呼宋嘉禾一起上來，只不過沒有宋子諺動作快，他拉著宋嘉禾嘰嘰咕咕說話，宋嘉禾便順勢和兩個弟弟坐一輛馬車。

隔著窗戶看著宋子諺和宋子諄臉上的笑意，宋嘉卉憤憤不平地放下窗簾。

宋子諺本就好騙，一回來就被宋嘉禾哄過去，不承想，連宋子諄也不知被宋嘉禾灌了什麼迷魂藥，對她親近起來。
兩個白眼狼，虧她疼了他們這麼多年！
坐在對面的林氏嘴裡發苦，想說什麼又礙著坐在外面的謝嬤嬤，怕被她聽了去，回頭女兒又要受罪。
宋嘉禾可不知前面馬車裡的憂愁，她正和兩個弟弟討論怎麼抓雀兒？
宋嘉禾嫌棄地看一眼宋子諺拿出來的彈弓。「幹什麼這麼費勁，拿個草簍子一把米，隨隨便便就能抓個十幾隻。」
宋子諄不信，懷疑地看著宋嘉禾。
宋子諺卻是對宋嘉禾深信不疑，追問怎麼抓？
這次宋嘉禾倒是沒騙他，如是這番一說，讓宋子諺躍躍欲試。
宋嘉禾捏他臉。「等下雪了，我帶你們去林子裡玩。」
「好啊、好啊！」宋子諺歡天喜地。
說說笑笑間，馬車到了林府，母子五人在側門處棄車換轎，一路被抬到垂花門外。
林大夫人戴氏和林二夫人萬氏各帶著子媳等候在門下，見了林氏，便笑容滿面迎上來。
「妹妹可算是來了。」
久別重逢，一朝相見自有說不盡的悲喜，林氏眼眶泛紅。
「這大好的日子，咱們合該高興。」林大夫人擦了擦眼角笑起來，看向從轎子裡出來的宋嘉禾，為之驚豔。

月牙色錦襖，繡著繁密的銀色暗紋，衣襟領口鑲有柔軟的狐絨；銀紅色曳地錦緞長裙，裙面上繡著大朵大朵的鳳尾花。膚光勝雪，眉目如畫，見她看過來，淺淺一笑，梨渦若隱若現，恰如三月枝頭新綻的桃花，清麗中帶著嫵媚。

「小外甥女好生標致，我活到這年紀，還沒見過這麼漂亮的小姑娘，妹妹可真會養人！」林大夫人誇得真心實意。到了她這年紀，最喜歡這些鮮嫩亮麗的小姑娘，看著就高興。

林氏謙虛道：「您過獎了，大嫂可別這麼誇她。」

「這過分謙虛可就是驕傲了。」林二夫人笑咪咪地看著宋嘉禾，覺得這女孩真是個水靈的丫頭，嫩得都能掐出水來。

宋嘉禾應景地低頭裝害羞。

林大夫人和林二夫人皆笑，又去看其他幾個外甥，看了一圈，只能感慨，宋嘉卉命不好，兄弟妹妹都繼承了爹娘的好相貌，唯獨她女大十八變，也沒能變出一朵花來。

「卉兒長高、長漂亮了！」林大夫人笑容不改。「都是大姑娘了！」

宋嘉卉勉強扯了扯嘴角，覺得落在她身上的每道目光都是嘲笑。

從來都是這樣的，只要和宋嘉禾一塊兒出現，那些人就會用那種奇怪的目光看她。謝嬤嬤讓她不要在意，女兒家安身立命從來都不是只靠相貌，可被嘲笑的那個人不是她，她哪知道她的痛苦。

敘舊一番後，兩位舅母便引著林氏母子幾個去拜見林老夫人。方進門，就見兩個丫鬟攙著鬢髮如銀的林老夫人走過來，林老夫人眼圈發紅，激動難抑地看著林氏。
林氏當下淚流，疾步上前扶住老母親。「娘！」
林老夫人摟著林氏。「妳個不肖女，可算來看我了。」
林氏亦是哭個不休，忙不迭告罪。
林大夫人幾人也跟著淚流，宋嘉禾也不例外。在京城幾年，她和林老夫人感情頗好。
「母親，您莫要傷了身子，以後啊，您有的是機會見妹妹。」
經過眾人慢慢勸解，林老夫人終於止了淚。機靈的丫頭早已打好水，給二人淨面。
擦乾眼淚，林老夫人才看向幾個外孫，目光在眼睛水盈盈、睫毛濕漉漉的宋嘉禾身上多停留片刻。
這外孫女長這麼大，竟是頭一次見著。
又見她生得嬌妍可愛，林老夫人抬手招她過來，滿眼慈愛。「這一眨眼，妳都這般大了，咱們祖孫倆竟是頭一次見到。」
其他幾個起碼都見過兩回，唯獨這外孫女，一次都沒見過，想來無不唏噓。
「雖不能相見，可我一直都掛念著您老人家。」宋嘉禾孺慕地看著林老夫人。
林老夫人笑眯了眼。她活到這把年紀，對小丫頭說的真話假話還是分得出來。想起逢年過節收到的小禮物，林老夫人眼中慈愛更甚，輕輕拍著她的手，道：「妳生得可比我想像中漂亮多了。」
見宋嘉禾不好意思地笑了笑，兩頰微微泛紅，林老夫人更高興了。

不過林老夫人也沒一直拉著宋嘉禾說話，馬上就把宋嘉卉和兩個外孫都招過來，一一噓寒問暖一番。

正說著話，下人來報，幾位少爺過來拜見姑母。

林老夫人忙讓他們進來。

四位林家少爺魚貫而入，打頭的是四少爺林潤知，斯文清秀，透著一股濃濃的書卷氣。在他身後的則是五少爺林潤彬，面如冠玉，神采奕奕。最後是七、八兩位少爺，不過八、九歲，虎頭虎腦，而林家六少爺早年夭折了。

少不得又要廝見一回，其間林潤彬的視線在宋嘉卉和宋嘉禾身上來回轉著，姊妹倆頭一次同仇敵愾。宋嘉卉恨他眼底的驚奇；宋嘉禾則惱他沒分寸。

林老夫人亦是不悅。這孫兒到底被他娘給慣壞了，她不動聲色地開口。「潤知，你帶你兩位表弟下去玩耍。」

林潤知恭聲應了，帶著弟弟們告退。

林潤彬戀戀不捨，臨走前還自以為很隱密地看了宋嘉禾一眼。

一旁的林二夫人看得也十分不悅。這混帳東西，看見美人就挪不動腿，簡直丟人。

「園子裡的菊花開得不錯，四娘，妳帶表妹們去看看。」林老夫人又吩咐孫女。

林四娘起身應了，帶著宋嘉禾等人告退。

林大夫人和林二夫人也識趣地告退，把地方留給母女倆說體己話。

——未完，待續，請看文創風644《換個良人嫁》3

覓得良配，緣定今生／水暖

2018年6月出版

換個良人嫁

兩世為人，原以為即將再續前世之情緣，
孰不知，竟是妹有情、郎無意的結局，
反倒這橫生冒出的「福星」表哥老是助她逢凶化吉，
無意間攪亂這一池春水……
莫非老天早已另有安排？

文創風 642 1

平平都是同個娘親所生，待遇竟大不同！
宋嘉禾想不透，論長相跟才華都優異於胞姊，
可她這名門嫡次女卻委屈得如同二等庶女，
兩世為人的饋贈，也讓她看清母女緣薄的實情；
橫豎後宅尚有祖母可倚仗，且父兄還拎得清，
與其苦待自己，奢望偏心的娘親能一碗水端平，
不如劃清界線，揭穿母女情深、姊妹相親的假象！

文創風 643 2

大概她與季恪簡今生緣淺，
一見鍾情、再見傾心的戲碼並未如期上演，
不過老天爺卻讓她多了個「福星」時常於左右幫襯；
這名叫魏闕的三表哥，來歷頗為傳奇，雖貴為梁王嫡次子，
卻因寤生而不受生母待見，幼時離家就被異人傳授為徒，
年少即戰功卓著，在軍中威望日隆……
如此前程似錦的棟梁材，要嫁他的閨秀自然多如過江之鯽，
可一思及魏家兄弟將來為權力而互相傾軋的局面，
她是只敢遠觀而不敢褻玩焉啊！

文創風 644 3

魏闕得承認，他對宋家表妹有超乎尋常的關注，
約莫是兩人同病相憐都不受生母愛戴，
遂見不得她不爭氣，才屢次出手相助，
孰不知她的一顰一笑早已點滴入心……

文創風 645 4 完

少帝退位讓賢，梁王繼位，魏家一躍成為帝王家，
隨之而來的奪嫡之爭也趨近白熱化。
魏闕在遭遇無情暗算後，非但大難不死，
還適時化危機為轉機，向聖上表明心意，
望能求娶名門貴女——宋嘉禾。
這烈火烹油、鮮花著錦的賜婚聖旨到了宋家，
宋嘉禾天真地以為情定魏闕之後，
就不會再被愛慕季恪簡的安樂公主給記恨，
無奈當皇家未來的媳婦，捲入權力角逐，哪能獨善其身啊～～

嬌嬌小娘子養成　雀鳥搖身變鳳凰／香拂月

文創風 643

換個良人嫁 2

國家圖書館出版品預行編目資料

換個良人嫁 / 水暖著. --
初版. -- 臺北市 : 狗屋, 2018.06
冊 ; 公分. --（文創風）
ISBN 978-986-328-872-5（第2冊 : 平裝）. --

857.7　　　　107005728

著作者	水暖
編輯	黃鈺菁
校對	黃薇霓　簡郁珊
發行所	狗屋出版社有限公司
地址	台北市104中山區龍江路71巷15號1樓
電話	02-2776-5889～0
發行字號	局版台業字845號
法律顧問	蕭雄淋律師
總經銷	知遠文化事業有限公司
電話	02-2664-8800
初版	2018年6月
國際書碼	ISBN-13　978-986-328-872-5

本著作物由北京晉江原創網絡科技有限公司授權出版

定價250元

狗屋劃撥帳號：19001626

網址：love.doghouse.com.tw　E-mail：love@doghouse.com.tw